KB046037

어서오세요 실력지상주의 교실에 2학년편
Welcome to the Classroom of the Second-year

6

키누가사 쇼고 ✕
토모세 슌사쿠

"속옷에 꽂혔네.
음흉하다니까요, 선배는."

"미안하지만 속옷을 보는 게 아니라
내가 한눈판 사이에 네가 무슨 짓을 할지 몰라서 경계하는 거야."

내가 눈을 떼지 않자 아마사와는
침대에서 얼굴을 빼고 뒤돌아보았다.
1년 후배라고는 생각하기 어려울 만큼 어른스러운 분위기를 풍기며,
그대로 기어서 내게 가까이 다가왔다.

사카야나기 아리스

어서오세요 실력지상주의 교실에 2학년편
Welcome to the Classroom of the Second-year

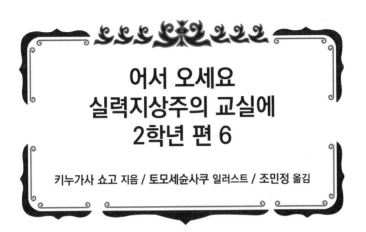

어서 오세요
실력지상주의 교실에
2학년 편 6

키누가사 쇼고 지음 / 토모세슌사쿠 일러스트 / 조민정 옮김

소미미디어

어서오세요 실력지상주의 교실에 2학년편 6

Welcome to the Classroom of the Second-year

contents

커버, 본문 일러스트 : 토모세슌사쿠

◯미야케 아키토의 독백

나는 내가 특별한 사람이라고 생각한 적은 한 번도 없다.

특별한 장점도, 특별한 단점도 없는 평균적 인간일 것이다.

그저 내키는 대로 타성에 젖어 살아온 지금까지의 인생.

가끔은 나쁜 짓도 해보고, 나름의 친절도 베풀어봤다.

착한 사람도 나쁜 사람도 아니다. 내가 나를 평가하자면 그냥 그런 놈이다.

태어나서 지금까지 그 어느 쪽도 아닌 인간으로 살았다.

그런 면이 현저해진 것은 고등학생이 된 뒤부터다.

궁도도 그냥 텔레비전을 보다가 시간이나 때울 겸 해보자는 생각에 시작했을 뿐.

강물의 흐름에 몸을 맡기듯 평범하게 나의 인생을 보낸다.

큰 사건 같은 데는 관심을 기울이지 않고 어중간하게 되풀이하는 일상.

그 폐해인지, 고등학교에서는 친구다운 친구를 사귀지 못했다.

딱히 외로웠던 것은 아니지만…… 그런 나에게 어쩌다 친구들이 생겼다.

케세이, 키요타카, 하루카, 아이리.

나까지 포함해 고작 다섯 명뿐이었는데, 오히려 이 작은 그룹이 이상하게 마음 편했다.

남은 학교생활은 우리 다섯이서 느긋하게 보낼 수 있겠지, 그런 예감과 함께.

주변 환경이 바뀌어도 나는 나였다. 그것만은 달라지지 않으리라 생각했다.

그런 예상과 달리 딱 하나 큰 변화가 생겼다.

누군가를 좋아하게 된 것이다.

귀엽고 예쁘다고 생각했던 이성이야 이전에도 있었지만, 좋아한 적은 없었는데.

언제부터일까.

하루카의 옆모습을 바라보게 된 것이.

그리고 만장일치 특별시험에서 하루카가 학교를 그만두 겠다고 말했을 때, 나는 확신했다.

이별을 도저히 받아들이지 못하는 내가 있었던 것이다.

이치가 아니라 감정을 최우선으로 삼았다.

그룹에서 똑같이 소중한 멤버 아이리를 외면해서라도 그녀를 지켜주고 싶다고 생각해버렸다.

이런 감정을 용서받을 수 있을지는 모르겠지만.

우열을 가렸고, 옳고 그름을 따지기보다 그녀를 지키려 는 마음을 우선해버렸다.

하지만 후회는 없다.

"내 복수, 같이 해줄 수 있어?"

그 소리에 이끌려 현실로 돌아왔다. 나를 바라보는 그녀의 눈은 여느 때와 다름없었다.

강하고 올곧으면서도 위태로운 빛을 띠고 있었다.

하지만 조금도 불투명하지 않은, 망설임을 느낄 수 없는 각오가 실려 있었다.

나는 소리 내어 대답하지는 않았다. 아니, 대답할 수 없었다.

그 복수는 분명 친구를, 같은 반 아이들 다수를 힘들게 할 것이다.

그런 내 생각을 읽었을까, 그녀는 웃으면서 혼자 뒤돌아 걷기 시작했다.

예전의 나였다면 분명 담담히 지켜만 보았으리라.

지켜만 보는 것이 정답이다.

그렇다, 이 뒷모습을 지켜만 볼 수 있다면 얼마나 편할까.

누군가를 좋아하게 된다는 것이 이토록 성가시고 힘들고 귀찮을 줄은 몰랐다.

나는…….

앞으로 아무리 많은 사람에게 미움받게 된다고 해도…….
이 녀석을 혼자 보내는 것은 감정이 허락하지 않는다.

체육대회를 마친 이날, 나는──── 있지도 않은 각오를 다졌다.

○승리의 대가

만장일치 특별시험이 끝나고 주말이 지나, 새로운 한 주가 시작된 9월 20일.

오전 6시 반 무렵 일어난 나는 텔레비전을 켜고 아침 준비에 들어갔다.

새로운 월요일이 되었는데, 지난주까지와는 완전히 다른 일상이 기다리고 있겠지.

왜 그런지는 굳이 추리해볼 것까지도 없다.

그늘을 드리운 요인은 크게 두 가지로 나눌 수 있다. 궁지에 내몰린 쿠시다의 폭로로 반 아이들의 관계에 균열이 생겼다는 것. 그리고 퇴학자를 배신자, 그러니까 쿠시다로 한정했던 전제 조건을 뒤집으면서 나와 호리키타에 대한 신뢰가 흔들린 일이다.

퇴학자를 만들 것인가 말 것인가. 그 선택을 앞두고 나는 배신자만 퇴학시키기로 약속해 모두 찬성에 투표하도록 유도했었다. 그리고 지금까지 깔아둔 포석을 이용해 쿠시다를 궁지로 내몰고, 그녀가 배신자임을 자백하게 만들어 퇴학시키는 계획을 실행했다.

쿠시다는 자신을 믿고 싶어 하는 학생과 호감을 품은 학생들의 비호를 받았지만, 끝에 가서는 결국 본성을 드러내고 비밀을 폭로해 신뢰가 실추되었다.

이제 조금만 더 하면 퇴학이 확정되는 순간, 예기치 않은 사건이 발생했다.

호리키타 스즈네가 모든 것을 알고도 쿠시다가 반에 필요한 인재라고 주장한 것이다.

쿠시다의 퇴학에 절대 찬성할 수 없다고 단호하게 말한 것이 결정타였다.

원래 배신자만 퇴학시키겠다고 약속한 사람은 나였고 호리키타는 거기에 동조했을 뿐이지만, 그래도 쿠시다를 감싼 것에는 놀랐다.

얼마 남지 않은 시간 동안 취할 수 있는 선택지는 쿠시다를 남기고 시험 페널티를 받거나, 쿠시다가 아닌 다른 누군가를 퇴학시키고 시험을 끝내는 것이었다.

어쨌든 앞에서 말했듯 방침을 전환한 호리키타, 그리고 그 주장을 받아들여 다른 사람의 퇴학을 내세운 나에 대한 반 아이들의 신뢰가 크게 흔들렸다.

깊지도 않은 연심을 폭로당해 순수하게 상처받은 사람.

친구들이 자신을 험담했다는 사실을 알고 의심암귀 하게 된 사람.

친구를 잃고, 친구를 원망하게 된 사람.

반의 심각한 상황, 그 이유를 열거하자면 페이지가 모자랄 것이다.

다만 폭로의 영향은 내게 당황스러운 문제가 아니라 처음부터 예정되어 있던 것.

신뢰로 똘똘 뭉쳐 있던 쿠시다를 무너뜨리기 위해서는 피할 수 없는 필요 경비였다.

이를 단순히 불이익으로 간주하면 이야기는 편하겠지.

하지만 나는 그렇게 하지 않는다. 불이익이라고 받아들이면 경험을 쌓을 수 없으니까. 성장할 기회를 놓치는 기회손실이다.

네 반 중 유일하게 퇴학자가 나왔다. 반 아이들이 깊이 상처 입었다. 그 대가로 반 포인트를 획득했다. 아니. 그 상황에 대한 시점을 바꾸는 것이 중요하다.

'상처 입었다'로 끝내는 것이 아니라 그다음을 봐야 한다.

상처 입은 만큼 인연을 더 강하게 만들 기회를 얻었다고 생각해야 한다.

그렇게 하면 호리키타의 반은 더 강해질 수 있다.

얼마나 많은 학생이 이 사실을 깨달을지는 모르겠지만, 여하튼 그 문제로부터 도망치지 않고 직시해야만 한다.

호리키타 반의 특별시험은 아직도 계속되고 있다.

100점이라는 반 포인트의 무게, 그 귀중함. 자신의 행실을 되돌아보고 파악하기에 딱 좋다.

물론 이대로 그냥 내버려 두면 늪에 빠질 위험도 있으니 조심해야 한다.

잘못 방치했다가는 상처가 더 번질 수도 있다.

아침을 다 먹은 나는 한 손에 칫솔을 쥔 채 스마트폰을 확인했다.

간밤에 확인한 이후 특별히 새로 들어온 연락은 없었다.

"그나저나——."

원래 계획에는 없었던 결말로 특별시험이 뜻밖의 전개를 맞이한 것에는 아직도 놀라움이 가시지 않는다. 합리성, 정합성, 객관성 등 다양한 관점에서 봐도 계속 찬성을 고집해 반을 혼란에 빠트렸던 쿠시다 키쿄의 퇴학 이외에는 선택지가 없는 상황이었다.

그녀의 퇴학이 반에 주는 타격도 가장 적고, 곧바로 마음을 정리해 체육대회를 준비할 수 있겠다고 판단했었다.

요컨대 내 주관에서 보자면 호리키타가 선택한 『배신자 '쿠시다 키쿄'를 퇴학시키지 않는다』라는 생각은 존재하지 않았던 것으로, 불합리한 오류였다.

명백한 오류임을 알면서도 나는 그런 호리키타를 지지하고 아이리를 퇴학시키는 방향으로 키를 돌렸다. 다시 말해, 불합리한 실패에 몸을 내맡기는 쪽을 선택했다.

적어도 이 학교에 오기 전까지의 나라면 절대 고르지 않았을 선택지였다.

그렇다면 이번에 그것을 받아들인 이유는 무엇일까.

호리키타 스즈네라는 학생은 어떤 의미에서 다른 학생들보다 쿠시다에 대한 마음이 강했다.

친한 친구—— 그런 표현은 옳지 않을지 몰라도, 호리키타에게 있어서 쿠시다는 틀림없이 특별한 존재였다. 자신에게 특별한 사람을 남겨두고 싶은 것이야 자연스러운 생각이지만, 이를 기준으로 판단을 내리면 불공평함이 남는다.

게다가 리더의 위치를 확립해나가는 중인 이 상황에서, 자리를 악용한다고 보는 견해도 나올 것이다.

아이리와 친한 하루카의 시점을 예로 들면 이해하기 쉬우리라.

하루카의 입장에서는 퇴학자를 만들자는 선택지를 계속 고집해온 쿠시다야말로 악이자 제거해야 할 대상이었다. 나와 호리키타도 그런 악의 배제를 전제로 이야기를 이끌어왔다.

그래서 자신도 퇴학자를 만드는 쪽에 한 표를 던졌다.

그런데 호리키타가 쿠시다의 편을 들었고 그 여파로 자신의 친한 친구가 퇴학당하고 말았다.

그런 상황에서 다음 주부터 다시 힘내보자고 말해봐야 절대 받아들이지 않겠지.

하지만 이게 호리키타에게도 절대 쉬운 선택이 아니었음을 잊어서는 안 된다.

어려운 선택을 강요하는 특별시험에서 호리키타는 답을 명확하게 도출해냈다.

그리고 자신이 비난의 대상이 될 위험까지 감수하면서 쿠시다를 남기겠다고 선언했다.

이것만으로도 웬만한 학생은 할 수 없는 판단이다. 불공평하다고 뒤로 손가락질당할 것까지 각오하고도, 호리키타는 쿠시다를 남기는 선택이 『반에 이익』이라고 믿었다.

"물론 그렇더라도 지금 단계에서는 아직 정답이라고 말할 수 없겠지만."

만장일치 특별시험을 치르기 전까지는 분명히 쿠시다가 아이리보다 반에 이익이 되는 가치가 더 높았다. 아이들의 비밀을 폭로한 후에도 쿠시다가 더 유리하긴 했지만, 컸던 차이는 확실히 줄어들었다. 게다가 쿠시다가 반성했다고 보기 어렵고, 앞으로도 반에 비협조적인 태도를 고수할 거라고 예상되는 단계였다.

즉, 쿠시다를 남기는 선택이 반에 이익이 된다는 보장은 어디에도 없다고 할 수 있다.

호리키타의 생각은 진화의 방향이 잘못되었다.

나의 이 결론만은 달라지지 않는다. 그런데도 호리키타의 생각을 지지한 이유는 단 하나. 너무 노골적이라 무미건조한 말이긴 한데, 호리키타의 성장, 방향성, 그 결과를 지켜보고 싶었기 때문이다.

아야노코지 키요타카라는 인간은 선택하지 않을 그 행동의 끝에 과연 무엇이 있을까.

쿠시다를 남김으로써 일어날 반의 화학 반응을 확인하고 싶었다.

아슬아슬하게 A반을 거머쥐어 그 선택이 옳았음을 증명할까?

반이 붕괴하여 그 선택이 틀렸음을 깨달을까?

아니면 그 이외에 다른 예상치 못한 변화가 일어날까?

적어도 나는 부의 연쇄가 일어날 가능성이 크다고 보지만……

스마트폰을 켜서 OAA를 확인하니 우리 반 학생 명부에 벌써 사쿠라 아이리의 이름이 빠져 있었다. 마치 처음부터 그런 학생은 없었다는 듯이.

교복 오른쪽 주머니에 스마트폰을 넣고 가방을 든 다음 현관으로 향했다.

반 내부 사정과는 별개로 다른 반에서도 마음에 걸리는 움직임이 있었다.

류엔과 사카야나기가 서로를 학년말 시험의 대결 상대로 희망했던 것이다. 류엔이야 반 포인트를 빼앗기 위해 A반을 지명하는 것은 별로 이상하지 않다. 하지만 사카야나기는 어떤가. 그 시점에서 꼴찌였던 류엔의 반을 지명해서 얻을 이익은 없었다. 이치노세와 손잡고 류엔을 무너뜨리는 쪽이 낫다고 판단했을까.

사카야나기와 류엔 사이의 『약속』도 상관있을까.

이 부분에도 주의를 기울이는 편이 좋겠지.

호리키타의 반에는 가장 좋은 상황이 되었지만…….

나는 평소와 같은 시각에 방에서 나왔다.

엘리베이터를 타고 로비로 내려가니 호리키타가 늘 그렇듯 소파에 앉아 누군가를 기다리고 있었다. 호리키타는 나를 알아보았지만 일어나려고 하지는 않았다.

그러다가 마침 주위에 아무도 없어서인지, 조금 뒤늦게

소파에서 몸을 일으켜 내게 다가왔다.

"쿠시다를 기다리는 건가?"

그녀가 입을 떼기 전에 먼저 물으니, 잠깐 말문이 막힌 듯 침묵하다가 입을 열었다.

"네 눈에는 다 보이는 모양이네. 그래. 주말에 몇 번인가 그 애의 방에 가봤지만……."

정신적으로 케어해 주려고 했는데, 아예 만나지도 못했다는 말인가.

쿠시다에게는 살면서 한 번도 경험하지 못한 굴욕이었을 테니까. 호리키타를 바로 볼 생각은 들지 않으리라. 호리키타는 어쩌면 꽤 이른 시간부터 여기서 쿠시다가 내려오기만을 기다리고 있었는지도 모른다.

하지만 그보다 마음에 걸리는 것은 호리키타의 눈 밑에 깔린 다크서클이었다. 잠을 제대로 못 잤다는 사실을 쉽게 알 수 있었다.

"쿠시다 일로 많이 고민되나 보군."

"뭐? 아아, 그런 건 아니야. 잠이 좀 부족하긴 한데, 다른 이유야. 그 애, 단 한 번도 방에서 나오지 않았어. 아무리 찾아가도 방에 없는 척만 하고. 완전히 틀어박혔어. 그래도 난 꼭 만나려고 계속 잠복하고 있지만……."

"완전히 틀어박혔다니……. 현관 앞에서 계속 기다렸다는 거야?"

주말만이었다지만, 아침부터 밤까지 잠복했다니 대단

하다.

"계속 벨을 누르면서 기다렸지. 그런데도 쥐 죽은 듯 고요하기만 했어."

이삼일 틀어박힐 수 있을 만큼의 식량이 쿠시다의 방에 비축되어 있다고 해도 별로 이상하지 않다.

"그리고 주위에도 신경을 써야 하잖아? 쿠시다가 방에서 나오지 않는다는 사실이 다른 반에 알려져서 좋을 게 없으니."

신경을 곤두세운 채, 복도로 나오기만을 하염없이 기다리다니. 정말이지 고행의 휴일이었겠다.

웬만한 학생은 호리키타의 열정에 질 법도 한데, 역시 쿠시다.

조금도 동정하지 않고 끝까지 버티고 있다는 건가.

"지난번 일로 이제 그 애는 이전처럼 지낼 수 없게 됐으니까."

"네가 쿠시다를 남겨두는 선택을 한 이상 애들을 잘 추스르는 게 당연하겠지."

결의를 보이며 고개를 끄덕이는 호리키타였는데, 생각하는 바가 전혀 없는 것은 아니리라.

"아야노코지는…… 주말에 어땠어?"

어땠냐는 말은 물론 아야노코지 그룹의 상태를 묻는 것이다. 내가 아이리를 지목해 퇴학시켰으니, 호리키타의 입장에서는 쿠시다를 남긴 것 이상으로 문제가 생겼다고 보겠지.

"케세이, 아키토랑은 가볍게 연락을 주고받았지만, 그게 전부야."

게다가 아이리에 관한 이야기는 일절 나누지 않았다. 나눌 수 없었다기보다는 어떻게 말을 꺼내야 할지 몰랐다는 표현이 옳을까. 그리고 하루카는 읽음 표시조차 뜨지 않았다. 앱 사용법에 대해 잘 모르니 확신은 없지만, 그룹 채팅방에서 나가지는 않았을지언정 차단 정도는 했어도 그리 놀랍지 않다.

"하세베랑은 아직 대화 못 나눴지?"

"뭐, 그렇지. 하루카한테는 도저히 연락할 용기가 안 나서."

미안한 표정을 지은 호리키타가 고개를 숙였다.

억지로 만난다 한들 당장 이 상황을 해결하기란 무리다.

관계 회복을 시도하기보다는 내가 빠지고 세 명이 그룹을 유지하는 게 현실적이다.

즉, 그냥 지켜보는 것이 최선이다.

그 과정에서 하루카가 나를 계속 원망한다고 해도, 그건 그것대로 언젠가 써먹을 수 있다.

그렇게 된다면 오히려 반에 도움이 되겠지만, 그렇지 않을 경우도 대비해 둬야 한다. 나를, 호리키타를, 그리고 반을 계속 원망하는 하루카가 개인적인 사정으로 반에 해를 끼칠 가능성도 전혀 없지는 않으니.

그녀의 능력은 반에 꼭 필요할 정도는 아니지만, 그래도 나름대로 활용할 수 있는 말 하나가 빠져서 반의 최대치가 낮아진다면 당연히 손해다.

더불어 아키토와 케세이의 전력 저하라는 연쇄작용도 일어날 수 있고.

"지금은 무슨 말을 해도 잘 전해지지 않을 테니까. 기다리는 수밖에 없어."

일단은 이런 데서 계속 나눌 이야기가 아니라는 것만은 확실하다.

서로의 상황을 확인한 호리키타가 조용히 숨을 삼켰다.

"내가 억지로 쿠시다를 남기는 바람에 너희 사이가 틀어져 버렸네."

아이리를 결정적으로 체념시킨 장본인은 나고, 심지어 내가 자청해서 맡은 일이다.

그러니 적어도 그 부분은 내 책임이다.

"같은 일로 두 번 사과할 필요 없어. 네가 그게 옳다고 생각했으면 그걸로 된 거야."

"하지만 넌 나를 감싸주었어. 아니, 그뿐만이 아니지……."

생각을 정리하듯 신중하게 말을 이어갔다.

"그 상황에서 내가 사쿠라의 퇴학을 유도했어도 분명 하세베는 끝까지 포기하지 않았을 거야. 결국 시간이 마감되어 페널티를 면할 수 없었겠지."

지난 주말에 머리를 식히면서 상황을 똑바로 보게 되었

나 보군.

퇴학 선고를 내리는 역할이 얼마나 부담스러운지, 그리고 실행하기가 얼마나 어려운지.

제한된 시간 속에서 치르는 싸움은 상상 이상으로 혹독했다.

최악의 사태를 피했음에 안도하면서도, 눈동자에 왠지 불안한 빛이 깃들어 있는 것처럼 보였다.

주어진 시간이 지나고 아무도 퇴학당하지 않은 쪽으로 구원받기를 적잖이 바라고 있었다.

서른아홉 명이 모두 있는 세계. 비록 반 포인트는 잃을지언정 친구를 지켜내 인연을 더욱 돈독히 하고 다시 A반을 목표로 노력하는 IF. 그것이 그저 그 상황을 회피하고 싶은 마음이라는 것은 호리키타도 잘 알았다.

그렇기에 마음속 깊은 곳에서 올라오려고 하는 그 생각을 꾹 억눌렀다.

"그 시험, 너는 처음부터 다 꿰뚫어 보고 있는 것처럼 느껴졌어."

"미래를 내다본 게 아니야. 그냥 모든 경우의 수를 가정했을 뿐이지."

"그게 대단해. 어느 정도 그림은 그릴 수 있을지 몰라도 완벽하게 읽어내기란 불가능하잖아. 과제 내용, 어떤 발언을 해야 상대가 자기 생각대로 움직여줄지. 전부 계산을 바탕으로 성립했어."

호리키타는 적어도 내 눈에 보이는 세계, 내가 생각하는 세계를 알아가기 시작했다.

"반성과 분석은 얼마든지 해도 괜찮지만, 지금은 일단 반 문제부터 해결해야 해. 안 그래?"

"어, 으응. 그렇지……."

"지금까지와 같은 환경이 기다리고 있다고는 생각하지 않는 편이 좋아."

"그것도 물론 각오가 끝났어. 하세베는 틀림없이 날 원망하고 있을 테고, 유키무라와 미야케도 같은 심정이겠지. 게다가 쿠시다를 남기는 쪽으로 일을 강행한 것을 받아들이지 못하는 학생이 있다는 것도."

각오가 끝났다고 말했지만, 아직 진정한 의미에서 이해하고 있다고 말하기는 어렵다.

자신이 내린 결단에서 비롯한 변화를 어디까지 무덤덤하게 받아들일 수 있을까.

이것이 단순히 긍정적인 변화라면 괜찮겠지만, 이번에는 거의 반대. 부정적인 변화다.

반 포인트를 늘린 공로자로 받아들이지는 않으리라.

"넌 이만 학교에 가 봐."

지금의 호리키타는 쿠시다 문제를 해결하는 것만으로도 충분히 벅찰 테니, 여기서 오래 나누는 대화에 의미는 없겠지.

"괜히 남들 눈에 띄어봐야 좋을 일은 없으니."

이곳은 호리키타와 우리 반만 생활하는 기숙사가 아니다.

사카야나기, 류엔 등 적이라고 할 수 있는 다른 반도 같이 지내는 곳이다.

쿠시다의 본성에 관한 일은 수습이 불가능하겠지만, 그렇다고 자진해서 빈틈을 드러낼 필요는 전혀 없다.

우리 반은 분명 많은 포인트를 획득했다.

그 대가와 잘 마주할 수 있을지는 앞으로 학생들이 하기에 달렸다.

하지만 그보다 먼저——.

당장에 보이는 반의 문제점을 어떻게 해결해야 할지부터 고민해야 한다.

1

교실에 들어오니 역시 특별시험 전과는 분위기가 완전히 달라진 게 느껴졌다.

우선 나를 쳐다보는 학생이 여럿 있었다.

평소 친분이 별로 없는 학생들의 비율이 높았는데, 그다지 놀랄 일은 아니겠지.

지금까지 방관하고 조용히 지켜보기만 하던 입장이었던 것을 생각하면, 이번에는 꽤 깊이 관여했으니까.

쿠시다와의 관계성, 지금까지 겉으로 보여주었던 태도 등

이해되지 않는 부분이 많을 것이다.

하지만 궁금해도 직접 물으러 올 수 있는 학생은 그리 많지 않다.

"안녕, 아야노코지."

그런 와중에 마츠시타가 나를 발견하고는 기쁘다는 듯이 다가왔다.

"안녕."

뜻밖의 행동에 모두의 눈빛이 놀라움으로 바뀌었다.

지금까지 멀리서 손을 흔드는 식의 인사는 한 적 있어도, 이렇게 내가 등교하자마자 다가와 인사한 것은 이번이 처음일지도 모른다.

지난 일 때문에 마음을 써주는 것일까, 아니면 다른 목적이 있는 것일까.

마츠시타는 내 실력을 높이 평가하고 있다. 쿠시다를 퇴학시키려고 했던 나의 행동으로 평가가 낮아지기는커녕 오히려 올라갔을 수도 있다. 아이리가 퇴학당하는 흐름이 될 때도 마츠시타는 어쩔 수 없다며 소리 내어 동의했던 학생 중 하나다.

"드디어 A반으로 올라가기 위해 움직이기 시작한 거니?"

"글쎄."

가벼운 잽을 피하며 얼버무리자, 그 이상은 필요 없다고 여겼는지 바로 물러났다. 그러고는 시선만 옆을 향했다.

"당분간은 여러 가지 일이 있겠지만 너무 신경 쓰지 않는 게 좋다고 봐."

그리고 바로 이렇게 덧붙였다.

"아야노코지니까 어차피 하나도 신경 안 쓰겠지만."

겉치레와 진심이 충돌하고 있었다.

"중요한 건 아야노코지와 호리키타가 아닌 다른 부분에 있겠지. 안 그래?"

이번 결과를 어떻게 받아들이고 있는지, 그 점에 관해서는 호리키타보다 마츠시타가 내 심정을 더 잘 이해…… 아니, 적확하게 해석하고 있었다.

문제는 시노하라와 하루카, 미짱과 쿠시다겠지.

방금 이름을 열거한 학생들은 만장일치 특별시험에서 특히 타격을 입었다.

시노하라의 따가운 시선이 종종 이쪽을 향했다.

내가 아니라 마츠시타를 향한 것. 본인은 태연하게 있지만.

"주말에 말이야, 어떻게든 시간을 만들려고 했는데, 갑자기 취소당해버렸지 뭐야."

자신을 보는 시노하라의 시선을 알아차렸는지 작은 목소리로 속삭였다.

"여자들은 이런 일이 생기면 오래가는 경우가 많거든."

"힘들겠네."

"뭐, 내가 잘못했으니까."

애초에 케이와 마츠시타 무리가 시노하라 이케 커플을

가지고 놀린 게 발단이었으니. 외모에 관해 뒷담화했다는 말을 들었으니 시노하라가 화나는 것은 당연하다.

"이 정도쯤이야 일상다반사야. 지금까지 더 심한 일도 있었는걸."

형식적인 관계밖에 없는 남자로서는 알 수 없는 여자들 사이.

알고 싶으면서도 알고 싶지 않군.

그 이후로는 특별히 말 걸어오는 학생도 없이 시간이 흘러갔다.

호리키타도 뒤늦게 등교했는데 쿠시다의 모습은 보이지 않았다.

스도와 일부 학생이 호리키타에게 말을 걸려고 했지만, 아슬아슬하게 등교했기 때문에 곧바로 종이 울려 각자의 자리로 돌아갔다.

쿠시다는 주말 내내 호리키타 앞에 모습을 드러내지 않았는데, 잠적은 좀 더 이어질 듯하다.

그 밖에도 빈자리가 눈에 띄는 가운데, 아침 홈룸 시간이 되었다.

교실에 들어온 차바시라 선생님도 곧 빈자리에 시선이 머물렀다.

"쿠시다, 하세베, 왕이 결석이라니. 별일이 다 있지."

누가 결석인지 우리는 자세히 몰랐지만, 차바시라 선생님은 달랐다.

"하세베와 왕은 아프다고 연락이 왔으니 절차대로 병가 처리하면 되고. 쿠시다는 연락이 안 되니까 나중에 전화로 확인해야겠구나. 단순히 늦잠 잔 건지, 일어나지도 못할 만큼 아픈지는 곧 판단할 수 있겠지."

약간의 과장도 섞여 있었는데, 십중팔구 꾀병으로 여기고 한 말이리라.

학교생활을 오래 하다 보면 결석하는 사람이 나오는 것쯤 별로 드문 일도 아니다.

하지만 세 명이 동시에 쉬는 것은 지난 1년 반 동안 처음 있는 일이었다. 지금까지는 누가 결석해도 차바시라 선생님이 뭐라고 한 적이 없었다. 그렇게 담담하게 처리하던 지금까지와는 다르다. 여기가 그냥 보통 학교라면 결석의 대가는 전부 본인에게 돌아온다.

일주일 농땡이 치면 내신에 영향이 가고 수업도 못 따라갈 지경이 되기도 한다.

하지만 이 학교는 한 사람의 책임이 곧 모두의 책임이다.

다들 말은 하지 않지만 무엇을 걱정하고 있는지 차바시라 선생님도 잘 알고 있으리라.

"그렇게 불안한 표정 지을 것 없다. 하루 이틀 쉬는 것 정도로는 반 포인트에 영향이 없으니까. 어쩌다 세 명이 동시에 아플 수도 있는 거지."

지금은 반에 영향이 가지 않는다고 딱 잘라 말했다.

그 단호한 말투에 아이들은 안도했을 것이다.

"그렇지만 이 휴식이 오래간다면 꼭 그렇다고 할 수도 없어. 하물며 꾀병이라면 문제도 조금씩 표면상으로 올라오겠지."

연락이 없는 쿠시다의 자리를 바라보며 그렇게 말했다.

"뭐, 꾀병이라는 표현은 좀 과장일지도 모르지만, 구체적인 병명이 없는 병결에는 한도가 있다는 뜻이다. 가능하다면 빠른 회복을 기대하고 싶구나."

아이들의 시선이 저절로 호리키타에게 모였다. 만장일치 특별시험에서 그녀는 자기 생각을 최우선으로 해서 쿠시다를 남기겠다고 선언했다. 그러니 당연히 많은 비난의 화살이 호리키타로 향하게 되는 것이다.

비난의 화살…… 쉽게 말하면 시선을 받으면서도, 호리키타는 눈 하나 깜빡하지 않았다.

속마음은 어떨지 몰라도 여기서 동요해버리면 말이 안 되겠지.

상황을 지켜본 차바시라 선생님은 한 번 기침해서 학생들의 의식을 호리키타로부터 억지로 돌렸다.

"결석자들이 마음에 걸리지만, 거기에만 계속 얽매일 수는 없다. 만장일치 특별시험도 끝났고 너희는 이제 다음 대결에 임해야 해."

차바시라 선생님은 등 뒤에 있는 모니터에 손바닥을 슬쩍 대서 화면을 켰다.

"체육대회에 대한 상세한 내용, 올해 새롭게 적용될 특수 규칙을 이제부터 설명하겠다. 잘 듣도록."

앞으로 있을 체육대회는 예년과 같던 작년과 똑같을 터. 그렇게 생각했던 학생들.

"특수 규칙……. 그럼 작년 체육대회랑 다르다는 거예요, 쌤?"

누구보다 체육대회에 의욕이 넘치는 스도의 질문에 차바시라 선생님이 고개를 끄덕였다.

"학생회장이 제의했던 이 학교의 새로운 상이 무인도 시험을 포함해 점점 받아들여지고 있다는 뜻이지. 개인의 실력을 중시하자는 안건을 적극적으로 반영하는 시도, 그것을 구현한 체육대회."

무인도 시험에서는 학력도 높고 무엇보다 신체 능력이 월등했던 코엔지가 크게 활약해 반 포인트를 딴 데다가 개인적으로도 막대한 프라이빗 포인트를 획득했다.

실력주의 학교를 그대로 보여준 것이었다. 반대로 실력 없는 학생들은 퇴학 위기에 몰리기도 했지만. 그때처럼 개인의 실력을 중시하는 체육대회. 그 말만 받아들이자면 케세이처럼 학력이 좋아도 신체 능력이 낮은 학생들에게는 힘겨운 시험이 될 수도 있다.

"불안해진 학생도 적지 않겠지만 이번 체육대회에서는 개인의 실력 부족 때문에 퇴학당하거나 개인만 손해 보는 일은 일어나지 않게 조정되어 있어. 학업과 운동이라는 두 마리 토끼를 누구나 다 잡을 수 있는 것은 아니니까."

가벼운 패닉을 피하기 위해서인지, 호리키타 선생님이 그렇게 말하고 친절하게 설명해주었다.

지난주까지와는 사뭇 다른 부드러운 말투에, 일부 학생들은 놀란 듯 서로의 얼굴을 마주 보았다.

더 말할 것도 없이, 모니터에 체육대회의 개요와 규칙이 표시되었다.

체육대회의 개요 및 규칙

–개요
여러 가지 종목으로 이루어진, 전 학년 참가형 체육 제전
개최 시각: 오전 9시부터 오후 4시까지

　　　　(정오부터 오후 1시까지는 휴식)

학생들은 자유롭게 선택한 종목에 참가하여 기본 점수를 획득하고, 종합 득점을 반 단위로 겨룬다

–규칙
- 시작할 때 학생 한 명당 5점을 기본으로 받는다
- 체육대회에 참가하는 학생은 경기를 최소 다섯 종목 참가해야 한다
- 종목마다 참가상으로 기본 점수 1점이 주어진다
- 입상자는 종목 내용에 따라 추가로 기본 점수를 받을 수 있다

- 여섯 종목 이후부터는 1점씩 내야 참가 가능
  (참가상 1점은 받을 수 없다)
- 참가 가능한 종목은 일 인당 최대 열 종목까지
- 참가 경기 수가 다섯 종목 미만으로 체육대회가 끝
  났을 경우, 획득한 점수는 전부 몰수된다
- 엔트리한 경기를 어쩔 수 없는 이유를 제외하고 불참
  하거나 기권할 경우 2점을 잃는다
- 경기를 끝낸 학생은 정해진 몇몇 지정 구역에서 응원
  할 것

이상이 모니터에 표시되었다.

이 개요와 규칙만 대충 읽어도 작년과는 완전히 다르다는 사실을 알 수 있었다.

"이것이 올해 치를 체육대회, 그 개요와 대략적인 규칙이다. 전교생이 한 경기를 지켜보던 기존 방식과는 달리 같은 시간대에 다양한 장소에서 경기를 병행하는 방식이야."

"뭐, 뭔가 정신없을 것 같아."

스도가 그날을 대충 상상해보고 곤혹스러워했다.

"경기에 출전해 상위 입상을 노리는 것이 최우선이지만, 스케줄을 치밀하게 세워야 할 거다. 이기기 위해 여러 경기에 나갈 계획이라면 그만큼 바쁜 체육대회가 되겠지. 경기는 크게 나눠서 두 종류가 있는데, 우선 기본 경기부터. 기본 경기는 단독으로 참가하는 경기를 말하고, 전부 고정

보수로 1위는 5점, 2위는 3점, 3위는 1점, 그리고 참가상으로 1점이 주어진다. 또 다른 하나는 특수 경기라고 하는 단체전이야. 두 명부터 참가할 수 있어. 단체전 쪽이 보수가 높게 설정되어 있고, 참가한 팀 전원에게 같은 점수가 주어진다. 보수가 매력적이지만, 연대 등이 요구되는 데다가 소요 시간이 길다는 단점이 있다."

개인전과 단체전이 명확하게 나누어져 있는데, 단체전 쪽이 점수가 높다는 말인가.

꼴찌를 해도 리스크가 없다는 부분은 운동에 약한 학생에게는 고마운 배려다.

"단체전 보수는 경기마다 다르니 별도로 확인해둬라."

이해하고 나면 단순한 규칙이지만, 꼭 해야 하는 것이 의외로 많겠군.

초기에 받는 기본 점수 5점과 참가상 5점까지 총 10점을 성적과 상관없이 체육대회에 참가해 경기만 치르면 받을 수 있다. 이건 어떤 불상사 때문에 필요 최소 조건을 만족하지 못하는 학생이 생긴다면 한 사람당 10점씩 줄어든다는 뜻이기도 하다.

전원 참가를 전제로 했을 때 지금 시점에서 40명이 있는 이치노세의 반이 400점, 두 명 빠진 우리 반은 380점. 시작부터 20점이라는 핸디캡을 짊어지고 싸우게 되는 셈이다.

현재까지 드러난 개인전 보수는 1위가 5점. 즉, 네 번 더 많이 1위를 차지해야 한다. 별것 아닌 듯 느껴지지만, 한 사람당 참가 가능한 경기는 열 종목까지다.

즉 스도를 최대한 활용해 열다섯, 스무 종목에 참가해서 점수를 쓸어모으는 방법은 불가능하다. 의외로 중압감이 상당할지도 모르겠군.

"점수를 써서 여섯 종목 넘게 참가할지는 개인과 반의 선택, 즉 자유야. 그리고 체육대회가 끝났을 때 종합 점수로 학년별 순위를 결정한다."

모니터 화면이 전환되더니 학년별 보수가 표시되었다.

−반별 순위 보수

1위 150 반 포인트

2위 50 반 포인트

3위 0 반 포인트

4위 마이너스 150 반 포인트

통상적인 시험이라는 관점에서 보면 반 포인트의 변동 폭이 큰 듯한 느낌이다. 체육대회라는 규모가 큰 전체 행사이고, 현재 발표된 문화제는 반 포인트 변동 폭이 비교적 적기 때문일까.

"이상이 반별 보수다. 그럼 지금부터는 개인별 보수를 발표하마."

반별 보수만으로도 동기부여가 충분히 되는데, 거기서 끝이 아니었다.

개인의 실력을 묻는다는 명목으로 치르는 체육대회인 이상, 개인 보수도 준비된 것은 당연한 흐름이었다.

스도가 앞으로 몸을 내밀고 침을 꿀꺽 삼키며 모니터 화면이 바뀌기만을 기다렸다. 1년 통틀어 자신이 가장 빛날 이벤트라는 사실을 누구보다도 잘 알았기 때문이다.

-개인전 보수(학년, 남녀별)
1위 200만 프라이빗 포인트 또는 반 이동 티켓(한정적)
2위 100만 프라이빗 포인트
3위 50만 프라이빗 포인트

고액의 프라이빗 포인트 보수에 스도가 승리의 브이를 그려 보였다.

거기에다가 이제껏 본 적 없는 한 문장도 덧붙어 있었다.

"바, 반 이동 티켓이라면, 설마——?!"

지금까지 보지 못했을 정도로 반 전체가 심하게 술렁였다.

"학교 측도 이번 새로운 제도 도입에 몹시 신중한 자세를 보였어. 프로텍트 포인트 도입도 전대미문인데, 거기서 얼마 지나지도 않아 또 새로운 걸 도입했으니까. 하지만 개인의 실력을 선보인 학생이 위로 올라가는 것은 당연한 권리이기도 하지."

이 학교에서 승자는 A반으로 졸업한 학생뿐.

체육대회라는, 신체 능력을 많이 요구하는 시험에서 학년 최고의 성적을 거두었다면 반을 이동할 권리를 갖기에 걸맞다고 판단해도 이상하지 않다.

일단 자리매김하기로 체육대회는 특별시험에 해당하지 않고 말이지. 다만 마음에 걸리는 부분은 200만 프라이빗 포인트와 반 이동 티켓을 대등한 가치로 매겼다는 부분이다. 원래 반 이동에 필요한 프라이빗 포인트는 2,000만. 다시 말해 자릿수가 하나 모자라다. 그런데도 반 이동 권리를 부여하다니. 이러한 불균형의 답을 푸는 열쇠는 반 이동 티켓이 한정적이라는 문장에 숨겨져 있겠지.

"한정적이라면…… 이동해도 언젠가 다시 돌아가야 한다는 뜻인가?"

"야, 그건 아니지. 그럼 무슨 의미가 있냐고."

한정적이라는 단어에 동요한 스도와 이케가 멀리 떨어진 위치에서 말을 주고받았다.

"반 이동 권리는 주어진다. 하지만 그렇다고 이 시점에서 모든 것을 확정 지을 수 없는 것도 사실이지. 따라서 한정적이라는 말은 사용 기한을 의미한다. 권리 행사는 2학기에 한해 가능해. 요컨대 3학기 시작 전까지 쓰지 않으면 무효로 돌아간다."

한정적이란 다시 말해서 사용 기한이 정해져 있는 반 이동 티켓이라는 뜻인가.

그렇다면 200만 포인트와 대등한 가치를 매긴 것도 어느 정도 납득이 간다.

졸업 직전까지 보유할 수 있다고 하면 실질적인 A반 확정 티켓이지만, 기한이 정해져 있는 이상 끝까지 버티거나 혹은 최종적으로 A반으로 올라설 수 있는 반을 알아보는 안목이 필요하다.

만약 지금 다른 반으로 이동했는데, 마지막 순간 원래의 반이 A반으로 졸업해버린다면, 이 티켓의 유혹에 넘어가 버린 것이 오래오래 한으로 남겠지.

그런 최악의 상황까지는 가지 않는다고 해도, 이 티켓을 사용하려면 그에 상응하는 용기가 필요하다.

1년 반 넘게 지내서 익숙한 자기 반을 버리기란 쉬운 일이 아니기 때문이다.

가령 스도가 그 권리를 얻었다고 가정했을 때, 호리키타와 다른 친구들을 버리고 A반으로 갈 것인지 객관적으로 따져보면 반을 옮기는 모습은 쉬이 상상이 가지 않는다.

주목받는 체육대회라지만 한 번의 활약으로 A반 졸업이 확정되는 것은 아니다.

그 점을 똑똑히 기억할 필요가 있을 듯하다.

다만 그건 2학년에 한한 이야기. 학년이 달라지면 가치도 달라진다.

1학년이라면 아직 그 정도로 친밀하지 않은 지금 반을 버리고, 이길 것 같은 반이나 단순히 현재의 A반으로 이동하는 사람도 나타날지 모른다.

반면 3학년은 나구모 반으로 이동할 수 있는 최고의 권리라고도 할 수 있다. 실질적으로 A반으로 졸업하는 것이나 같은 의미이기 때문이다. 여하튼 어느 학년이든 반을 이동할 권리, 그 극히 제한된 선택의 권리를 부여받는 것은 의미가 크다.

그에 따른 영향이 어떻게 나올지도 잘 관찰해야 하겠지.

학교도 반응을 보고 또 똑같은 티켓을 준비할지 말지 판단할 테니까.

종합적으로 보면 재미있는 균형을 이룬 흥미 깊은 보수인 듯하다.

"남녀 각각 1위에 오른 학생은 둘 중 하나를 선택할 수 있다. 스도, 개인전에서 1등을 노릴 생각이라면 미리 잘 검토해둬라."

스도의 등이 굳는 게 보였다.

맹신하듯 친구를 우선해 200만 포인트 쪽으로 달려드는 게 아니라, 그다음을 보는 것.

지금 있는 호리키타의 반을 택할지, 독주 중인 사카야나기의 반으로 옮길지.

자신의 미래를 똑바로 직시하고 신중하게 검토할 권리가 있다.

"자, 좀 더 자세히 설명해주마. 경기는 미리 공개되는 것과 당일에 공개되는 것, 두 종류가 있어. 다시 말해서 당일에 바로 도전해야 하는 종목도 어느 정도 있다는 뜻이다."

100m 달리기와 장애물 경기 등 기본 종목과 함께, 흥미

롭고 색다른 종목도 몇 가지 표시되었다. PK, 농구 대결, 테니스 싱글 경기와 남녀 복식 등. 평범한 학교 체육대회에서는 보지 못할 경기가 즐비했다.

"인원수 제한, 개최 시각 등 때문에 원하는 경기에 전부 나가기는 어려울 거다. 타임 스케줄에 맞지 않는 일정을 무리하게 짰다가는 결국 참가하지 못하고 기권 처리될 수도 있지. 가진 점수를 잃을 위험도 있다는 사실을 잊으면 안 돼."

학교 전체로 봐도 신체 능력이 우수한 학생은 효율적으로 점수를 딸 수 있는 종목에 많이 내보낼 필요가 있다. 그런 의미에서는 머리를 잘 굴려야 할 측면도 있고, 누가 어느 종목에 참가하는가에 관한 운과 안목도 요구된다.

다만 만약 지금 이 상태로 체육대회가 개최된다면 학생들은 패닉에 빠지겠지.

당일, 학생들이 특정 종목에 우르르 몰리게 되면 경기가 문제가 아니다.

물론 학교 측이 그걸 모를 리도 없지만.

"미리 공개하는 종목은 오늘 밤 10시부터 전용 앱을 통해 참가 예약할 수 있다. 전 학년 합해서 선착순이야. 체육대회가 시작되기 일주일 전까지는 취소할 수 있지만 총 세 번까지만 가능하다. 예약 마감은 체육대회 이틀 전이고, 그때까지 최대 다섯 종목에 등록하지 않을 경우, 남은 종목에 자동 배정된다."

그 말이 끝나자, 앱 화면으로 짐작되는 스케줄표가 표시되었다.

"예시로 100m 달리기에 예약해보겠다."

화면이 바뀌었다.

『100m 달리기: 같은 학년, 남녀별로 최대 7명 참가형 종목. 총 네 번의 경기. 임의의 경기에 예약 가능. 또 공석이 있을 시 당일 참가도 가능. 참가자는 경기 시작 5분 전까지 도착해 엔트리 등록을 마칠 것. 경기 종료 후에는 대기할 필요 없음. 첫 경기 예정 시작 시각: 오전 10시 15분.』

이를 보았을 때 100m 달리기에 참가할 수 있는 숫자는 남녀 합해서 최대 56명. 몇 번째 경기에 뛰든 첫 경기는 10시 15분부터 시작되고, 반드시 5분 전까지 도착해야 한다. 경기 종료 후 대기할 필요가 없다는 설명으로 보건대 첫 경기에 뛸 경우는 짧은 시간에 다음 종목으로 이동할 수 있다. 반대로 네 번째 경기에 뛸 경우는 긴 시간 붙잡혀 있어야 한다. 같은 경기, 같은 보수라도 시간은 다소 손해를 보게 된다.

"또 중요한 부분은 지금 또는 재학 중에 단 한 번이라도 동아리 활동을 한 과거가 있는 학생은 해당 종목에 참가할 수 없다. 히라타의 경우에는 축구, 스도의 경우에는 농구 종목은 참가가 불가능한 셈이지."

동아리 활동 중인 학생이 단순히 유리한 것이 아니라, 오히려 제한이 있는 건가.

하긴 요스케나 스도와 같은 본직을 이길 수 있는 학생은 없을 테니, 동아리 활동 경험자들과 대결하는 상황은 피하고 싶겠지.

만약 스도가 축구, 요스케가 농구에 참가한다면, 다른 학생에게도 승리의 기회가 있다.

하지만 중학교 때는 동아리에 전념했으나, 고등학교에 올라와서는 동아리로 고르지 않은 학생도 없지는 않으리라. 그런 부분에서 다소 유리함과 불리함이 생길지도 모르겠군.

"뭔가 영화 예매 같은 느낌이네."

설명을 진지하게 듣던 스도가 불쑥 내뱉은 말은 적확했다.

"하긴 시스템은 유사하다고 할 수 있겠구나. 누가 어느 종목, 어느 시간대를 예약했는지도 실시간으로 반영되도록 만들어져 있거든."

"그럼 저랑 대결하기 싫어서 취소하는 녀석도 나오겠네요?"

콧방귀를 끼며 의기양양하게 팔짱을 낀 스도가 중얼거렸다.

"그래. 하지만 그런 학생은 언젠가 취소 3회라는 벽에 부딪히게 되겠지."

각 경기에 참가 가능한 인원수와 시간이 정해져 있으니, 스케줄을 잘 짜려면 자신 있는 종목과 특정 경기를 빨리 예약하고 싶을 터. 하지만 너무 빨리 예약하면 당연히 강적의 표적이 될 위험이 커진다. 더구나 피할 수 있는 횟수가 정해져 있다면 예약을 망설일 수밖에 없다. 결국 서로를 견제하고 탐색하는 싸움을 치러야 하는 셈이다.

체육대회 전부터 온라인상에서 대결이 펼쳐질 듯하군.

"그리고 만약 개인전 결과, 같은 순위가 나올 경우는 프라이빗 포인트가 균등하게 분할되며 반 이동 티켓은 획득할 수 없다."

만에 하나 학생들끼리 결탁해 1위가 여러 명 나와 반 이동 티켓을 대거 획득하는 사태가 나오면 그 제도는 망한 것이니. 이를 방지하는 조치겠지.

여하튼 한 사람이 활약해서 보수를 전부 차지한다면 어마어마한 상금 또는 반 이동 티켓을 거머쥘 수 있다.

그야말로 실력이라는 이름에 상응하는 보수라는 뜻이다.

반을 옮길 계획이 없어도 200만 포인트라면 다양한 용도로 쓸 수 있다. 꿈의 2,000만 포인트를 모아 A반 확정의 포석으로 삼는 것도 가능하다.

한편 운동에 자신 없는 학생은 무조건 참가해야 하는 다섯 종목에서 끝날 수 있도록 최대한 노력해야 하겠지. 귀한 점수를 써가며 여섯 종목 넘게 참가했는데 지면 1점만 잃는 셈이니까. 그렇게 되면 반별 대결에서 크게 불리해진다. 다만 그것도 어떻게 대결에 임할지에 따라 다르려나.

차바시라 선생님이 설명을 마치고 나가자마자 교실이 뜨거운 물 끓듯 어수선해지기 시작했다.

"자, 스즈네! 빨리 회의하자!"

가장 먼저 소리친 사람은 스도. 규칙을 듣고 갑자기 의욕을 드러냈다.

요스케도 자연스럽게 자리에서 일어나 호리키타에게 다가갔다. 여기까지는 여느 때와 다름없는 흐름.

하지만 일부 학생들은 싸늘한 시선을 보내왔다.

정말로 호리키타에게 맡겨도 되는가, 호리키타를 중심으로 정해도 되는가 하는 의심이 소용돌이쳤다.

"우선 이번 체육대회에 대해 의논하기 전에 꼭 해야 할 말이 있어."

누가 선수 치기 전에 호리키타가 먼저 움직였다. 그녀는 자리에서 일어나 모두에게 자기 얼굴이 보이도록 몸을 돌렸다.

"지난주에 있었던 특별시험에서 난 모두와 한 약속을 어기고 쿠시다를 퇴학시키지 않는 선택을 강행했어. 먼저 그걸 사과하고 싶어."

그렇게 말한 호리키타가 머리를 숙였다. 하지만 그 후 얼굴을 들었을 때 두 눈에는 강한 의지가 담겨 있었다.

"그래도 결과적으로는 옳은 선택을 했다고 생각해. 그 애는 우리 반에 힘이 되어 줄 존재야."

"난 그렇게 생각 안 하는데."

가장 먼저 호리키타의 말을 부정한 사람은 시노하라. 쿠시다의 폭로 피해자 중 한 사람이다.

"쿠시다가 그런 사람이라는 걸 알아버린 지금, 더는 아무도 쿠시다를 신뢰하지 않아. 아직은 아무도 다른 반에 쿠시다에 관해 이야기할 생각이 없겠지만, 그것도 시간 문제 아니겠어?"

쿠시다를 좋아하는지 싫어하는지, 그 부분은 일단 제쳐 두고 우리가 고민해야 할 중요한 요소를 시노하라가 언급했다.

앞으로도 쿠시다가 같은 반으로 존재한다는 사실은 변하지 않고, 그 사실을 전제로 나아가려면 우리에게 불리한 『진실』은 최대한 입 밖으로 꺼내지 않는 편이 좋다.

쿠시다가 사실은 사악하고 사상이 위험한 사람이라는 진실을 굳이 다른 경쟁 반에 말하는 것은 스스로 목을 조르는 짓이니까.

입 다물고 있으면 그만인 단순한 이야기지만, 그걸 실행하기란 의외로 어렵다.

특히 지금 항의하고 있는 시노하라는 쿠시다에게 직접 피해를 봤다.

이미 폭발했어도 이상하지 않은데, 아직은 잘 참고 있는 듯하다.

시노하라가 그 이점을 이해하고 있는 것처럼은 보이지 않는다. 그렇다면 그 사실을 이해하고 있는 영리한 사람, 요스케 같은 존재가 미리 입막음을 했어도 이상하지 않다.

하지만 그것도 언제까지 먹힐지 의심스러운 부분이다.

쿠시다에 대한 의심, 불안이 한계를 맞이하면 단숨에 터지며 무너지겠지.

"호리키타. 쿠시다를 남긴 게 정말 옳았다고 말할 수 있어? 대답해."

자신을 보기만 하는 호리키타를 기다리다 못한 시노하라가 대답을 재촉했다.

"지금은 답을 낼 수 없어. 그건 나도 시노하라도 다른 애들도 마찬가지야. 남은 학교생활 동안 존재감을 드러낼 필요가 있겠지."

"그게 무슨 소리야. 난 지금 당장 답을 원하는데. 아무리 생각해도 쿠시다는 우리 반에 방해만 되는 것 같거든."

"물론 그녀는 만장일치 특별시험에서 너에게 상처를 줬어. 오늘 결석한 왕과 하세베에게도 그렇고. 하지만 쿠시다가 지난 1년 반 동안 우리 반에 공헌했다는 것도 틀림없는 사실이야. 아니면 네가 그 애보다 많은 성과를 냈다고 자부할 수 있니?"

큰 문제를 일으켰다지만 과거에 이룬 공적은 지워지지 않는다.

반을 하나로 만들고 아이들의 마음을 위로해주고 학력과 신체 능력의 평균을 올리는 데 공헌해왔다.

적어도 시노하라 개인이 쿠시다보다 많은 공헌을 한 게 아님은 분명하다.

"내가 갑자기 약속을 어긴 것, 쿠시다가 퇴학자를 계속 고집했던 것을 좋게 받아들이기 힘든 건 어쩔 수 없겠지.

하지만 그대로 쿠시다를 퇴학시켰다고 해도 그게 정답이었다고 바로 말할 수 있을까? 반 평균이 내려가고 특별시험에서 졌어도 아무렇지 않은 얼굴로 있을 수 있을까?"

"그건…… 그건 실제로 해보지 않으면 모르는 일이지."

"그렇지. 그런데 내가 하려는 것 역시 실제로 해보지 않으면 모르는 일이야."

이랬든 저랬든 불확실한 미래라는 사실은 다르지 않다.

시노하라의 역량으로는 호리키타를 말로 이기기 쉽지 않다.

"잠깐 내가 얘기 좀 해도 될까?"

호리키타와 시노하라가 서로를 노려보고 있는데 요스케가 손을 들고 자리에서 일어났다.

"좀 마음에 걸리는 게 있어. 쿠시다의 능력을 최대한으로 활용할 거라면 모두 그 애의 비밀을 함구할 필요가 있어. 그래서 난 말하지 말아 달라고 모두에게 부탁했고."

"맞아. 누군가가 뒤에서 그렇게 지시하지 않았으면 지금쯤 소문이 다 퍼졌겠지."

월요일이 되었는데도 쿠시다의 소문이 돌지 않는 것을 보고 호리키타도 의아하게 생각한 모양이다.

"하지만 호리키타는 말하지 말아 달라고 미리 부탁하지 않았어. 왜 그런 거야?"

"그 애를 궁지로 내몰고 싶은 사람에게는 아무리 함구해 달라고 부탁해봐야 아무 의미 없으니까. 학교에 소문이 퍼지는 것은 시간문제일 뿐."

과정이 어떻든 이제 학생들도 결단을 내리리라. 감정에 몸을 맡기고 본성을 드러낸 쿠시다에게 앙갚음을 할지, 반을 생각해서 비밀을 지킬지.

그러자 마츠시타가 입을 열었다.

"난 히라타가 부탁하지 않아도 말하지 않을 생각이야. 휴일에 애들이랑 모일 기회가 있었는데 이번 일, 소문내봐야 좋은 것 없다는 쪽으로 결론이 났거든. 물론 지금 쿠시다에게 아무 감정이 없다고 하면 거짓말이지만."

역시 머리 좋은 마츠시타다. 쿠시다의 폭로로 영향을 받은 사람 중 하나인데도 자기 입으로 소문내는 것의 단점을 잘 이해하고 있다.

폭로 당했으니 똑같이 폭로해준다. 그런 짓을 해서 얻는 이익이라고는 일시적인 만족뿐.

"그 애는 내가 반드시 데리고 올게. 만약 실패하면…… 어떤 책임이든 질 생각이야."

책임을 지겠다. 그런 강한 결의에, 지금까지 적의를 드러내던 학생들도 조용히 침을 삼켰다.

그것은 시노하라도 예외가 아니었다.

"……정말로 책임질 거야?"

"그럴 각오로 쿠시다를 남기는 선택을 했어. 만약의 사태가 벌어지면 너희가 나를 심판해."

이 모습을 조용히 지켜보는 아키토와 케세이가 눈에 들

어왔다.

어떤 심정으로 이야기를 듣고 있는지 상상하기란 어렵지 않다.

여하튼 호리키타의 강력한 한마디로 이야기는 일단 정리되었고, 자유시간이 찾아왔다.

호리키타의 시선이 내가 아니라 다른 어떤 인물에게로 향했다. 그 역시 호리키타를 보았고, 그 후 호리키타가 교실을 나갔다. 그러자 옆에 빈자리 하나를 사이에 두고 앉아 있던 코엔지가 자리에서 일어나 교실을 빠져나갔다.

그 모습이 왠지 마음에 걸려, 나는 문을 슬쩍 열고 확인해보기로 했다.

"나한테 무슨 할 말 있는 것처럼 굴던데, 뭘까?"

"다음 체육대회와 관련해서 한 가지 확인해두고 싶은 게 있어."

"후후. 난 이제 협력할 필요가 없다……라고 생각해도 문제없는 걸로 아는데?"

"물론이지. 그냥 네 의향을 확인하고 싶을 뿐이야. 그 정도는 들려줄 수 있겠지?"

코엔지의 활약을 계산에 넣을지 말지. 그에 따라 전략도 달라진다.

질문을 받은 코엔지는 히죽 웃더니 호리키타의 어깨에 손을 올렸다.

그게 거슬린 호리키타가 뿌리치려고 했지만, 코엔지의

팔은 꿈쩍도 하지 않았다.

"넌 정말 럭키 걸이야."

여전히 어깨에 손이 올라와 있어서 살짝 불쾌한 표정을 지으면서도 호리키타는 코엔지가 한 말의 진의를 되물었다.

"할 생각이 있다는 뜻이니?"

"무인도 시험과 보물찾기로 포인트를 벌었지만, 지금은 비교적 돈이 나가는 시기니까. 나야 굳이 참가 안 할 이유는 없다는 거지."

무인도 시험에서 압도적 능력을 발휘했던 코엔지는 이제 움직이지 않을 줄 알았는데, 개인에게 막대한 포인트가 들어오는 특수한 시험이라면 뛰어들 생각이 있다는 뜻인가.

호리키타의 입장에서는 뜻밖의 횡재. 점수를 1점이라도 더 많이 벌어준다면 무슨 불만이 있겠는가. 하물며 코엔지라면 10점, 20점쯤이야 쉽게 벌어들일 가능성이 크다.

다만 이번 보수와 관련해서 마음에 걸리는 부분도 있겠지.

그래서 호리키타는 순간 망설이다가 그 부분을 언급했다.

"그런데 만약에 반 이동 권리를 획득한다면…… 어떻게 할 거야?"

코엔지는 틀림없는 학년 제일의 문제아, 아니 자유인이다.

자기가 그렇게 하고 싶다고 정하면 지금 반을 버리는 것쯤이야 망설이지도 않을 것이다. 코엔지가 앞으로 반에 도움이 될지와는 별개로, 적어도 반 인원이 줄어드는 것을 호리키타는 좋게 생각하지 않겠지. 게다가 무인도 시험과 체육대회 등 큰돈이 걸려 있는 특별시험에서 코엔지는 진지하게 임할 때도 있다. 그러니 그가 반을 옮긴다면 앞으로 강적을 상대해야 한다.

"그 점은 노 프라블럼. 아직은 호리키타 걸이랑 맺은 계약을 깰 정도로 다른 반에 매력이 있다고 생각하지 않아서."

"아직은, 말이지……"

즉, 조건에 따라서는 반 이동 가능성도 언제나 남아 있다는 뜻.

"오늘까지는 세이프티지."

그것이 완전한 안전으로 이어지지는 않겠지만, 뭐 코엔지를 영입하고 싶은 반이 어느 정도 될지도 회의적이다. 이익도 있겠지만, 그만큼의 위험 요소를 떠맡아야 하는 셈이니.

"좋아, 그 일은 그렇게 이해할게. 다만 자꾸 변덕 부리고 이랬다저랬다 하면 나도 너를 믿을 수 없게 돼. 상위를 노릴 만큼의 점수를 획득하겠다. 그렇게 계산에 넣어도 되겠지?"

"그러든지. 누구랑 협력할 생각은 없지만."

어디까지나 개인전에서만 점수를 벌어들일 생각인 모양이다. 코엔지라면 모든 경기에서 1위를 차지해도 놀랍지 않다. 최대 55점을 딸 가능성이 크다는 뜻이다.

"넌 정말 A반으로 올라가는 데에 관심이 없니?"

그 질문에 웃음으로 대신 답한 코엔지는 교실로 돌아왔다.

"몰래 엿듣는 게 취미인가?"

살짝 열린 문 사이로 보인 건가, 아니면 처음부터 알았나. 등 뒤에서 코엔지가 그렇게 물었다.

"체육대회에서 네 동향이 신경 쓰이지 않는다고 말하면 거짓말이니까."

"그런 걸로 해두지."

"하나만 물어봐도 될까, 코엔지."

"지금의 난 체육대회의 보수에 설레서 기분이 좋거든. 대답해주지."

"너와 호리키타는 약속을 했어. 하지만 반드시 지킨다는 보장은 없는 약속이지. 호리키타가 반의 반감을 살 각오로 쿠시다를 남겼듯이, 네가 배제되었을 가능성도 있었어. 그 부분은 어떻게 생각해?"

자신과 한 약속을 지킬까 알 수 없어 간담이 서늘해졌었는지 확인해보았다.

코엔지는 프라이빗 포인트를 위해서라는 목적이 이면에 있었다지만, 어쨌든 퇴학자를 만드는 쪽에 강력 찬성하는 쪽이었으니까.

"전부 계산을 바탕으로 성립한 거지. 만약 내가 최종 퇴학 후보가 되는 상황이 기다리고 있다면, 그 전 단계에서 반대에 투표했을 거다. 호리키타 걸을 신뢰하고 있다는 토크도 그 대전제가 깔렸을 때의 이야기."

"그렇군. 호리키타를 완전히 믿는 건 아니라는 얘기네."

"남한테 내 신변을 맡길 리가 없잖아. 너도 그럴 것 아냐?"

"그럴지도 모르지."

코엔지는 되는 대로 자유롭게 행동하는 듯 보여도 사실 이면에는 치밀하게 계산된 사고가 있다.

계산하면서도 계속 자유로운 것이다.

학생 하나하나 수없이 분해하고 답을 도출해왔지만, 이 남자만은 읽을 수가 없다.

2

"아야노코지. 시간 있어?"

점심시간이 되자마자 호리키타가 다가와 물었다.

"일단 케이랑——"

"밥 먹기로 했거든. 미안? 키요타카는 못 빌려줘."

케이가 달려와 호리키타의와의 대화를 차단하듯 억지로 사이에 끼어들었다.

케이는 손을 펼치고 안 된다고 어필했다.

"아니, 그리고 여친 있는 남자를 이렇게 막 불러내도 돼?"

"그렇구나. 그런데 얘를 빌리고 싶어 하는 건 내가 아니라 다른 사람이야. 여자도 아니고. 그래도 허락해줄 수 없겠니?"

호리키타가 자기 스마트폰을 우리에게 내밀었다. 나보다 케이가 먼저 화면을 들여다보았다.

  "야가미…… 타쿠야? 누군데?"

  "메시지를 보낸 사람이 누구인지는 상관없어. 내용이 중요하지."

  야가미가 호리키타에게 보낸 메시지는 1시간 정도 전에 온 것이었다.

  『점심시간에 아야노코지 선배를 학생회실로 불러주시겠습니까? 학생회장이 그렇게 희망합니다. 대응이 어려우시다면 제가 갈 테니 연락해주세요.』

  그렇게 적혀 있었다.

  "나도 일단 학생회 사람으로서 역할이 있어. 우리 반 애한테 용건이 있다고 하면 부탁을 거절할 수 없다는 얘기야."

  그래서 어쩔 수 없이 이야기를 전달하러 온 건가.

  "나구모 학생회장이 너를 만나고 싶어 하나 봐. 또 뭔가 했어?"

  "아무것도 안 했는데."

  최근에는, 하고 속으로 덧붙였다.

  "네가 거절하면 야가미가 올 거야. 그래도 거절하면…… 어쩌면 나구모 학생회장이 여기로 올지도 모르지. 내가 뭐라고 답장하면 되겠니?"

  호리키타는 단순한 연락 역할. 내가 뭐라고 대답하든 담담히 처리할 뿐이겠지.

"미안하다, 케이. 학생회장의 명령을 무시하면 앞으로 성가셔져."

"쳇. 학생회장이면 어쩔 수 없지……. 사토, 같이 밥 먹을래?"

이 상황에서는 받아들일 수밖에 없다는 것을 이해한 케이는 곧바로 사토 일행에게 달려갔다.

"전환이 빠르네, 저 아이."

감탄스러운지 아니면 어이가 없는지 그렇게 중얼거렸다.

"지금 간다고 해."

"야가미에게 그렇게 전할게."

"그런데 학생회에서 연락처를 교환했으면 굳이 야가미를 경유할 필요 없이 나구모 학생회장이 바로 너한테 연락하는 게 빠르지 않나?"

"학생회에서 채팅 앱으로 연락처를 교환한 사람은 직접 희망했던 야가미뿐이야."

내가 받아들이고 교실을 나가자 호리키타도 복도로 나왔다.

"무슨 일인지는 모르겠지만, 웬만하면 그를 화나게 하지 않기를 바랄게."

그렇게 조언한 호리키타와 도중에 헤어진 나는 어쩔 수 없이 학생회실로 향했다.

그 남자가 직접 교실까지 올 바에는 차라리 내 발로 가는 게 몇 배는 편하니까.

학생회실 앞에 도착한 나는 부드럽게 문을 노크했다.

잠시 후 안에서 나구모의 목소리가 들리는 것을 확인하고 문을 열었다.

생각했던 대로, 학생회실 안에는 나구모 밖에 없었다.

"여어, 아야노코지. 요즘 들어서 생활에 변화가 생긴 건 없고?"

우선 가벼운 잽부터 날아왔다.

내 생활이 흐트러진 것은 다른 사람도 아니고 바로 눈앞의 학생회장 본인의 지시 때문인데.

3학년들로부터 받는 시선의 압박은 하루하루 지나도 전혀 줄어들 줄 모른다.

오히려 나라는 학생에 대해 잘 인식하지 못했던 3학년들마저 이제는 당연하다는 듯 나를 기억했다. 틀림없이 상급생들 사이에 가장 유명한 후배가 바로 나겠지.

자세한 내막까지는 몰라도 나구모에게 반항한 후배로 각인되어 있을 것이다.

"특별히 달라진 건 없어요. ……라고 말하고 싶지만, 뭐 고민도 다소 있긴 하죠."

아무것도 못 느끼는 척하기야 쉽지만, 내가 난처해하는 모습을 보여주지 않으면 괜히 쓸데없이 압박이 더 심해질지도 모르니까.

"학생회장으로서 고민 상담을 해줄 수도 있는데?"

"단순한 억측일지도 몰라서요. 정말로 힘들어지면 그때

는 도움을 청하겠습니다."

어느 정도 비위를 맞춰주면 나구모가 손을 뗄 가능성을 남길 수 있다.

……아니, 그건 지나친 낙관론인가. 나구모가 바라는 건 나의 직접적 패배뿐. 이 정도로 만족할 리 없지.

어느 정도 파악을 끝낸 나구모는 이 이야기만 하고 보내줄 리 없이, 화제를 바꾸었다.

"체육대회 규칙은 이미 들었겠지? 우리가 직접 대결할 때가 왔다는 뜻이야, 아야노코지. 체육대회에는 학년을 불문하는 경기도 있어. 거기서 나랑 붙자."

"후배를 엄하게 가르치시려는 겁니까? 나구모 학생회장의 OAA를 보았습니다. 운이 크게 좌우하는 요소가 있는 경기가 아닌 한, 저는 아무리 용을 써도 승산이 없어요. 결과는 불 보듯 뻔합니다."

저자세로 나가는 것밖에 선택지가 없다지만, 그걸로 받아들일 나구모가 아니겠지.

"그렇게 대답할 놈이지, 너는. 저자세로 나오면 내가 만족할 거라고 생각하고 있어. 아니, 탓해도 소용없나. 넌 지금 저자세로 나오는 것 말고는 방법이 없을 테니까."

내 얕은수를 간파하지 못할 남자가 아니다.

"내키지 않는다는 건 알겠어. 나도 너를 오래 상대해봐야 시간 낭비일 뿐이야. 그러니까 이번 체육대회에서 나와 겨뤄서 단 한 번이라도 이기면 지금까지 있었던 일은 다

없던 걸로 해주지."

"한 번이라도 이기면요?"

내가 상상했던 것보다도 훨씬 관대한 조건이었다.

"단 1승으로 괜찮나, 하고 생각하나 보군. 너한테는 식은 죽 먹기라는 건가?"

"그렇지 않습니다. 하지만 가능성은 좀 생겼다고 생각합니다."

"전승이 조건. 아니, 더 많이 이겨야 한다고 하면 학생회장으로서 수치니까."

단순히 자존심이 방해해서 그런 것은 아니겠지. 오히려 자존심을 방패로 삼아 어떻게든 나를 승부의 장으로 끌어내려고 하고 있다.

"단, 조건은 있어. 승패와 상관없이 내가 지정한 다섯 개의 종목에 전부 참가해. 하나라도 빠지면 네가 지는 거야."

"제가 지면 어떻게 되죠? 이긴 학생회장은 그걸로 만족하는 겁니까?"

"그럼 좋겠지만. 네 고민의 씨앗은 사라지지 않을 거고 이런 식으로 계속 내가 부를 수도 있어. 혹은 지금까지보다 더 자주, 그 고민으로 힘들지도 모르지."

"반의 방침도 있어서요. 시간을 좀 주시겠습니까?"

"뭐, 지금은 그렇게 대답하는 수밖에 없겠지. 일주일 줄게. 다음 주 월요일까지 연락해라."

"알겠습니다. 이야기 다 끝났으면 이만 가봐도 되겠습

니까."

"그리 서두를 것 없어. 아니면 다른 일정이라도 있나? 내가 불렀으니 경솔하게 다른 약속 같은 건 잡지 않았겠지?"

"네, 뭐. 일정은 없습니다."

"그 말을 들으니 안심이네."

종종 스마트폰으로 뭔가를 확인하면서 얘기하던 나구모. 아직 나를 놔줄 생각은 없는 듯하다.

"실례합니다."

문 너머로 요즘 통 듣지 못했던 목소리가 들려왔다.

"아──."

이치노세가 손에 비닐봉지를 들고 서 있었다.

"……오래 기다리셨죠, 나구모 선배."

"미안하다. 오늘은 같이 사러 못 가서."

"아니에요……."

"아, 이거? 요즘 매일 호나미랑 단둘이 학생회실에서 점심을 먹거든. 학생회 일이 바빠서. 오른팔이 쉴 틈 없이 일하고 있달까."

점심시간에 스쳐 지나가는 기회가 줄어들었다고 생각했는데, 그래서였나.

일반 학생은 출입할 수 없는 학생회실에 있었으니 봤을 리가 없지.

"단둘이 있다 보면 이런저런 고민 이야기도 들을 수 있지. 안 그래? 호나미."

"네, 네에……."

"오늘은 손님이 있다고 미리 말해뒀었어. 너도 같이 먹지, 아야노코지."

봉지 안에 보이는 도시락이 세 개였다.

애초부터 나와 이야기를 끝내고 나면 여기서 밥을 먹게 할 생각이었던 모양이다.

거절하기는 쉽다. 이치노세도 지금 나와 한자리에 있는 것이 감정적으로 괴로울 테고.

하지만 이미 언질을 잡히고 포위당해서 달아날 곳이 없었다.

"일정 없다고 했지? 그러니까 앉아."

포위당한 상황인데다 학생회장의 명령이니 거부권은 없는 것이나 마찬가지다.

이치노세는 평소 나구모의 옆자리에서 밥을 먹는지, 비닐봉지를 건넨 후 나구모 옆에 가 앉았다. 나에게는 눈길을 주지 않고 살짝 고개 숙여 도시락을 펼치기 시작했다.

그 부자연스러운 행동을 나구모가 모를 리 없고, 선상에서 있었던 대화도 떠올리고 있으리라.

"작년과는 체육대회 규칙이 매우 다르더군요."

"오히려 고마워했으면 좋겠군. 만약 작년과 같은 규칙으로 체육대회를 치렀다면 내 승리는 이미 확정이니까."

작년 체육대회 때는 홍팀과 백팀으로 나누어 대결했었다.

나구모는 3학년 전체를 장악하고 있다. 즉 자신이 속하지 않은 조의 학생들이 의도적으로 지게 만들 수도 있다는 뜻.

나머지 1학년과 2학년이 아무리 용을 써도 승산은 0이나 다름없겠지.

처음에는 셋이서 나누던 대화가 이윽고 나구모와 이치노세 둘만의 대화로 바뀌었고, 나는 혼자 조용히 밥을 입으로 가져갔다.

두 사람이 밥을 반도 다 먹기 전에 식사를 마친 나는 도시락 뚜껑을 덮고 손에 쥐었다.

"뭐야, 벌써 다 먹었어? 빈 용기는 거기 그냥 두고 가면 돼."

"감사합니다."

그렇게 대답했는데, 이미 나구모의 시선은 내가 아닌 이치노세 쪽으로 향해 있었다.

이치노세 역시 나를 의식하지 않으려고 그러는지 나구모와 마주 보았다.

"그럼 전 이만 가 보겠습니다."

여기 계속 머물러봐야 소용없어서 나는 이만 학생회실을 나왔다.

"우위성을 드러내기 위한 전략인가."

남이 보기에는 치욕스러운 상황 같겠지만, 정작 내가 정신적 타격을 입지 않으면 아무 의미도 없다. 만약 그런 효과를 노린 거라면 학생회 멤버를 몇 명 더 불러서 지켜보게 했어야지.

그랬다면 불쌍한 남자라는 꼬리표를 주위에서 붙이게 하는 것쯤은 가능했는데.

그나저나 상황을 보건대 나구모는 앞으로도 이치노세와의 접촉을 계속 이어갈 것 같네.

경우에 따라서는 관계에 변화가 일어나는 일이 생겨도 이상하지 않다.

나는 계속 걸으면서 그것이 미칠 영향을 생각했다.

나구모의 일부가 되는 것이 이치노세 호나미의 성장으로 이어질까.

순조롭게만 간다면 학생회장 자리를 물려받을 만큼의 총애는 얻을 수 있을지도 모른다.

그에 따른 자신감으로—— 아니, 그건 너무 안일한 생각이다. 만약 이치노세를 향한 나구모의 집착이 나에게서 기인한 것이라면 오히려 마지막 순간에 이치노세를 버릴 가능성도 충분히 있다. 몸과 마음을 다 바쳤는데 학생회장이 되지 못하고, 공헌도 낮은 호리키타가 추천이라도 받는다면 그런 심리로는 1년도 채 버티지 못하고 무너지고 말겠지.

그런 의미에서는 나구모의 행동도 얕잡아볼 수 없겠군.

나구모도 신경 써야 하지만 지금 내가 해야 할 일은 그것 말고도 많다.

코앞까지 닥쳐온 체육대회도 그렇지만, 그다음에 있을 문화제 준비도 해둬야 하기 때문이다. 발안자인 사토, 마츠시타, 마에조노에게는 반의 상황을 고려해서 일단 중단하고 기다리게 했지만, 메이드 카페 직원을 확보하는 등 준비해야 한다.

원래 계산 밖의 일로 아이리가 참여할 수 없게 되었고, 하루카의 참여도 현시점에서는 불투명하다. 쿠시다라는 강력한 카드 역시 무산되었다고 봐야 하겠지.

게다가 이 분야에 대해 기본인 내용을 배워보려고 해도 지금은 반 아이들에게 쉽게 부탁조차 할 수 없다.

반의 관계성에 균열이 생긴 지금은 메이드 카페 이야기를 꺼낸 시점에서, 지금 네가 무슨 소리를 하는 거냐며 거부감을 보일 위험도 있는 데다가, 그것이 원인이 되어 정보가 밖으로 유출될 수도 있다.

"메이드 카페라……."

뭐가 뭔지 하나도 모르겠는데, 드는 예산을 고려하면 매출을 많이 올려야 한다.

필승 전략을 짜고, 라이벌 반들이 문화제에서 어떤 걸 하는지도 알아볼 필요가 있다.

3

체육대회의 구체적인 규칙 설명을 들은 다음 날, 아침 홈룸 시간.

어제와 마찬가지로 반 분위기는 어둡기만 했다.

그 원인은 세 사람의 결석에 있었다. 어제에 이어 오늘도 결석인가. 병이나 컨디션 난조로 학교를 쉬는 것쯤 누구나 있을 수 있고 별로 드문 일은 아니다. 하지만 이번 세 사람은 그게 아닌 다른 이유로 쉰다고 다들 생각하고 있지 않을까.

연속 결석의 경우, 케야키 몰 내에 있는 병원에 가서 진단서를 떼와야 한다. 반대로 말하면 진단서만 있으면 큰 문제가 되지 않는다. 만일 열이 없어도 어디가 안 좋다고 호소하면 이삼일은 병원 측도 그렇게 대처해 줄 것이다.

다만 홈룸 때 차바시라 선생님이 한 말을 봐서는 세 사람 모두 병원 진료를 받지 않은 듯하다.

쿠시다를 제외한 두 사람은 연락이 되는 듯하지만, 이게 언제까지 허용될지는 불투명하다. 문제는 내일 이후로도 세 사람이 계속 쉴 경우다. 하루카는 아이리가 퇴학당한 일 때문에 결석. 왕은 요스케에 대한 마음이 밝혀진 일로 결석. 쿠시다는 본성을 들킨 일로 결석. 모두 질병과는 무관하다.

이대로 사흘, 닷새, 일주일, 계속 이어진다면 어떻게 될까. 학교 측이 단순한 우연이 아니라고 보고 조사에 들어가도 이상하지 않다. 차바시라 선생님도 말했듯, 언젠가는 반 포인트에 크게 영향을 주기 시작할 것이다.

한편 눈에 보이지 않는 부분에서도 몇 가지 균열이 생기기 시작했다.

쿠시다의 폭로에 당한 피해자는 왕뿐만이 아니다. 이케와 시노하라, 새로 커플이 된 두 사람을 둘러싸고 불똥이 튀는 것도 불안의 씨앗이다. 실제로 시노하라는 뒷담화했다는 케이, 마츠시타, 모리와 말을 섞지 않는 듯했다.

또한 그 자리에서는 이름이 언급되지 않았지만, 사토나 마에조노와도 말하지 않는 것 역시 같은 이유일 가능성이 있다.

평소에 어울리는 그룹은 달라도 여학생들 사이가 돈독했던 우리 반이었는데, 지금은 완전히 거리감이 생겨버렸다.

점수를 벌기 위한 단체전 멤버를 정해야 할 시기인데, 분위기가 이런 반에서는 아직 그 단계에 도달할 수가 없다.

이대로 팀을 나누려고 했다간 내부 분열만 더 심각해질 것이다. 그것을 잘 알고 있기에 호리키타도 함부로 나서지 못하고 있다. 그건 호리키타뿐 아니라 요스케도 잘 이해하고 있다.

그러는 동안에도 시간은 흘러서 아침 홈룸 시간이 끝났다.

그 직후 태블릿에 메시지 하나가 들어왔다.

『할 얘기가 있다. 내 뒤를 따라와다오.』

차바시라 선생님의 짤막한 요구였다.

차바시라 선생님이 교실을 나가고 잠시 뒤, 나는 화장실에 간다고 하고 자리에서 일어났다.

복도 쪽 제일 뒷자리의 이점이 여실 없이 발휘되어, 그 누구의 주목도 받지 않고 나갈 수 있었다. 교무실로 향하는 복도 모퉁이를 돌자 벽에 등을 기댄 채 서 있는 차바시라 선생님이 보였다.

"이런 방식으로 호출이라니, 평소답지 않은데요. 급한 일입니까?"

순간 세 사람의 결석에 관한 일인가 싶었지만, 그건 아닌 듯했다.

"그래. 너한테 전해야 하는 이야기가 있어서. 사쿠라에 관해서야."

"아이리요?"

이미 아이리가 학교를 떠난 후 새로운 한 주가 시작되었고, 시간이 흘렀다.

지금에 와서 전해야 하는 이야기가 있다고?

"그녀의 퇴학을 두고 당연히 학교 측은 절차를 밟았다. 짐 정리, 프라이빗 포인트 회수. 뭐, 그런 필수 사항…… 말하자면 사후 처리지."

표현은 직설적이었지만 조금 망설이는 느낌이 전해졌다.

자기 반 학생 하나가 빠져버린 것에 대한 감정 때문일까.

"이때 개인 물품의 경우, 학교 내에서 산 것은 그 학생의 소지품이기 때문에 그걸 어떻게 처분할지는 당사자의 자유다. 남겨두고 떠나든 가지고 가든 문제가 없지. 이 절차를 마치면 교무실에서 학생의 퇴학을 정식 수리한다만…… 실은 퇴학을 수리하기 전에 뜻밖의 일이 하나 생겼다."

"뜻밖의 일이요?"

"정확하게는 만장일치 특별시험 후, 사쿠라가 자기 프라이빗 포인트를 5,000점 정도 쓴 흔적이 발견되어서, 이걸 어떻게 처리할지 고민 중이라고 말하는 게 좋겠구나."

"퇴학자의 프라이빗 포인트는 박탈하는 것이 원칙 아닙니까?"

"그렇지. 그런데 아까도 말했지만, 퇴학은 정식으로 수리가 되어야 성립한다. 아직 그녀의 퇴학은 완전히 수리된 상태가 아니야. 하지만 학교 측은 이걸 규칙 위반에 가까운 상황이라고 보고 있어. 이를테면 특정 학생에게 프라이빗 포인트를 양도하는 행위는 인정하지 않는 것처럼."

"그렇죠. 퇴학이 결정된 후 모든 프라이빗 포인트를 양도할 수 있다고 하면 문제가 빚어질 수 있으니까요. 그럼 아이리가 누군가에게 5,000포인트를 양도했다는 말인가요?"

"아니, 그건 아니야. 사쿠라는——."

나는 정말로 상상하지도 못했던 프라이빗 포인트 사용처에 대해 들었다.

설명을 들으면서 동시에 내가 전혀 관계없지도 않다는 사실을 깨달았다.

"——그래서 이 이야기를 너한테 말하는 거다. 물론 네가 이 일을 부담할 의무는 없어. 네가 거부한다면 내가 처리하지."

퇴학이 확정된 후 얼마 안 되는 시간 동안 일으킨 아이리의 행동.

그 답에 어떤 예감을 느끼면서, 나는 내가 어떻게 해야 하는지 판단했다.

"그리 큰 액수도 아니고 그냥 그대로 놔둬 주세요."

"그럼 네가 대신 내겠다는 거지?"

"그렇게 하면 문제없는 거죠?"

"그래. 편의상 네가 쓴 프라이빗 포인트가 되는 거니까. 학교 측도 위반 행위로 보지는 않을 거다."

"알겠습니다."

문제가 되지 않는다는 것을 선생님으로부터 분명히 확인했다.

"한 가지 묻고 싶은 게 있는데, 이것도 네가 관여한…… 건가?"

조금 탐색하는 듯한 시선을 보내며 차바시라 선생님이 물었다.

"아니요, 아닙니다. 그 제한된 시간 속에서 자기 스스로 생각하고 도출해 낸 결론이겠죠."

물론 지금은 나도 자세히는 모르지만, 시간이 흐르면 자연스럽게 답이 보이겠지.

"여하튼 작은 문제라고는 해도 하나가 해결된 것은 나에게도 낭보야. 반의 상황이 상황인 만큼 이게 좋은 일이라고는 할 수 없으니까."

담임 교사로서 반을 염려하는 모습이 왠지 낯설게 느껴졌다.

"뭐지, 그 눈빛은."

"아니요. 선생님 말씀처럼 지금 반은 불안정합니다. 저는 그 일부를 억지로 바로잡을 생각이었는데, 그럴 필요가 없을지도 모르겠네요."

"그게 무슨 뜻이지?"

"지금은 그냥 지켜봐 주세요. 학생 한 명 한 명이 성장해 가는 모습을."

차바시라 선생님은 살짝 불만을 내비치면서도 조용히 고개를 끄덕였다.

○피해서는 지나갈 수 없는 길

다시 말하지만, 이 반은 현재 여러 가지 곤경 앞에 놓여 있다.

곳곳에서 부식이 일어나고 있는 상황을 그저 방관하는 것은 리더에게 허락되지 않는다.

그 녀석은 자기가 전부 해결하고 싶겠지. 무엇이든 스스로 생각하려는 마음은 나쁘지 않지만, 실력이 따라주지 않는다면 단순한 이상론에 불과할 뿐이다. 아니, 문제를 해결할 수단이 있다고 해도 혼자 다 대처하기란 어렵다. 지금 필요한 것은 친구를 믿는 것. 그리고 연대하여 함께 올바른 길을 선택하는 것이다. 나는 주말부터 오늘에 이르기까지 구체적으로 도움을 주는 행동은 하나도 하지 않았다. 스마트폰으로 오늘 뉴스를 다 읽은 다음, 방과 후가 되어 놀러 가는 학생들보다 조금 늦게 자리에서 몸을 일으켰다.

그 타이밍을 기다린 남자가 서둘러 내 뒤를 따라왔다.

해결의 실마리를 쥐지 못해 초조하다면 언젠가는 접촉해오리라고 예상했었다.

"저기, 키요타카. 오늘 밤에 만날 수 있어? 좀 의논하고 싶은 게 있는데."

주위를 조금 의식하면서 작은 목소리로 말을 걸어왔다.

"밤에는 케이랑 약속이 있어. 지금은 안 돼?"

사실 그런 약속 따위는 없지만, 거짓말을 해서 반응을 살피기로 했다.

"그건······."

물론 알겠다고는 안 하겠지.

동아리 활동을 하는 요스케는 방과 후에 바로 자유시간이 아니다.

체육대회가 다가오면 일시적으로 동아리도 쉬기에 지금 최대한 가고 싶겠지.

"농담이야. 케이한테 말할게. 데이트는 다음에 하면 되니까."

"고, 고맙다."

"혹시 몰라서 다시 한번 확인하는데, 나한테 의논할 게 있는 거지?"

굳이 되물었다. 요스케는 이상하게 여기지 않고 고개를 끄덕였다.

"응. 빨리 움직여야 할 것 같아서."

"그래? 아무튼 내 방이라도 괜찮으면 밤에 시간 비워둘게."

긍정적인 대답에 요스케가 어린애처럼 환하게 웃었다.

"혹시 가능하다면 카루이자와도 같이 보면 좋겠는데, 어때?"

"케이도? 물론 오라고 하면 그 녀석이야 좋아하겠지만, 방해되지 않겠어?"

"꼭 해결해야 하는 일이 몇 개 있어서 카루이자와의 힘도

빌리고 싶어."

여자들 사이에 정보망을 가진 케이라는 존재가 있고 없고에 따라 일이 크게 달라진다. 요스케가 하려는 일은 내가 굳이 물어볼 필요도 없이 쿠시다, 시노하라, 하루카 문제일 테니까.

"그럼…… 7시 반쯤이라도 괜찮아?"

"응. 늦지 않게 갈게."

요스케는 기쁜 듯 눈을 가늘게 뜨더니, 동아리를 하러 얼른 몸을 움직였다.

그는 이렇게 누군가에게 문제가 생기면 곧바로 손을 내밀어온다.

"반의 문제점 제2번이로군."

물론 어쩔 수 없는 측면도 있다. 지금까지 요스케가 곤경에 빠졌을 때 도움의 손길을 뻗은 사람이 나인 이상, 일이 이렇게 되는 것은 피할 수 없다.

지금까지 이뤄온 것을 무너뜨리기란 쉽지 않지만, 피해서는 지나갈 수 없는 길이다.

자. 일단 케이에게 저녁 7시 반까지 내 방으로 오라고 연락해둘까.

1

방으로 돌아와 요스케가 올 때까지 느긋하게 기다리고 있던 오후 5시 반. 스마트폰으로 연락이 왔다.

『지금 놀러 가도 돼?』

여자친구 케이의 귀여운 고양이 이모티콘이 달린 메시지였다.

요스케와 약속한 시각은 오후 7시 반인데, 꽤 이르군.

『그 김에 밥도 같이 먹고.』

답장하기도 전에 추가 메시지가 날아왔다. 아무래도 저녁을 같이 먹고 싶어서 그런 것 같다.

그런 케이의 연락에 나는 좋아, 라고만 짧게 답장을 보냈다.

"그럼 뭐라도 만들어야겠군."

어제 먹고 남은 것을 내도 되지만, 빨리 만들 수 있으면서 케이가 좋아할 만한 메뉴라면…….

냉장고 안을 살피며 고민하고 있는데 초인종이 울렸다.

현관문을 여니 케이가 생글생글 웃으며 서 있었다.

나는 살짝 놀랐지만 허둥대지 않고 안으로 들였다. 공식적인 사이가 된 지금, 방에 들어오는 타이밍을 고민할 필요가 사라진 점은 편하다.

"빨리도 왔네."

신발을 벗은 케이가 익숙한 동작으로 방에 들어왔다.

"그야 엘리베이터 타기 전에 연락했으니깐."

내가 방에 있는지 없는지, 나의 일정 같은 건 나중에 생각하고 무작정 올 생각이었나 보다.

나는 일단 요리를 포기하고 케이와 테이블 옆 바닥에 앉았다.

"요즘에는 키요타카의 방에만 있어서 그런지 꼭 내 방처럼 익숙해."

"그거 다행이네. 그런데 반대로 나는 케이의 방에 초대받은 적이 없는데."

"아, 아앗, 그건 좀, 창피하달까……. 뭐, 어, 언젠가 내키면 그때!"

순순히 허락이 나오지 않았지만, 여자 방인 만큼 여러 가지 사정이 있겠지.

너무 깊이 파지는 말자.

"그런데 케이의 주변 애들은 우리 사이에 대해 뭐라고 해?"

"여자애들? 의외로 잘 받아들이던데? 아니 그보다도……아, 아무것도 아니야."

뭔가 말하려다가 그만두는 케이. 좀 신경 쓰여서 물고 늘어져 보았다.

"뭔데?"

"아니, 그런 거 있잖아? 일단 애들 사이에서는 히라타 요스케라는 브랜드가 더 유명하니까. 그래서 아깝다고 하는 애가 꽤 많았어."

그렇군. 굳이 노브랜드인 남자로 갈아탄 이유를 모르겠다는 뜻이다.

하긴 나와 요스케를 비교하면 그런 이야기가 노골적으로 나와도 이상하지는 않다.

"어떤 의미에서는 나도 그 일로 피해를 봤다고. 분명히 내가 요스케를 찬 걸로 되어 있는데, 사실은 차인 게 아니냐는 거야."

갈아탄 남자가 노브랜드라면 그렇게 의심해도 어쩔 수 없다.

"하지만 그건 일부에 불과하달까. 키요타카의 평판도 요즘 들어서 수평 상승하고 있으니까."

"수직 상승이겠지. 그게 뭐야."

일부러 틀리게 말했다는 의심이 들 정도라고 생각했더니 케이가 히죽거렸다.

"아무렴 나도 그 정도는 알거든요."

"과외선생님이 우수하니까."

"늘 감사드려요, 선생님. 비밀 개인 과외 덕분에 점수도 올랐고."

학력이 조금씩 향상하고 있는 케이는 9월 초 OAA에서 학력이 C인 48까지 올라갔다.

학생으로서 갖춰야 할 지식을 이제 겨우 평균까지 익힌 것이다.

그런 시시콜콜한 대화를 몇 분간 나눈 후, 나는 일어나서 다시 냉장고로 향했다.

"오므라이스 먹을래?"

뒤돌아보지 않고 물어보니 곧바로 케이의 기쁜 목소리가 들렸다.

"먹을래, 먹을래! 케첩 많이 넣어 주세요, 셰프!"

이렇게 케이에게 직접 요리해주는 건 이번이 처음이 아니다.

사귀게 된 뒤로는 정기적으로 방에서 요리 솜씨를 발휘할 기회가 있었다.

현재까지 케이는 자기가 요리하려는 태도를 거의 보여주지 않고 있지만, 별로 상관은 없다.

만들고 싶은 사람이 만들면 그만일 뿐, 남자가 어쩌고 여자가 저쩌고 하는 성별은 중요하지 않으니까.

나는 요리하는 것을 싫어하지 않고, 케이 역시 기꺼이 내 요리를 먹어준다.

수다 떠는 것을 좋아하는 케이는 말주변 없는 나를 상대로 대화를 잘 이끌어서 분위기를 주도한다. 이런 식으로 서로를 보완해주며 균형을 잘 이루고 있다고 볼 수 있겠지.

나는 냉장고에서 달걀과 케첩, 닭고기, 버터를 꺼냈다. 찬장에서 식용유만 꺼내자 준비가 얼추 끝났다. 밥은 냉동한 것을 꺼내 전자레인지에 넣어 해동하고, 그 사이에 양파를 준비했다. 사실은 당근 같은 것도 넣고 싶지만 아쉽게도 남은 게 없다. 양파를 도마 위에 올리고 칼을 든 순간 등 뒤에서 기척을 느꼈다. 어느새 내 등에 찰싹 달라붙은 케이.

"뭐 하는 거야?"

조금 위험해서 하던 일을 멈추고 물었다.

"그냥 구경하려고."

케이는 그렇게 대답했지만, 옆얼굴을 등에 붙이고 있으면 구경하기 힘들 터다.

"난 그냥 무시해. 얌전히 있을 테니까."

"그래? 알겠어."

일단 하라는 대로 무시하고 다시 작업을 시작했다. 도마에 양파를 올리고 5mm 크기로 썰었다. 그러는 동안에도 케이는 떨어지지 않고 계속 등에 붙어 있었다. 이번에는 달걀을 풀기 위해 칼을 내려놓고 볼로 손을 뻗었는데, 그 타이밍에 케이가 내 허리를 두 팔로 감았다.

"이번엔 뭐 하는 거야?"

"음……? 그냥 구경하려고."

"아무리 봐도 구경이 아닌 것 같은데? 오히려 방해 공작이잖아."

주의 주는 것까지는 아니고 작업 효율이 좀 떨어진다고 지적했지만, 케이는 조금도 개의치 않았다.

"아, 행복해. 이런 행복이 또 있을까?"

짧게 중얼거린 후 팔에 힘을 더욱 실었다. 오히려 만족스러워하는 느낌이었다.

"아주 소박한 행복이네. 더 굉장한 행복이 그 밖에도 있지 않을까? 갖고 싶은 걸 산다거나 보고 싶었던 방송을 본다거나."

"그런 건 행복이라고 하기엔 한참 부족해."

"방금 예는 대충 든 거고, 실제로는 있겠지."

"아니, 없어. 있다고 해도 필요 없어. 지금 이 행복으로 난 충분한걸."

이걸로 만족한다면 딱히 내가 더 말할 것은 없지만.

"요리, 계속해도 될까?"

아무래도 이런 자세로 계속하는 것은 너무 불편하다.

"글쎄~? 어떻게 할까~?"

내 얼굴을 들여다보더니, 흘끗흘끗 눈을 보며 미소 지었다.

"얌전히 있는 대신 상 받고 싶은데~?"

"냉장고에 초콜릿 있어."

"치~. 그런 거 말고……. 뭔가 삐끗했네. 뭐, 키요타카답지만. 그럼 얌전히 기다릴게요."

혼자 만족한 부분이 있었는지 나에게서 떨어져 침대에 걸터앉았다.

자, 이제 얼마간은 오므라이스 만들기에 전념할 수 있겠군.

케이는 스마트폰과 텔레비전을 번갈아 가며 보면서 요리가 다 될 때까지 기다려주었고, 그렇게 둘이서 테이블에 둘러앉아 평소보다 조금 이른 저녁 식사를 마쳤다.

"그런데 시노하라 말이야."

내가 이야기를 꺼낸 것도 아닌데 케이가 먼저 입을 열었다.

"나도 잘못했지만, 그 폭로가 꽤 먹혔는지 나랑 말도 안 섞더라."

"그야 그렇겠지."

외모에 대한 평가는 각자의 취향과 센스에 따라 달라지기 마련이지만, 어쨌든 일반적으로 보기에 뛰어난 사람이 그렇지 않은 사람을 깔보는 식으로 발언했다. 그것 자체는 드문 상황이 아니고 어디에서나 얼마든지 일어날 수 있다.

악의가 있어서가 아니라 그냥 솔직하게 말했을 뿐인 상황도 허다하다.

"너희 그룹은 시노하라를 싫어해?"

"아니, 전혀. 시노하라는 재미있는 아이라고 해야 할까, 분위기를 잘 띄워서 인기도 많고."

"그렇군. 그래서 아무 의식 없이, 이케와의 일을 가지고 놀렸다는 건가."

"……그랬던 건지도 몰라. 들으면 상처받을 이야기를 웃으면서 떠들어댔네."

반성할 의사가 있는지 후회한다는 듯 중얼거렸다.

"짓궂게 말해버린 나를 이제 싫어할까?"

"남을 험담하는 거 자체를 두고 뭐라고 할 생각은 없어. 정도의 차이는 있어도 남에 대해 절대 부정적으로 말하지 않는 사람을 찾는 게 더 어렵지."

동아리 선배가 고압적이어서 싫다. 뭐라도 된다는 듯 구는 선생이 싫다. 그런 하소연 한두 개쯤 쏟아낼 장이 있는 것도 나쁘지 않다. 생김새를 두고 놀리거나 학력에 관한 지적 등은 약간 과한 면이 있지만, 이 역시 인간이라면 말해도 그리 이상한 일은 아니다.

"하지만 기본적으로 그 뒷담화가 당사자의 귀에 들어가는 것만은 절대 피해야 해."

"그렇지."

"예외 중의 예외, 그 쿠시다의 입에서 나온 게 충격이었겠지. 누군가에게 비밀을 털어놓으면 반드시 리스크가 생기기 마련이야."

생긴 것을 가지고 놀렸다는 쿠시다의 폭로는 당연히 시노하라에게 깊이 상처 주었다.

그뿐만이 아니다. 시노하라에 대해 나쁜 인상이 없던 친구, 시노하라의 남자친구인 이케, 그리고 이케의 친구들은 당연히 케이 무리를 좋게 생각하지 않을 것이다.

이번에는 시노하라 쪽에서 케이와 마츠시타, 모리 무리의 험담을 노골적으로 하고 돌아다닐지도 모른다.

부의 연쇄는 한 번 시작되면 멈추기까지 상당한 노력이 필요하다.

"그래서 그냥 미안하다고 생각만 한 건 아니지? 어떻게 했어?"

마츠시타한테도 살짝 설명을 들었지만, 케이의 입을 통

해서도 들어야만 한다.

"몇 번인가 오해…… 아니, 오해는 아니지만, 어쨌든 상처 준 걸 대화로 풀어보려고 했는데. 아직은 발도 못 붙이겠달까?"

"말도 못 붙이겠다겠지."

"……이, 일부러 말장난 친 거거든?"

이번엔 진짜로 틀린 거 맞잖아.

일단 케이 무리 나름대로는 시노하라와 틀어진 관계를 회복해보려고 시도한 모양이다.

"그래서 말인데, 어떻게 해야 화해할 수 있을까?"

"그걸 나한테 묻는 건가?"

"당연하잖아. 키요타카라면 기막힌 작전을 떠올려 줄 것 같으니까."

아직 돌파구를 찾지 못한 듯한데, 케이 역시 요스케와 같은 문제를 껴안고 있다.

"생각하는 중이야. 조금만 시간을 줘."

일단 그렇게 말해서 답을 유보해 두었다.

"저기, 이건 다른 이야기인데, 좀 이상한 거 물어봐도 돼?"

막지 않고 계속 귀를 기울이자 흥미진진하다는 얼굴로 올려다보며 물었다.

"키요타카, 특별시험 때 OAA를 기준으로 사쿠라를 퇴학시킨 거 맞지? 혹시──."

나와 눈이 마주치자 케이가 말을 얼버무렸다.

"아니야, 됐어. 아무것도 아니야."

"만약에 네가 OAA 상으로 꼴찌였으면 네가 어떻게 됐을지 궁금해?"

너무도 알기 쉽게 눈을 커다랗게 뜨고 만 케이.

"이케 때도 말했지만, 비슷비슷한 성적이면 친구의 차이는 압도적이지. 퇴학 안 당해."

"그럼 나한테 친구가 없었으면? 여자로서의 카스트도 낮았다면?"

불안해지기 시작한 감정이 잇따라 말을 토하게 했다.

"이 이야기는 무의미해. 그렇게 가정하면 결국 카루이자와 케이라는 인간은 완전히 다른 사람이 되니까. 그럼 나와 케이는 지금 같은 사이로 발전하지 않았을 거고."

"……그건…… 그래. 그럴지도 모르지만……. 그래도 만약에 그런 전혀 다른 나고 키요타카와 사귀지 않았다면 퇴학당했을까?"

의미 없는 이야기임을 알면서도 물어보지 않고는 견딜 수 없는 모양이었다.

"방금 네가 말한 그런 능력이면 그랬겠지."

"윽……."

"이렇게 말하면 상처가 되는 건 나도 알지만, 어쨌든 그건 네가 아니잖아. 정말로 다른 사람이지. 학교 폭력을 당한 너는 고등학교에서는 달라지기 위해 여학생들 사이에서 높은 지위를 확립했어. 요스케를 이용했고 나를 만나 사귀게 되었어. 그게 바로 카루이자와 케이지."

거기까지 대답했을 때, 케이는 노골적으로 불만스럽게 입술을 삐죽거렸다.

"그 어떤 나라도 지켰을 거다. 이게 키요타카한테 정답 이거든?"

"……그렇군."

그게 진짜 자신이 아니더라도 카루이자와 케이를 지키 겠다고 선언하는 나이길 바란다.

거기에 이유 따위는 필요하지 않다는 사실을 학습했다.

케이를 무릎에 눕히고 머리를 쓰다듬으며 기분을 풀어 주는 쪽으로 방향을 전환했다. 몇 분 정도 내 무릎 위에서 몸을 웅크린 고양이처럼 있는 케이를 만끽하고 있는데 케 이가 그 자세를 유지한 채 입을 열었다.

"있지, 키요타카. 난 키요타카가 사쿠라를 배제한 건 딱 히 별생각이 없어. 키요타카가 하는 일은 틀림없이 옳으니 까. 하지만 호리키타가 쿠시다를 남긴 것도 정말 옳았을 까? 틀림없이 방해될 존재잖아?"

반에 균열을 만든 장본인 쿠시다 키쿄. 그녀가 퇴학당하 지 않아서 생길 불이익이 더 크다고 케이는 느끼고 있었다. 드물지 않은, 지극히 자연스러운 반응이다.

누구나 의문을 가지고 있다. 하지만 막상 시간이 닥치면 쉽게 발언 못 한다. 그리고 최종적으로 자신만 살아남으면 그만이라고 생각한다. 열기가 식기 시작한 것은 시험이 끝나고 찾아온 이틀의 휴일 때였겠지. 정말로 그것이 옳았는지 고민하는 사람도 있는가 하면 자신이 퇴학당하지 않아서 다행이라고 생각하는 사람도 있었을 것이다. 그리고 다음 차례는 자신일지도 모른다며 불안에 떤 사람도 있고.

"쿠시다에게는 있고 아이리에게는 없는 것. 그게 뭔지 알아?"

"응? 공부랑 운동 아니야? 쿠시다는 굉장하잖아. 뭐든다 잘 해내니까."

"표면적 이유는 그렇지. 하지만 중요한 건 그게 아니야."

"……무슨 말이야?"

"호리키타 스즈네가 리더로 각성하는 데 중요한 퍼즐 조각이 될 가능성. 요스케도 아니고 케이도 아닌 쿠시다야말로 호리키타에게 파트너라고 할 만한 존재가 될 수 있을지도 몰라."

"쿠시다가……?"

"아마 호리키타 본인도 아직 완전하게는 이해하지 못했을 거야. 시간이 없는 긴박한 상황에서 자기 직감만 믿고 한 행동일 뿐이지."

"그게 쿠시다한테는 있고 사쿠라한테는 없는 것……."

"쿠시다만 가진 시점, 쿠시다만 가진 사고, 쿠시다만 내뱉을 수 있는 발언. 이것들은 인망의 유무와 상관없이 발휘할 수 있는 요소야. 그리고 그게 호리키타에게 힘을 실어줄 거야."

어느 정도 납득하면서도 케이는 아직 피부에 잘 와 닿지 않는 듯했다.

그것도 당연한 반응인가. 이건 불확실한 미래니까.

그런 선택을 한 호리키타가 옳았다고 가정한 탁상공론에 불과하다.

"하루카와 다른 측근들의 미움을 살 거라는 건 잘 알았을 거야. 하지만 결과는 하루 이틀 만에 나오는 게 아니야. 그러니 따뜻한 눈으로 지켜봐 주는 수밖에 없어."

"하지만 키요타카가 하세베한테 더 많이 미움받고 있는 것 아니야?"

"그렇지."

주어진 시간이 얼마 남지 않은 상황에서 이루는 만장일치의 어려움.

아무리 호리키타가 다른 사람을 언급했어도 만장일치로 가져가는 것은 불가능에 가까웠다.

또한 반 포인트가 깎이는 것은 받아들이기 어려운 현실이었으니까 말이지.

그러니 내가 나서는 것 말고는 구제할 길이 없다.

"결과, 결론, 답을 말로 내뱉는 건 간단하지. 하지만 그게 안 되는 게 현실인 거야."

"호리키타 말이야?"

"넘을 수 있을 것 같기도 하고 못 넘을 것 같기도 한 아슬아슬한 높이의 허들이 앞에 있다고 치자. 도전했다가 넘어보지도 못하고 넘어질지도 모르고, 다리를 긁힐 수도 있어. 운이 나쁘면 다리가 부러질지도 모르고."

자신의 능력으로 넘기에 간당간당한 허들이 앞을 가로막고 있는 상황을 상상하게 했다.

"확실하게 그 허들을 넘으려면 어떻게 해야 할까?"

"응……? 그, 글쎄…… 뛰기 전에 많이 연습한다?"

"연습을 할 수 없으면?"

"그럼 그냥 눈 딱 감고 뛰는 수밖에 없지 않아? 방법이 없는 것 같은데……."

"마찬가지야. 호리키타는 달리기 시작한 다리를 멈추지 못해서, 앞에 놓인 허들을 그냥 뛰어넘으려고 한 거야."

"그러니까 호리키타는 도전에 실패하고 넘어져 버렸다고?"

"아니, 점프까지 했는데 허들에 다리가 닿은 상황이랄까. 이대로 넘어질지. 그리고 무사할지 아니면 크게 다칠지. 아무것도 아직 정해지지 않았어."

그 허들을 피하기란 간단했다. 뛰지 않고, 조금 먼 길로 돌아가면 그만이었다.

이런 면 때문에 호리키타를 계속 지켜보고 싶기도 하지만.

입학 초기 때는 상상도 하지 못했던 일이라 내가 생각해도 새삼 신기하다.

"그렇구나. 하지만 그래도 난 호리키타의 판단이 납득가지 않아. 약속을 깨기도 했고. 심지어 쿠시다를 지키겠다고 딱 잘라 말했잖아."

과연 협박의 일면도 있긴 했지만, 지금까지 반의 규율이 지나치게 느슨했던 것도 사실이다.

여기에 파문을 일으킴으로써, 안전이 보장된 게 아님을 알 수 있다. 물론 호리키타에 대한 신뢰가 심하게 흔들렸겠지만, 그건 앞으로 있을 특별시험에서 만회할 수 있다. A반에 가까워진다는 목적을 계속 잘 수행해야 할 때라는 조건이 붙지만.

이런 이야기를 나누는 사이 저녁 7시가 되었다.

나는 빈 접시를 치우고 바로 설거지하려고 부엌으로 향했다.

"아이. 그러지 말고 여기서 같이 수다나 떨자~."

"일단 설거지부터 하고."

"뭐? 그럼 7시 반이 되어버린단 말이야."

요스케가 오면 회의가 시작될 것이기에 목소리에 불만이 실렸다.

나는 그 소리를 한 귀로 흘리며 설거지에 들어갔다. 잠시 얌전하던 케이는 점점 참을 수 없었는지 다시 요구하기 시작했다.

"자자, 사양하지 말고 이리로 와. 응? 응?"

그렇게 말하며 침대 위를 탁탁 서너 번 때렸다.

"어쩔 수 없네——."

요스케가 방에 올 때까지 그릇 정도는 씻어두고 싶었는데, 이만 포기한다.

정해주는 곳에 앉으니 케이가 기쁘다는 듯 검지로 내 오른뺨을 쿡 찔렀다.

"남자가 피부가 왜 이렇게 좋아? 뭐 발라?"

"스킨 정도밖에."

10대의 피부에 미칠 부담을 생각하면 그 이상의 관리는 기본적으로 할 필요가 없다고 생각한다.

"흐음⋯⋯."

납득하면서도 사실은 그런 것 따위 아무래도 상관없다는 듯, 좌우지간 만지고 싶은지 계속해서 볼을 찔러댔다.

나는 그런 케이의 손을 붙잡아 확 끌어당긴 후 입술을 훔쳤다.

놀랄 줄 알았는데 오히려 기다렸다는 듯 수줍어하며 웃었다.

"오늘, 여기 온 뒤로 계속 기다렸단 말이야."

"⋯⋯그런 거였나."

그런 부분은 아직 멀었다고 할 수밖에.

우리는 아무 말 없이 꼭 붙어서 다시 입술을 겹쳤다.

오므라이스 맛이 나는 두 번째 키스는 조금 독특한 체험이었다.

"좋아해⋯⋯."

품을 파고드는 케이를 다정하게 안고 조용한 침묵에 휩싸였다.

하나도 어색하지 않은 편안한 시간이었다.

몇 분을 그저 껴안고만 있었을까.

정적을 찢듯, 초인종이 울렸다.

순간 현실로 끌려온 케이는 창피해졌는지 당황하며 몸을 뗐다.

허둥대지 않아도 문 잘 잠겨 있는데, 뭐…… 무슨 기분인지는 알겠지만.

잠시 케이에게 진정할 시간을 준 후, 우리는 함께 요스케를 맞이했다.

여전히 교복을 입은 요스케가 방에 들어왔다.

"동아리 끝나고 선배들이랑 케야키 몰에 갔거든."

교복에 주목하고 있는 걸 알아차린 요스케가 그렇게 알렸다.

"어서 들어와, 사양 말고."

꼭 자기 방처럼 구는 케이를 보고 요스케가 기쁜 미소를 지었다.

입학 후부터 누구보다도 케이를 지켜봐 온 만큼, 지금 이렇게 밝고 순수한 모습을 볼 수 있어 기쁘다는 걸 알 수 있었다.

"그럼 실례할게."

신발을 가지런히 정리하고 방에 들어온 요스케가 앉은 자리로 차를 내어 주었다.

"고마워."

"그런데 상의하고 싶은 게 뭐야?"

오래 잡고 있어도 소용없으니 이야기 꺼내기 쉽게 내가 먼저 운을 뗐다.

"응. 반에 대한 일이야. 카루이자와도 잘 알겠지만, 지금 이 상태로 체육대회를 치르는 건 너무 위험하지 않나 싶어서. 특히 여자들은 연대하기 어려울 것 같은데."

그 부분은 케이가 더 잘 알 거라며 요스케가 시선을 보냈다.

"아까 키요타카한테도 시노하라에 대해 얘기했어. 솔직히 지금 같아서는 경기가 어쩌고 할 상황이 아니야."

친구 관계부터 회복해야 하니까 말이지.

"그래서 뭐 좋은 아이디어가 없을까 하고. 키요타카한테 도움을 청하고 싶어."

아까 똑같이 도움을 구한 케이도 나를 쳐다보았다.

그럼 나도 개의치 않고 이야기해보기로 하지.

"요스케, 이 이야기, 혹시 여기 오기 전에 다른 사람한테도 말했어?"

"응? 아니…… 지금이 처음이야. 경솔하게 말했다가 관계 회복을 시도하고 있다는 게 알려지면 왠지 일이 잘 안 풀릴 것 같았거든."

순수하게 돕고 싶어 한다고 생각하면 다행이지만, 화해시키려 한다는 사실이 알려졌다가 괜히 더 경계만 할 수도 있다.

친절한 말 뒤에 뭐가 있는 것 아닌가 하고 억측할 위험도 있고.

"너도?"

"역시 지시를 내려 주면 좋겠다 싶어서."

"그럼 이제부터는 나한테 제일 먼저 말하지 말고 반의 리더인 호리키타한테 했으면 좋겠다."

"하지만 호리키타는 지금 쿠시다 일로 여력이 없을 것 같은데. 그런 지금 다른 애 문제를 가지고 가는 건──."

"그럼 만약에 내가 쿠시다 문제에 대응 중이었으면 호리키타한테 말했을 거야?"

"그건…… 글쎄. 그래도 키요타카한테 말했을지도 모르겠어……."

상상해 본 요스케가 솔직하게 인정했다.

"호리키타도 잘해주고 있어. 하지만 키요타카가 모든 상황을 대국적으로 보고 적확한 판단을 내려 줄 것 같았어."

"나도 그렇게 생각해. 키요타카한테 맡기면 완벽한 답을 주니까."

"저번 특별시험 때도 말했을 텐데. 나만 계속 의지해서는 안 돼. 불안하더라도 호리키타한테 먼저 논의하는 과정을 반드시 거쳐야만 해."

"하지만──."

"무거운 짐이 될 거다. 해결책을 꼭 제시해준다는 보장이 없다. 그러니 의지하지 않는다, 의지할 수 없다. 그렇게 생각한다면 호리키타가 진정한 의미로 리더가 될 수 있겠어?

그게 아니라 류엔, 사카야나기, 이치노세 같은 리더라면 어때? 대처하다가도 불안 요소가 생기면 가장 먼저 의논하러 갈 것 같지 않아?"

중요한 건 의지하는 것, 의지할 수 있는 것. 호리키타 그리고 반은 성공과 실패를 반복하며 성장하는 시기에 접어들었다.

"실패는 경험이야. 누구나 1+1이라는 문제부터 도전해 나가지. 물론 이미 호리키타는 그 단계에서 벗어났지만, 그래도 아직 경험이 압도적으로 부족해."

해결책을 내놓기 전에 의논하고 해결을 모색하는 과정이 빠져서는 안 된다.

"그 녀석이 쿠시다 일로 힘에 부친다고 대답하면 그때 나한테 의논하러 왔으면 좋겠어."

"……그렇구나. 키요타카가 무슨 말을 하고 싶은 건지 잘 알았어."

진지하게 받아들이고 몇 번인가 고개를 끄덕인 요스케는 혼자 그 말의 의미를 정리했다.

"그런데 실패 경험을 쌓는 것도 중요하지만 이건 시험 점수와는 달라. 낮은 점수를 받으면 다음에 더 열심히 하면 되는 그런 종류가 아니라고 생각해. 학생의 마음을 다뤄야 하는 중요한 문제지. 균열이 생긴 관계가 미숙한 판단 때문에 아예 깨져버린다면…… 더는 수습할 수 없게 돼."

이런 면은 역시 요스케답다. 그저 편하게 답을 알려 준다는 이유로 의논하러 온 것은 아닌 듯하다.

"올바른 판단이야. 하지만 조금 안이하게 수를 읽은 것 아닐까. 반 애들의 우정에 금이 간 건 사실이야. 그리고 친구 사이의 갈등과 싸움, 험담은 분명 돌이킬 수 없는 문제로 발전할 수도 있겠지."

단순 험담에서 따돌림, 무시, 학교 폭력으로 일이 점점 커진다면 최악의 상황이 발생할 수 있다.

하지만 그건 정말 최악의 경우다.

"케이. 시노하라와의 불화가 그 정도로 심각해?"

"으음……. 그렇게 물으면 뭐, 그냥 싸움의 연장선에 있긴 해. 내가 가해자 입장이라 조심스럽긴 한데. 딱히 따돌리는 것도 아니고. 시노하라를 정말 싫어하는 애도 별로 없지 않을까?"

일이 심각해질까 과도하게 불안해하고 있다. 그것이 나의 견해였다.

"그리고 호리키타 혼자 해결하게 둘 생각은 아니잖아?"

"물론이지. 내가 할 수 있는 일이 있으면 뭐든 할 생각이야."

"그럼 됐어. 호리키타를 중심으로 둘이서 잘해 나간다면 웬만한 일은 다 극복할 수 있을 거야."

다만 이 말만으로는 불안을 완전히 가시게 만들기란 불가능하겠지.

그래서 중요한 말 하나를 덧붙여두었다.

"물론 호리키타와 협력했는데 해결되지 않는 일도 있을 거야. 그때는 나도 힘을 보탤게."

백업이 완벽하면 요스케와 케이도 망설임 없이 행동할 수 있다고 생각하고 한 말이다. 두 사람은 받아들이는 모습을 보여주었지만, 그래도 요스케는 아직 마음에 걸리는 부분이 있는지 표정이 완전히 밝아지지는 않았다. 그렇게 얼마간 더 정보를 교환하다가 8시가 가까워졌을 때 이만 돌아가라고 말했다.

"저기…… 괜찮으면 둘이서만 좀 더 얘기해도 될까?"

돌아갈 때, 이대로는 안 된다고 생각했는지 요스케가 그렇게 말을 꺼냈다.

"알았어. 그럼 나 먼저 갈게."

아직 할 이야기가 남았다는 요스케에게 케이가 그렇게 말하고 얼른 돌아갔다.

문이 닫히자, 요스케가 뒤돌아보았다.

"키요타카. 내일 호리키타한테 의논하러 가려고 해. 그런데 말이야, 지금 시점에서 네 머릿속에는 길이 명확하게 보여?"

"솔직히 하루카와 쿠시다 일에 관해서는 바로 해결할 수 있는 아이디어 같은 건 없어. 너희끼리 의논해서 잘 해결해주길 기대한다."

"그러니까…… 미짱에 관해서는 아니라는 건가."

"일단은. 시간은 좀 들지 몰라도 기회는 있어. 급하면 극약처방할 방법도 없지는 않고."

"극약처방? 쓸 방법이 있다면 뭐든 써야 한다고 생각해."

자신을 좋아하는 여자애에 관한 이야기인데도 요스케의 태도는 똑같았다.

"극단적인 수단이라 별로 추천하고 싶지는 않은데."

"어떤 방법인데?"

"요스케가 미짱을 만나러 가서 마음을 받아주는 거지."

그러자 요스케는 상상도 안 해봤다는 반응을 보여주었다.

"실은 나도 미짱을 좋아한다. 사귀고 싶다. 그런 식으로 이야기하면 그 애는 내일 당장이라도 등교할걸."

입에 담기도 조금 꺼려졌지만, 지금 떠올릴 수 있는 해결책이라고는 그 정도다.

"요스케, 네가 아니면 나도 이렇게 말도 안 되는 얘기는 안 해. 하지만 케이의 부탁으로 가짜 연애도 한 너니까 어쩌면 가능할지도 모른다고 생각한 거야."

하긴. 그렇게 중얼거린 요스케였지만 표정은 밝지 않았다.

"하지만 나와 카루이자와가 사귀는 척하기로 합의했던 건 피차 연애 감정이 없었기 때문이야. 미짱의 마음을 받아주는 척하면서 가짜로 사귀는 것과는 다르지. 나중에 더 깊은 상처를 주게 될 거야."

"이 아이디어를 추천할 생각은 없지만, 그건 아닐 거야. 미짱이 언제부터 널 좋아하게 됐는지는 모르지만, 다른 사람들까지 포함해 입학 직후부터 네게 연애 감정을 품은 사람이 있을 가능성을 부정할 수는 없어. 즉, 네가 케이와 사귀는 척하면서 학교 폭력으로부터 지켜준 대신, 그 거짓말 때문에 간접적으로 차였다고 상처받은 여자애들도 있었을지 모른다고."

"그건——."

케이와 요스케가 진짜로 사귀었다면 정당한 이유가 된다.

하지만 그게 아닌 이상, 상황은 달라도 하는 일에 큰 차이는 없다.

"만약 미짱이 울고불고 매달리면서 자기랑 안 사귀어주면 학교에 두 번 다시 나오지 않겠다고 한다면 어쩔래? 못 사귄다고 딱 잘라 거절할 수 있어?"

말문이 막힌 요스케. 분명 요스케는 거절할 수 없겠지.

"만약 거절 못 한다면 네가 취할 수 있는 선택은 두 가지야. 좋아하지 않는다고 말하고 사귀어주거나, 너도 좋아한다고 거짓말을 하고 사귀어주거나."

그러다가 진짜로 사랑이 싹튼다면 최고의 결말이 될 수도 있다.

"아무리 그래도…… 그러면 안 된다고 생각해."

내 주장을 이해는 하지만, 역시 감정이 방해하는 것일까.

"어디까지나 극단적인 해결책이야. 지금은 시간이 걸리겠지만, 씨를 뿌리는 단계에 있어."

"알았어. ……그런데 키요타카는 정말 강하구나. 사쿠라가 퇴학당한 일을 두고 전혀 질질 끄는 것 같지 않아."

조용히 그렇게 말하는 요스케에게서 슬픔이나 분노 같은 감정은 전혀 읽히지 않았다.

"난 아직도…… 그때의 감촉이 손에 남아 있는데."

그는 고개를 숙여 두 손바닥을 바라보았다.

"태블릿으로 찬성을 누른 손가락의 감촉 말이야. 도저히 잊을 수 없어."

반 친구들을 위해 밤낮으로 분주한 요스케는 약한 모습을 별로 보이지 않는다.

하지만 아이리의 퇴학에 대한 책임을 나와 같은 입장으로 여기고 괴로워하고 있다.

"네가 그때 무슨 생각을 했을지는 나도 알아. 무해한 아이리의 퇴학에 찬성했을 리가 없지. 하지만 그런데도 너는 참아냈어. 마지막 순간에 가서 도저히 못 받아들이겠다고 발언할 수도 있었을 텐데 꾹 참았어."

부당한 처사다. 그런 상황을 호소해 똑바로 보게 만들었다면 아이들도 냉정을 되찾았을 것이다. 시간 마감이라는 압박에 좁혀졌던 시야가 다시 넓어졌으면 만장일치에 이르지 못했을 수도 있다.

"우리 반이 A반에 올라가는 것…… 그게 가장 중요하다. 그렇게 되뇌었지."

머리로는 알아도 받아들일 수 없었을 터. 그랬을 것이다.

"하세베, 쿠시다, 미짱은 학교에 나오지 않고 있어. 이게 언제까지 이어질까. 성적이 낮은 학생이 배제되는 현실을 보고 애들은 전전긍긍하고 있어. 지난주까지만 해도 분위기가 밝았던 반이 거짓말처럼 조용해졌지."

해결하려고 움직이다가도, 계속 같은 일로 고민하고 스스로 묻고 있으리라.

"나와 호리키타의 선택을 받아들이지 못하는 건 이해해. 하지만 받아들이는 수밖에 없어. 지금 반의 실력이 어느 정도인지를 알고 이를 악무는 수밖에 없는 거야. 그러니까 호리키타에게는 많은 지원이 필요해. 적확한 길을 고를 수도, 잘못된 길을 고를 수도 있어. 그리고 불확실한 길을 고를 수도 있겠지."

이런 말을 들려준다고 해도, 요스케가 하나부터 열까지 다 소화할 수는 없을 것이다.

"나는―― 시간 초과를 선택했어야 하지 않았나…… 하는 생각이 들어……."

결국 참지 못한 요스케가 어깨를 가늘게 떨기 시작했다.

요스케로서는 누군가를 희생양으로 삼는 생각 따위 하고 싶지도 않았으리라.

그런데도 그 상황에서 결단을 내린 것은 분명한 성장으로 봐도 될 것이다.

"……난 강해졌을까, 아니면 무너졌을까. 또 똑같은 일이 생기면 내가 어떤 결정을 내릴지 모르겠어. 그래서 무서워."

고개를 숙이고 있어서 얼굴은 보이지 않았는데, 옷소매

로 얼굴을 한 번 문지른 뒤 고개를 들었다.

"키요타카가 제일 힘들 텐데, 약한 소리 해서 미안해."

"괜찮아. 나도 호리키타도 특별시험 때 몇 번이나 요스케의 도움을 받았잖아. 앞으로 더 힘든 싸움이 기다리고 있겠지. 그때도 변함없이 반을 위해 힘을 보태줬으면 좋겠다."

고개를 끄덕인 요스케. 아직 마음에 상처는 남아 있겠지만, 그래도 희미하게 미소를 지어 보였다.

그는 현관문으로 손을 뻗다가 멈췄다.

"……오늘 여러 가지로 고마워."

"아이리를 퇴학시켜서 원망스럽지 않아?"

다른 학생과 달리 요스케는 겉으로 드러내지는 않지만 그런 마음이어도 이상하지는 않다.

"……그 부분만 보면 그렇지. 하지만 난 너를 믿어."

자기가 말해놓고도 납득이 가지 않았는지 다시 덧붙였다.

"……아니. 너를 믿고 싶은 거야."

의미 없는 맹신이라면 요스케의 그러한 생각은 위험하다. 하지만 두 눈 깊은 곳에 확실한 의지가 담겨 있었다. 믿으니까 배신하지 말라는 확고한 요구.

"그럼 잘 자."

요스케의 부담을 일부 덜어내 주는 것은 성공했겠지만, 한편으로는 또 새로운 부담을 안겨줬을지도 모르겠다. 이번 일을 계기로 고름을 철저하게 짜내 버린다면 좋겠는데…….
과연 그 효과를 어디까지 기대할 수 있을까.

여하튼 조금씩 확실하게 뒷받침해줘야겠지.

2

다음 날에도 세 자리는 여전히 비어 있었다.

혼란이 계속되고 있는 교실 안은 당연히 아직 안정을 되찾을 기미가 보이지 않았다.

근본적으로 해결하려면 우선 세 사람이 학교에 나오는 것이 대전제가 되어야 한다.

"야. 같이 화장실 안 갈래?"

자리에 앉아 스마트폰을 만지며 다음 수업을 기다리고 있는데, 스도가 말을 걸어왔다.

웬일이지. 화장실이라고 했는데, 표정은 진지 그 자체였다.

볼일 보러 가자는 것은 구실이고 목적은 따로 있다.

요스케와 케이처럼, 일단 나를 통해 뭔가 시작해 보고 싶어서 하는 행동이다.

"그래."

거절할 이유도 없어서 몸을 일으킨 나는 같이 화장실에 가기 위해, 조용히 교실을 빠져나왔다.

이런 일이 있을 때마다 내 자리는 위치상으로 편해 도움이 된다.

그런데 한 학생이 곧바로 뒤따라 나왔다.

"스도. 할 이야기가 좀 있는데."

스도에게 용건이 있어서 복도로 나가는 타이밍을 기다린 듯했다.

"뭐야, 오노데라."

오노데라는 그의 옆에 서 있는 나를 알아차리고 말끝을 흐렸다.

"아…… 아야노코지랑 같이 있었구나. 그래, 뭔가 대화도 나누는 것 같았고."

보아하니, 내가 같이 있는 것은 내키지 않는 모양이었다.

하지만 쉬는 시간에 나를 불러낸 쪽은 스도여서 나에게 선택권은 없다.

"같이 화장실 가려고. 급한 일이야?"

"음, 글쎄."

나에게 들려주고 싶지 않은 이야기인지 오노데라는 조금 망설였다.

"여기서 기다려도 될까? 최대한 빨리 얘기하고 싶은데."

화장실만 가는 거라면 금방 돌아오리라고 판단한 오노데라.

하지만 그 말을 듣고 이번에는 스도가 난색을 드러냈다.

나에게 상의할 일이 있는 거라면 1, 2분으로 끝나지 않을 테니.

"그럼 지금 해. 아야노코지는 기다려줄 거야."

나중에 이야기하려고 했는데 스도가 생각지도 못한 대답을 내놓자 오노데라가 당혹스러워했다.

그녀는 살짝 저항감을 드러내더니, 뒤통수를 슬쩍 긁으며 말을 꺼냈다.

"이번 체육대회의 개인전 보수 말인데, 남녀별로 평가되잖아? 스도는 당연히 남자 1위를 노릴 생각일 거 같은데, 어때?"

"당연하지. 이번 체육대회야말로 내가 빛날 최대의 기회니까."

물어볼 것도 없다며 자신 있게 답했다.

그 든든한 대답에 오노데라는 만족했다는 듯 고개를 끄덕였다.

"실은 나도 이번 체육대회에서 기대를 거는 부분이 있거든. 여자 1위가 되면 A반에 한 걸음 가까워질 수 있고. 내가 잘하는 분야에서 싸워볼 기회도 그리 많지 않으니까."

수영 실력은 이미 소문이 자자하고, 작년 체육대회에서는 단거리 육상선수로서의 면모도 보여줬었지.

OAA 상의 신체 능력도 나무랄 데 없고, 전반적인 운동에서 비범한 재능을 갖춘 학생이다.

오노데라는 다양한 경기에 적응해서 이길 수 있는 실력이 있다고 볼 수 있다.

"너라면 1위 할 수 있을지도 모르지. 진심으로 응원한다."

"고마워. 하지만 개인전에서 어느 정도 이긴다고 해서

꼭 1위가 된다는 보장은 없잖아?"

"왜? 쭉 1위하면——."

1위만 하면 그만이라는 스도의 생각도 틀리지는 않지만, 실제로는 예상하지 못한 식으로 질 가능성이 있다.

"단체전의 배점이 높다는 거지?"

내가 설명해주자 오노데라가 또 표정이 굳었다가 그렇다며 고개를 끄덕였다.

아무래도 오노데라는 나에게 불신감을 가지고 있는 모양이다.

하긴, 지난 만장일치 특별시험 때 나는 같은 그룹 멤버를 배제했었지.

그러니 이런 반응을 보여도 이상하지 않다.

"뭐, 하긴. 단체전만 쭉 1위 하는 놈이 나오면 위험할지도 모르겠군. 하지만 단체전은 꾸리기부터 쉽지 않잖아? 스즈네도 말했다고, 대여섯 명씩 융통성 없게 묶었다가 폐해가 나올 가능성이 있다고. 또 이렇게 말하면 좀 그렇지만 말이지, 대여섯 명씩 모아서 단체전을 한다는 게 아무래도 좀……."

모두가 자신과 같은 수준이라면 스도도 납득할 수 있겠지.

하지만 실제로는 걸림돌이 될 학생이 나올 것이다. 그리고 결과적으로 그것 때문에 경기에서 지는 상황도 충분히 생각할 수 있다. 그것이 바로 단체전이다.

"응. 여러 명이 나가는 경기는 나도 생각 안 하고 있어.

하지만── 확실하게 이길 수 있는 두 사람이 참가 가능한 경기라면? 심지어 그중에는 남녀 페어로만 참가 가능한 경기도 있잖아."

이쯤 되자 스도도 오노데라가 무슨 의도로 말을 꺼냈는지 눈치채기 시작했다.

"스도와 내가 힘을 합하면 어려울 게 없어. 팀을 이루어야 한다면 난 최고의 파트너를 선택하고 싶은데."

반에 점수도 보탤 수 있고, 남녀별로 1위를 노리는 데에 장애물이 생기지도 않는다.

"그래서 나한테……. 하긴, 그럴지도 모르겠군."

"그래. 물론 스도한테 불만이 없다면 말이지만. 그리고 반 분위기가 지금 좀 안 좋잖아? 사쿠라는 퇴학당하고 하세베와 왕도 결석이고."

오노데라가 순간 나를 쳐다보았다가 바로 스도에게로 시선을 되돌렸다.

"이런 때일수록 우리가 반을 이끌어야지."

실력을 인정해주면서 한 권유에 기분이 나쁘지 않을 텐데도 스도는 어딘지 시큰둥했다.

"나로는 역부족이야?"

"그럴 리가. 오노데라의 실력에 누가 불만을 품겠냐."

신체 능력은 절대적으로 신뢰하지만, 마음에 걸리는 다른 부분이 있는 모양이었다.

"그럼, 호리키타가 아니면 팀이 되고 싶지 않은 건가?"

"뭐? 아, 아니, 그런 건……."

정곡을 찔렸나, 스도.

오노데라의 지적에 그는 멋쩍은 표정을 지었다.

좋아하는 사람과 팀이 되는 것. 하긴 그것도 실력 이외의 부분에서 스도에게 많이 중요하겠지. 수영 경기가 없는 이상 호리키타와 오노데라를 비교해도 큰 차이가 없을 테고.

"그런데 코엔지도 있잖아. 그 녀석, 인정하고 싶진 않지만 나보다 세다고."

"그야 실력은 그럴지도 모르지. 하지만 코엔지는 믿을 수 없어. 그리고 무엇보다도 걔는 싫어서."

딱 잘라 코엔지를 거부하는 오노데라.

스도에게 하는 오노데라의 어필은 진심 같은데, 스도가 뭐라고 대답하려나.

"내가 거절하면…… 어떻게 할 건데?"

"너 말고 우리 반에서 실력 있고 믿음도 가는 사람이라면……. 뭐, 히라타 정도밖에 없지만, 팀 하자고 제안하는 건 좀. 이상한 오해 사는 건 싫거든."

여학생들에게 엄청난 인기를 자랑하는 요스케와 팀이 된다면 한두 명의 시샘으로 끝나지 않겠지.

"그러니까 스도가 거절한다면 그땐 그냥 혼자 할 수 있는 데까지 해보자는 느낌?"

절대 협박이 아니라 담담하게 사실을 말했다.

학년 1위까지는 힘들지 몰라도 차곡차곡 점수를 쌓아가는 모습을 상상할 수 있다.

호리키타의 이름에 동요했던 스도는 그런 오노데라를 보고 바로 표정이 진지하게 바뀌었다.

자신이 시답잖은 이유를 들어 오노데라의 제안을 거절하려고 했다는 것을 자각했기 때문이다.

"……좋아, 오노데라. 팀, 한번 해보자."

"진짜?"

"그래. 우리의 힘으로 반을 뒷받침해보자."

그렇게 말하고 팔을 쭉 뻗어 오노데라에게 악수를 청했다.

그 모습을 가만히 지켜본 오노데라도 악수에 힘껏 응했다.

"잘 부탁해, 스도. 반드시 우리 둘이 남녀 1위를 하는 거야."

계약이 성립되어 만족했는지 이만 교실로 돌아가는 오노데라.

스도가 나를 보며 입을 열었다.

"뭔가 계획에 없던 흐름이지만, 괜찮겠지?"

"그렇지 않을까? 호리키타랑 팀 하고 싶은 마음도 있었겠지만, 괜한 잡념이 들어가는 것보다 오노데라와 팀을 이뤄서 100% 힘을 발휘하는 게 낫지."

"……그렇지."

이제 5분 정도밖에 시간이 남지 않았지만, 우리는 원래 예정했던 대로 화장실로 향했다.

"그런데 말이야. 할 이야기가 있는데……. 칸지랑 시노하라 그리고 그 주위에 대해서야."

"쿠시다 폭로 사건이랑 관련해서?"

"솔직히 그 두 사람 사이가 삐걱거리고 좀 안 좋은 것 같아서."

"둘이 헤어지는 쪽이 더 재미있는 거 아니야? 스도 입장에서는."

"그야 짓궂게 말하긴 했지만. 사실은 잘됐으면 좋겠거든, 정말로."

떠보듯 물어보았는데 진심으로 걱정하는 것 같았다.

"하지만 난 유감스럽게도 시노하라 쪽 애들이랑 별로 가깝지 않아서. 특별히 할 수 있는 일이 없는데."

"조언만이라도 어떻게 안 되겠냐?"

"서로 말도 안 하는 상태에서 해결을 도모하는 건 불가능하지. 쿠시다의 발언이 진실인지 거짓인지와는 별개로, 서로 한 번쯤은 허심탄회하게 속을 터놓을 필요가 있을 것 같은데."

"그건 좀 위험하지 않겠냐? 지금보다 분위기가 더 나빠질 수도 있다고."

"그렇지. 그러니까 그 자리를 제어할 수 있는 사람이 있어야 해. 쌍방이 하는 이야기를 자기 일처럼 잘 들어주고, 분위기가 험해질 것 같으면 진정시킬 수 있는 사람."

"나, 나는 무리인데?"

"그럼 그게 가능한 사람한테 의뢰하는 수밖에."

이 말에 스도는 대답 없이 생각에 잠겼다.

"원래는 이런 역할, 쿠시다가 맡았었지……?"

"그래. 하지만 지금은 안 되잖아. 쿠시다는 안 되니까 다른 학생한테 부탁하는 수밖에 없어."

이런 건 문제도 아닐 정도로 간단한 일인 사람.

"히라타인가."

역시 스도도 바로 생각이 거기까지 미쳤다.

스도는 요스케와 친하지 않지만, 지금은 그런 걸 따질 때가 아니다.

"알았어. 살짝 고개 숙이고 들어가서 도움을 청해보겠어."

스도와 요스케는 거리가 좀 있는 사이인데, 이번 일을 계기로 변화가 생길지도 모르겠군.

"고맙다, 아야노코지."

"난 아무것도 안 했는데. 네가 스스로 생각해서 답을 냈지."

이런 식으로 교실이 돌아간다.

3

같은 날. 각 반, 아니 전 학년은 체육대회를 향해 본격적으로 움직이기 시작했다.

작년에도 경험했지만, 일부 종목은 이미 공개되었기 때문에 학생들은 시간을 할애해 운동장, 점심시간에는 체육관을 이용하며 연습에 매진했다.

특히 두 명 이상이 치르는 단체전은 최대한으로 연습 시간을 가지고 싶을 터였다.

체육관에 정찰하러 와보니, 많은 학생의 활기찬 목소리가 여기저기서 들려왔다.

1학년부터 3학년까지 자유롭게 쓸 수 있는 구획이 어느정도 정해져 있고 공평하게 연습할 수 있도록 설비까지 잘 갖춰져 있었다. 오늘 2학년은 배구와 탁구를 연습하는 모양이었다.

우선 가장 먼저 눈에 들어온 것은 어떤 반의 참가 인원수가 유독 많은 모습이었다.

게다가 열기도 상당했다. 함성을 지르고, 이것도 아니다저것도 아니다 하며 경기 요령에 관해 열띤 토론을 벌이기도 했다.

"A반의 진심이 어느 정도인지 보이는 것 같네."

"그러게."

오늘은 요스케와 이곳을 찾아 냉정하게 학생들을 분석했다.

"스포츠로 순수하게 벌이는 반별 대결은 A반이 잘하는분야가 아니니까."

"응. 좋든 나쁘든 신체 능력이 평균인 학생이 많고, 상위입상을 기대해볼 수 있는 건 일부 학생뿐이니까."

종합 능력은 불리하다는 것을 잘 알기에 연대해서 하루

라도 빨리 실력을 끌어올리려 하고 있다. 연습을 쌓아, 경험으로 점수를 따낼 수 있는 경기를 노릴 작정이리라.

정작 본인은 모습이 보이지 않지만, 틀림없이 사카야나기가 지시했을 것이다.

이치노세의 반과 류엔의 반 학생도 보였는데, 아직은 뭐가 뭔지 몰라 갈팡질팡하는 느낌이었다. 한편 호리키타의 반은 아무도 보이지 않았다. 한두 명 정도는 올까 생각했는데. 하지만 만일 누군가 왔더라도 이런 상황이면 아무것도 못 하고 구석에 우두커니 서 있기만 했을지도 모르겠다.

"우린 아직 만장일치 특별시험에서 빠져나오지 못했어. 그런 상황에서 연습이 쉽지는 않겠지."

"하긴 불안 요소가 남아 있지. 그래도 나쁜 소식만 있는 건 아니야."

나는 스도와 오노데라가 손을 잡고 2학년 남녀 1등을 노리고 있다는 사실을 요스케에게 알려 주었다. 드문 낭보에 요스케의 표정이 조금이나마 풀렸다.

"개인전, 단체전, 둘 다 계속 이기면 충분히 1등을 차지할 수 있을 거야."

"그 두 사람이라면 승산이 있지."

희망이 보이지만, 그래도 반이 승리하려면 그 두 사람의 힘만으로는 부족하다.

덕지덕지 겨우 이어 붙인 것뿐이라 해도 일시적으로 협력하는 체제를 빨리 갖추어야 한다.

"그러고 보니 스도가 오늘 방과 후에 동아리 가기 전에 만나고 싶다고 했었어. 혹시 뒤로 아야노코지가 관련 있는 거야?"

"난 아무것도 하지 않았는데. 스도 본인이 생각해서 부탁하기로 한 것 아닐까?"

"아마 시노하라와 관련된 일이겠지?"

"스도도 이대로는 안 된다고 생각했나 보지."

"하지만 미짱은?"

"그쪽은 내가 나서볼까 생각하고 있어."

"네가?"

그냥 내버려 두겠다거나 적당한 인재에게 맡기겠다고 하면 요스케는 난색을 드러낼 것이다. 이번 소동에서 그가 특히 미짱에게 마음을 쓰는 것은 『자기 탓』이라고 느끼는 요소가 다른 학생보다 강하기 때문일 거다. 물론 요스케에게는 아무 잘못이 없지만.

나는 기본적으로 지켜보는 태도로 일관할 생각이지만, 미짱만은 조금 도움이 필요하다고 판단했다.

요스케를 해결사로 쓸 수 없다는 것도 그 이유 중 하나다.

○그래도 하는 수밖에

지난 주말, 특별시험에서 본 것이 마지막인 쿠시다.

그리고 일주일이 지나 금요일 방과 후가 될 때까지 그 애의 모습을 본 적은 단 한 번도 없다.

그뿐만이 아니다. 왕도, 하세베도 학교에 나오지 않았다.

월요일부터 금요일까지 5일 동안. 벌써 5일이나 말이다.

그동안에도 시간은 우리를 기다려주지 않고 흘러갔다.

체육대회에 대한 꼼꼼한 협의, 예비 조사. 학생회 일. 평소 공부. 끊임없이 밀려오는 파도를 정면으로 맞다 보면 어떨 때는 무릎이 후들거려 뒤로 쓰러질 것만 같기도 했다.

하지만 지금 여기서 쓰러질 수는 없다.

반드시 데리고 돌아오겠노라고 선언하고도 아무 성과도 내지 못한 주제에 한탄할 자격 따위는 없다.

나는 몇 번인가 아야노코지에게 연락하려다가 그만두었다.

도움을 청하면 그가 응해줄 가능성은 있다.

내가 바라는 답을 내줄 가능성도 있다.

하지만 이번 일만은 내가, 내 힘으로 해결해야 한다.

"이상, 홈룸을 마친다."

차바시라 선생님이 오늘 마지막 홈룸을 마치고 교실을 나가자마자 곧바로 뒤를 따라나섰다.

"선생님, 잠시 대화 괜찮으세요?"

"상관없지만…… 그래. 그럼 걸어가면서 할까."

이 시간에는 화장실에 다녀오는 학생도 많기에 복도는 너무 눈에 띈다.

내 생각을 읽었는지 차바시라 선생님이 걸으면서 얘기 하자고 말씀해주셨다.

"쿠시다, 왕, 하세베가 학교를 쉰 지 벌써 5일째예요."

"그래. 두 사람한테는 여전히 공식적인 병결로 연락을 받고 있지만, 병원 진료를 전혀 받지 않았더구나. 게다가 하세베는 끝까지 쉬겠다는 말 한마디뿐 자세한 이야기는 하지 않았고."

절대 완벽한 휴식 방법이라고 말할 수 없다.

그런 난폭한 결석은 나에게 주는 벌로밖에 느껴지지 않 는다.

"엄한 페널티를 계속 받는 상태인가요?"

구체적인 대답은 들을 수 없을지 몰라도 일단 그렇게 물 어보았다.

"너무 걱정할 필요는 없어. 특히 왕과 쿠시다 같은 우등 생들은 유예기간을 길게 주는 규칙이 있으니까. 하세베도 문제아는 아니라 아직은 그렇게 일이 커지지 않았어. 만약 실적이 없거나 평소 행실이 불량한 학생이었다면 이야기 가 달라졌겠지만."

"평소 행실 덕분——이라는 뜻인가요?"

"그래. 그리고 멀쩡한데 꾀병 부리면서 쉬는 학생도 있는가 하면 어설프게 마음의 상처를 받고 일주일 내내 틀어박히는 학생도 있잖아. 그걸 구분하기란 어려워. 그러니 지금까지 해온 학교생활에서의 태도와 성적을 보고 판단하는 수밖에."

그것을 알게 된 것만으로도 마음이 한결 가벼워지는 느낌이었다.

"그리고 학교도 피도 눈물도 없는 건 아니야. 억지로 등교시켜서 학생의 마음을 갉아먹을 생각은 없지. 여하튼 지금 쉬고 있는 세 사람은 지금까지 지각 한번 없었고 수업 태도도 성실했어. 유예기간을 받을 자격이 충분해."

차바시라 선생님이 부드러운 말투로 그렇게 알려 주었다.

뭔가 다른 속내가 있는 게 아닐까 싶을 정도로 평소와는 전혀 딴판이었다.

반 애들이 쑥덕거리던데, 정말 특별시험을 기점으로 변화가 생겼는지도 모르겠다.

"무엇보다 너희가 힘든 특별시험을 치르고 있다는 걸 학교도 이해하고 있어."

학교를 쉬는 사태가 일어나도 이상하지 않으니까, 지금은 눈감아주는 거구나…….

주위에 사람이 없음을 확인한 차바시라 선생님이 일단 걸음을 멈췄다.

"하지만 이제 그것도 얼마 남지 않았다. 다음 주에도 계속 결석한다면 너희가 필사적으로 따낸 100포인트도 예외 없이 깎이겠지."

이번 주말 안에 어떻게든 해결해라. 그런 선생님의 숨겨진 메시지.

하지만 난 그 메시지에 응답할 수 있을까.

현재 상황만 물어볼 생각이었는데, 나의 약점이 조금씩 고개를 들기 시작했다.

"감사합니다, 도움이 되었어요."

"잠깐만, 호리키타. 하고 싶은 말이 더 남아 있는 것 아니야?"

"……아니요. 더는 선생님께 민폐 끼칠 수 없어요."

"민폐인지 아닌지는 들어보지 않으면 모르는 거지. 아직 시간 좀 남아 있어. 남에게 털어놓는 것만으로도 짊어진 짐이 조금은 가벼워지지 않을까?"

나의 얄팍한 정신 상태를 차바시라 선생님은 다 꿰뚫어 보고 계시네.

망설임이 없었다고 말한다면 거짓말이지만, 지금은 용기 내어 말해보기로 했다.

"사쿠라를 퇴학시키고 반 포인트를 얻었죠. 그 선택이 과연 옳았을까요?"

"자기가 한 결정을 후회하는 건가?"

"그때는 옳다고 판단했었어요. 하지만…… 솔직히 말해서 지금은 흔들려요."

"답을 알려 주고 싶지만, 난 그럴 수가 없어."

"알겠어요. 선생님의 입장에서는 대답하실 수 없겠죠."

"그래서가 아니야. 지금 시점에서는 네가 옳았다는 걸 증명할 수 없기 때문이다. 물론 네가 내린 결정을 다소 독단적이고 자기 개인 사정에 따랐다고 생각하는 학생도 있을 거야. 너도 그런 타인의 평가에 괴로워하면서 오답이었다고 느끼기 시작하고 있지."

뼈 아픈 말이네. 돌려드릴 말이 없다.

"하지만 그게 그렇게 중요한가? 누구도 처음부터 완벽한 사람은 없어. 간단한 덧셈, 곱셈도 틀리고 배우면서 점점 발전해나가는 거야. 나 역시 실수투성이 인생을 살고 있고."

"선생님도…… 말인가요."

"너희와 똑같은 특별시험을 치렀을 때도 그랬다. 난 옳고 그르고를 따지기 이전에, 정해진 시간 내에 답조차 내지 못했어. 그래도 넌 한 가지 답을 제시했잖아. 잘한 거야. 경험도 없이 처음부터 100점을 받는 사람은 없다. 특별시험 단계에서 너는 리더로서 인정받고 권한을 부여받았지. 그래서 누군가를 버리는 것을 각오하고 쿠시다를 지켰어. 그게 정답이었음을 아이들이 인정하게 만드는 것은 이제부터 할 일이다."

선생님이 선생님답게 말했다.

이제껏 이런 적이 별로 없었기에 나는 살짝 당황했다.

"지금 단계에서 반드시 100점을 받으려고 하지 않아도 된다. OAA 상의 꼴찌를 합리적으로 배제할지, 약속을 우선해야 하니 불합리하다고 생각해도 받아들일지, 선택지는 둘 뿐이었잖아."

"그렇, 죠……."

알고 있다. 알고 있는데, 그런데도 마음이 흔들린다.

"하지만—— 주위가 눈에 보이지 않았던 건지도 모른다는 생각이 들어요. 더 귀를 기울였다면 더 좋은 답을 찾을 수 있었을지도 모른다고 말이에요."

"주변이 보이지 않을 수 있지. 그리고 나중에 열이 식었을 때, 자기가 한 판단이 옳았는지 자신이 없어질 수도 있고."

하지만 난 그런 경험이 없다. 화가 나서 나도 모르게 주먹을 꽉 움켜쥐었다.

"넌 지금까지 좋게 말하면 왕도, 나쁘게 말하면 단순한 판단만 해온 게 아니니? 물론 보통은 다들 그래. 이 학교의 특이성 때문에 처음으로 새로운 선택지를 요구받은 거지."

"네……."

든든한 조언을 받고도 나는 여전히 적절한 답을 찾을 수 없었다. 한심한 표정을 짓고 있었을 텐데도 차바시라 선생님은 상냥하게 대해주었다.

"넌 학교에서 제시한 규칙 안에서 싸웠잖아?"

"하지만 배신자가 아닌 사람은 퇴학시키지 않겠다는 약속을 어겼어요."

"그럼 넌 처음부터 쿠시다를 지킬 생각이었고, 찬성표를 모으기 위해 거짓말을 한 건가?"

"아니에요! 그 약속을 할 때는 정말로 그럴 각오였었어요……. 정말이에요."

"그럼 뭐가 문제지? 물론 약속을 지키는 것도 중요하지. 하지만 때로는 어른들도 약속을 어긴단다. 생각을 바꾼 것이, 쿠시다를 남기는 게 정답이라는 사실을 깨닫고 한 행동이란 걸 아니까. 지금의 너를 우습게 보는 사람을 경멸하든 무시하든 자유야. 너를 따르는 사람도 있고 따르지 않는 사람도 있는 법이지. 마흔 명 가까이 되는 반을 하나로 모으는 건 류엔이나 사카야나기, 이치노세라도 쉽지 않아. 다른 반 학생들도 겉으로는 예스맨처럼 굴지만, 속으로는 무슨 생각을 하는지 모르잖아?"

차바시라 선생님은 그렇게 말하며 내 어깨에 다정히 손을 얹었다.

"실패를 두려워하지 마라. 난 아이의 실패를 인정하지 않는, 용납하지 않는 어른이고 싶지 않아."

"선생님, 저는 아직 실패하지 않았어요."

"……그렇지. 그저 고른 선택지를 끝까지 지켜볼 생각이라는 거야."

살짝 당황한 표정을 지은 선생님이 다시 내 눈을 응시했다.

주의 깊은, 엄하면서도 애정이 담긴 말에 나는 살짝 말

문이 막힐 뻔했다.

"변하셨네요, 차바시라 선생님."

말로 표현하려던 건 아니었는데 나도 모르게 튀어나오고 말았다. 그게 솔직한 마음이었으니까.

"지금까지 차갑게만 굴던 내가 뒤늦게 교사 노릇을 하니까 이상한가?"

"좀 놀라긴 했지만 이상하지는 않아요."

"그래? 그럼 됐다."

차바시라 선생님도 너무 많이 말했다고 생각했는지, 헛기침으로 화제를 바꾸었다.

"아야노코지는 쿠시다에 관해 뭔가 말하지 않았나?"

"아야노코지요……? 특별히 아무 말도요. 굳이 말하자면 제가 어떻게 하는지 관찰하는 것 같은 느낌이에요."

"그렇구나. 그럼 그 애는 네가 해결할 일이라고 생각하는 거겠지."

"저의 단순한 독단에 다 따라줄 수 없어서 그러는 것뿐인지도 몰라요."

"글쎄, 어떨까. 저번 시험에서 아야노코지는 쿠시다 일로 과감하게 나왔었지. 만약 너를 믿지 못한다면 이대로 그냥 내버려 둘 것 같지 않다만."

"아야노코지를 꽤 높이 사시네요. 아야노코지더러 제일 불량품이라고 했던 말씀을 기억하고 있는데요."

"잘도 기억하고 있구나, 옛날 일을."

"그 애는 OAA 이상으로 우수해요."

"너의 신뢰와 평가도 꽤 많이 올라갔구나."

"성격에 약간 결함이 있지만, 그건 뭐 그 애만 그런 것도 아니고요……. 그때 하신 말씀은 어떤 의미였나요? 아니면 선생님이 착각하신 건가요?"

그는 틀림없이 우수하고, 나 따위보다 훨씬 냉정하며 차분하다.

불량품이라고 깎아내릴 요소는 어디에도 찾아볼 수 없다.

"교사의 발언 하나하나를 진지하게 받아들일 필요는 없어. 나보다 네가 몇 배는 더 같은 시간을 많이 공유했잖아?"

"그래도 듣고 싶어요."

"……그래. 내 평가는 예전과 다르지 않아. 아니, 그 평가에 신빙성이 더 생겼다고 볼 수 있지."

그가 불량품이란 생각은 변함없는 모양이다.

"하지만 지금 그 문제로 고민하는 것은 시기상조야. 네가 당장에 해결해야 하는 문제는 달리 있지."

"그렇지요……."

신경 쓰이는 것도 사실이지만, 과연 그 일은 나중으로 미루어도 된다. 지금은 쿠시다, 왕, 하세베를 학교에 다시 나오게 해야 하니까.

"쿠시다는 여전히 완강하니?"

"아직 아무 반응이 없어요. 아무리 찾아가도, 기다려도 문을 열어주지 않아요."

"그거 힘들겠구나."

주말은 그렇다고 쳐도, 평일은 내가 학교에 가 있는 동안 얼마든지 편의점 등에 가서 물건을 사 올 수 있다.

그러니 보급로를 차단하는 수법은 무의미하다.

전화를 걸어봐도 스마트폰 전원이 꺼져 있다.

"제가 문 너머에서 우왕좌왕하는 걸 느끼며 그저 기뻐하고 있겠죠."

"그것도 아니라고 말은 못 하겠구나. 하지만 그렇다고 네가 가만히 있으면 사태는 진전 없이 점점 악화만 되겠지."

"네……."

"자기 힘만으로 부족할 것 같을 때는 다른 사람의 힘을 빌리는 것도 방법이다."

"하지만 쿠시다를 설득하는 데 기꺼이 도움을 줄 만한 애라고는…… 히라타 정도밖에 없는걸요. 그런 그 애도 지금 그럴 입장이 못 되고."

그는 왕과 시노하라 무리의 문제를 해결하느라 분주하다.

"물론 히라타라면 힘이…… 아니, 쿠시다에 한해서는 모르겠구나. 정공법, 양식, 선한 마음, 그런 걸 갖춘 사람을 데리고 가도 굳게 닫힌 문이 쉽게 열리진 않겠지."

"선생님이 무슨 말씀을 하시는지 어렴풋이 알 것도 같아요. 그 애는 솔직하지 않으니까."

"유감스럽게도 지금은 적임자가 떠오르지 않지만, 다른 반에 눈을 놀리는 것도 나쁘지 않을지도 몰라."

"하지만 쿠시다를 설득하는 건 그 애의 진짜 모습과 마주해야 하는 일이에요. 그걸 제삼자에게 알리는 건 상당히 큰 손해죠."

"물론 이익과 손해를 저울에 달아보는 것도 중요하지. 하지만 제삼자가 아는 걸 무조건 피할 필요는 없어. 예를 들어 우리 교사 중 일부는 쿠시다의 과거를 이미 알고 있고, 다른 교사 중에도 발설하지 않을 사람이 있겠지. 솔직히 나는 비밀에 부치나 마나 한 일이라고 생각한다만."

쿠시다의 마음을 움직일 수 있는 인물⋯⋯.

아니, 마음까지는 못 움직이더라도 뭔가 돌파구가 되어줄 만한 사람이 있다면⋯⋯.

"슬슬 시간 다 됐구나. 마지막으로 한마디만 더, 괜한 오지랖일지도 모르지만 해두지. 가장 중요한 건 호리키타, 네가 쿠시다를 어떻게 하고 싶은지야. 그걸 잘 생각하길 바란다."

내가 쿠시다를 어떻게 하고 싶은가⋯⋯.

"감사해요, 선생님. 선생님 덕분에 각오를 굳혔어요."

아직 답은 나오지 않았지만, 적어도 발버둥 칠 힘은 다시 생겼다.

"인사는 됐어. 교사로서 이 정도는── 아마도 당연한 일일 테니."

그렇게 말한 차바시라 선생님은 교무실로 돌아갔다.

나는 그녀의 등이 보이지 않을 때까지 계단에서 계속 지켜보았다.

1

케야키 몰에서 물건을 사고 기숙사로 돌아왔는데, 엘리베이터 옆에서 입구를 노려보고 있는 이부키의 모습이 보였다.

무시하고 엘리베이터 버튼을 누르자 봇물 터지듯 그녀가 화를 냈다.

"무시하지 마!"

얼굴에 침이 튈 것만 같이 무서운 기세로 다가왔다.

이제부터 단단히 마음먹고 장기전을 시작하려는데, 얘는 대체 왜 이러는 거지.

이대로 엘리베이터에 올라타도 따라올 것 같다.

별수 없어서 걸음을 멈추고, 나를 환영하듯 문이 열린 엘리베이터를 그냥 올려보냈다.

"무시라니? 나한테 무슨 볼일 있니?"

"이거! 이 문장, 무슨 의미야?! 답을 알려줘야지."

나를 노려보며 스마트폰 화면을 들이밀었다.

환한 빛이 눈에 들어오긴 했지만, 온통 하얀빛뿐이었다.

"바보니? 너무 가까워서 안 보이니까 좀 떨어져 줄래?"

"아, 진짜! 자!"

아주 살짝만 멀어졌을 뿐이지만, 일부만 봐도 뭐라고 적혀 있는지 바로 알 수 있었다.

"아주 잘 쓴, 감탄이 절로 나오는 문장이구나. 지적인 사람이 쓴 게 틀림없어."

"자화자찬하기는! 아니, 도대체 어느 부분이 지적인데?"

"직접 소리 내어 읽어보면 알 수 있지 않을까?"

"뭐래?『네가 나와 상관없는 곳에서 퇴학당한다면 당연히 넌 나한테 진 게 되는 거야. 그런 멍청이는 되지 않길 바랄게.』……어디가 지적인데?! 아, 그건 됐으니까 빨리 뜻이나 말해!"

"이걸 읽고도 모르겠니?"

"전혀. 이번 주 내내 생각했는데 모르겠다고. 그게 뭐?"

흥 하고 콧방귀를 끼면서 팔짱을 끼는 그녀.

설마 간단한 조언을 조언으로 받아들이지 못할 줄은 몰랐다…….

아니, 그래도 잠재적 효과는 있었다고 생각하고 싶다.

"인제 와서 물어봐야 무슨 의미가 있겠니? 그리고 별문제 없었던 것 같고."

"어? 뭐가? 좀 알아듣게 설명하란 말이야."

이 애는 정말로 눈치가 없구나.

운동 신경과 싸움 실력에 모든 것을 쏟아 넣었나…….

"네가 퇴학당하지 않게 하려고 수를 쓴 거야. 넌 너희 반 애들한테 비호감인 것 같고, 만약에 퇴학과 관련된 과제가 나오면 위험할 수 있었어. 그런데 내가 이런 식으로 도발하면 싫어도 학교에 남으려고 할 거 아냐?"

"그럼 설마…… 나를 걱정해서?"

놀란 게 아니라 진심으로 기분 나쁘다는 표정을 지으며 학을 떼는 그녀.

"멋대로 해석하지 마. 너한테 도움받을 일이 남아 있어서 그런 것뿐이니까. 조력자가 줄어들면 내가 곤란하잖아. 게다가 저번 특별시험 때 네가 퇴학당했어도 류엔의 반이 100포인트를 얻을 뿐이지, 네가 빠졌다고 해서 타격을 받지는 않았을 테니까. 이왕 퇴장할 거면 페널티가 있는 시험에서 사라져주는 게 이득 아니겠니?"

그렇게 설명해도 그녀는 전혀 받아들이는 표정이 아니었다.

"이제 슬슬 가도 될까."

조용히 화내면서도 길을 터주는 그녀를 곁눈질하며, 나는 다시 엘리베이터 버튼을 눌렀다.

그리고 올라타려다가 아부키가 따라 타지 않는 것을 알아차렸다.

"넌 안 타?"

"너랑 같은 엘리베이터 탈 생각 없거든."

"애 같기는. 우연이라도 몇 번 같이 탄 적 있지 않나?"

"지금은 타고 싶지 않다고."

"그래. 그럼 좋을 대로 해."

닫힘 버튼을 누른 나는 쿠시다의 방이 있는 층으로 향했다.

이제부터 그녀가 문을 열어줄 때까지 끈기 있게 기다려야 한다.

올라가는 엘리베이터 안에서 정말 돌파구가 있는지 생각했다.

뭔가 다른 방법을 쓰지 않으면 이대로 계속 달라질 수 없는 걸까. 그렇다면 지금부터 내가 하려는 일은 시간 낭비에 지나지 않는다. 목적지에 도착하자 엘리베이터 문이 열렸다.

하지만 나는 밖으로 나가지 못하고 그대로 굳어버렸다.

어떻게 하면, 어떻게 하면 쿠시다와 대화를 나눌 수 있을까…….

시간만 흘러가 엘리베이터 문이 도로 닫혔다.

열림 버튼을 누르기도 전에 엘리베이터가 내려가기 시작했다.

"정말, 답이 없네."

이런 잡념을 품은 채로 쿠시다와 대면해봐야 마음을 돌리는 건 꿈도 꾸지 않는 편이 낫겠다. 차바시라 선생님이 해주신 따뜻한 조언을 그냥 허무하게 날려버리는 것 같아 죄송한 마음이 든다.

1층까지 다시 내려와 버린 엘리베이터.

문이 열리자 스마트폰을 보고 있던 이부키가 나를 알아

차리지 못하고 한 발 안으로 내디뎠다.

그러다 엘리베이터 안에 인기척을 느끼고 고개를 들더니 나를 보고 무심코 목소리를 흘렸다.

"어, 어째서 네가 여기 있어?!"

하긴, 그렇게 놀라도 무리가 아니지.

"안 타니?"

"아까 안 탄다고 말했잖아?! 지금 나 괴롭히는 거야?"

고개를 가로저은 나는 다시 닫힘 버튼으로 손을 뻗었다.

그러다가 시선을 피하고 있는 이부키를 보고 뭔가가 마음에 걸리는 것을 느꼈다.

닫힘 버튼을 누르기 직전에 열림 버튼으로 바꿔 누르고는 그녀를 물끄러미 응시했다.

아무리 기다려도 엘리베이터가 닫히지 않자 이상하게 여긴 그녀가 나를 쳐다보았다.

돌파구는 의외의 곳에 굴러다니고 있었던 건지도 모르겠다.

차바시라 선생님의 조언을 실천할 타이밍이 아닐까…….

"뭐야."

"……이왕 이렇게 된 거 네 도움이라도 받을까 싶어서."

"뭐?"

꽤 큰 도박이지만 어쩌면 교착 상태에서 벗어나게 해줄 재료가 될 수도 있다.

보이지 않는 돌파구, 그것을 깰 사람은 의외의 복병일지도 모른다.

무모하다는 것을 알지만 지금은 어떤 수단이든 시도해 보는 수밖에 없다.

"타."

"안 탄다고 몇 번을 말해?"

"됐으니까 일단 타."

"……뭐냐고."

이부키가 짜증 내면서도 엘리베이터에 오르는 것을 확인한 나는 닫힘 버튼을 눌렀다.

"내 고민을 좀 들어줬으면 해."

"뭐어어? 네 고민을? 아니 아니, 내가 들을 리 없잖아?"

"엘리베이터에는 타라고 하니까 탔잖아."

"그거야 네가 하도 재촉하니까."

"그럼 고민도 들어줄 수 있지 않아?"

"무슨 이런 억지가 다 있어."

"네가 들어서 나쁜 이야기가 아니야. 그래서 무슨 내용인가 하면……."

"멋대로 이야기 시작하지 말라고. 네가 상의한다는 것 자체만으로도 나한테는 이미 나쁜 이야기거든?"

그렇게 티격태격하는 사이에 쿠시다의 방이 있는 층에 도착했다.

내가 먼저 내린 다음, 여전히 엘리베이터 안에 있는 이부키를 보았다.

"내려. 여기는 좀, 어디에 눈과 귀가 있을지 모르니까. 혹시나 해서."

"내 알 바 아닌데. 난 간다. 무슨 영문 모를 소릴 하고 있어."

닫힘 버튼을 누르고 가려고 했지만, 엘리베이터 문은 닫히지 않았다.

"엘리베이터도 네가 내려줬으면 좋겠나 봐."

"네가 밖에서 버튼 눌러서 방해하니까 그렇지!"

"그런데 너는 뭐 좋아하는 거 있어? 소중히 여긴다거나."

"……그거랑 상관있는 건가?"

"됐으니까 일단 대답해."

"——."

"뭐?"

"아니, 아…… 뭐가 있지. 전혀 생각이 안 나는데. 딸기?"

"의외로 귀여운 걸 말하네……. 됐으니까 방금 한 이야기는 잊어버려."

"자기가 물어놓고 뭐야! 아니 그리고 이제 슬슬 버튼에서 손 떼지?"

점점 화가 올라오는 이부키에게 나는 본론을 꺼내기로 했다.

빨리 이야기를 공유하고 그다음으로 나아가는 게 그녀를 위한 길이기도 하다는 것을 깨달았다.

"지금부터 쿠시다를 만나러 갈 거야."

"그래서 뭐 어쩌라고? 하고 싶은 대로 만나러 가면 되잖아."

이부키는 탁탁 닫힘 버튼을 연타했지만 물론 아무 의미도 없다.

"그게 그럴 수가 없어서. 그 애는 지난 일주일 동안 단 한 번도 모습을 드러내지 않았고 학교도 쉬고 있거든. 기숙사를 찾아가도 나올 기척이 전혀 없고. 네가 그 애를 방에서 나오게 만들어줬으면 해. 내 말 이해했니?"

"뭐? 하, 왜 내가 그런 걸 해야 하는데?"

"이것도 남한테 도움을 주는 일이야."

"내 알 바 아니라고. 우리 반에도 안 하는 협력을 너희 반에 할 리가 없잖아?"

이 이야기를 이부키가 바로 받아들일 리 없다는 것쯤은 이미 계산이 끝났다.

하지만 얻을 이익이 있다면 이야기는 달라지는 법.

계속 엘리베이터 문이 열려 있는 상태여서 경고음이 삑삑거리기 시작했다.

"좋아. 그럼 너에게 성공 보수를 줄게."

"필요 없거든. 내가 돈에 움직이는 사람이라고 생각한다면 아주 큰 오산이야."

"아, 네, 그러시겠죠. 하지만 내가 주는 성공 보수는 받고 싶어서 안달 날 텐데?"

"……그럴 일은 없을 거 같은데?"

쉽게 움직이지 않는 이부키의 마음. 하지만 뭔가를 들이

미는 순간 그 생각은 정반대로 바뀔 것이다.

"체육대회에서 원하는 경기를 다섯 개까지 미리 등록할 수 있잖아. 어느 경기, 어느 조에 참가할지는 자유고. 필수 종목을 클리어하거나, 또는 강적을 피하기 위한 게 주된 목적인데…… 그건 역으로 생각하면 자기가 원하는 상대 와 대결할 수 있는 시스템이기도 하지."

거기까지 설명하자 지금까지 시큰둥하던 이부키의 눈에 불이 켜졌다.

"넌 어차피 나와 대결하기 위해서 아직 예약하지 않고 기다리고 있지? 하지만 미안한데 난 아슬아슬한 순간까지 결정하지 않을 거야. 상황에 따라서는 마지막으로 남은 한 자리를 노릴 가능성도 크고. 즉 네가 나랑 붙으려고 계속 기다려봐야 그 기회는 영영 찾아오지 않는다는 뜻이야."

"……하지만 내가 협력하면 대결해주겠다는 말이야?"

"그래. 네가 원하는 경기에서 한 번 상대해줄게. 물론 반 을 위해 힘 조절 따위는 안 할 거라서 너는 승점을 못 올리 겠지만. 그래도 상관없다면."

"푸핫. 재미있네. 하지만 하나로는 납득 못 하지. 최소 세 개. 3전 2승 형태로 승부를 겨루는 데 동의한다면 협력 해줄게."

"세 개? 그건 좀 욕심이 지나친데……."

경고음이 시끄럽게 울려대는 가운데, 나는 고민하는 척 했다.

"난 양보 못 해."

그러시겠죠. 딱 한 번의 경기로 승패가 결정되는 건 나역시 받아들일 수 없으니까.

그렇다고 두 번이나 네 번 대결하면 무승부로 끝날 가능성이 있다. 그래서 세 번 싸워 결착 짓는 것을 나도 생각하고 있었지만, 처음부터 그렇게 제안했다가는 다섯 번을 요구하게 될 것이다.

네가 세 번으로 받아들여 준다면 내가 예상했던 타협안이네.

"……좋아. 그럼 너에게 맞춰서 세 개의 경기에 나갈게. 됐지?"

"결정된 거다. 나중에 딴소리하기 없기야."

그렇게 말한 이부키가 엘리베이터에서 내렸다.

내가 버튼에서 손을 떼자 엘리베이터 문이 서서히 닫혔다.

"당연하지. 단―― 이번 일, 해결될 때까지 도와주는 거야."

"목표가 뭔지 명확하게 알려줘."

"쿠시다가 월요일부터 학교에 나오는 것. 그게 다야."

"쉬워 보이는구만. 아니, 그리고 쿠시다가 쉬는 게 뭐가 어때서. 누구나 몸이 안 좋을 때는 있잖아?"

차바시라 선생님은 쿠시다에 관한 비밀은 없는 것이나 마찬가지라고 말했었다.

단지 굳이 떠들고 다닐 이야기가 아니라는 게 중요하다.

그런 충고에 순순히 따라, 나는 전부 얘기하기로 했다.

만약 이부키가 소문을 동네방네 터트리고 다닌다면 내가 사람 보는 눈이 없었을 뿐.

앞으로 더 궁지에 내몰리게 된다 해도 지금은 타개책이 필요하다.

이야기할 내용은 쿠시다에 관한 것. 물론 괜히 숨기거나 하지는 않는다.

그녀가 지금까지 어떻게 생활했는지는 이부키도 잘 알고 있을 터. 하지만 그녀의 본성과 사고방식, 지금 상황에 이르기까지 구체적으로 들려주었다.

이야기하는 내내 이부키는 흥미 없다는 듯 적당한 곳에 시선을 고정하고 있었다.

평소 같으면 그 모습에 불만이 생길 텐데, 지금은 이상하게도 그런 그녀의 태도에 구원받는 기분이 들었다. 쿠시다가 왜 학교에 나오지 않는지, 있는 그대로 다 들려주자 이부키가 황당하다는 투로 한숨을 푹 내쉬었다.

"시답잖네."

그녀의 본성에 강한 흥미를 보이지도 않고, 들은 사실에 대한 감상을 담담히 내뱉었다.

"안 놀라네. 혹시 알고 있었어?"

"아니, 아무것도. 원래 난 완전히 선한 사람은 없다고 생각하거든. 쿠시다도, 히라타도, 이치노세도 마찬가지야. 저는 착한 사람이에요 하는 얼굴을 한 녀석일수록 속은 구린 게 틀림없어."

"흥미로운 생각이네."

의외로 정곡을 찔렀는지도 모른다.

"그럼 넌 류엔을 꽤 높이 평가하겠네? 그는 겉으로 봤을 때…… 아니, 속까지 포함해서 착한 사람이 아니니까."

"더 싫어. 말이 나온 김에 알려 주자면 아야노코지처럼 세상 무해해 보이는 인간도 최근 들어 싫어졌어. 열받는다고."

이쯤 되면 오히려 이부키가 호감을 느끼는 사람이 존재하기는 한 걸까 싶다.

"뭐, 여하튼 그런 인간을 밖으로 끌어내는 건 싫지 않아. 오히려 지금까지 착한 척하던 게 다 들켰는데 어떤 기분이야? 하고 물어보고 싶네."

지나친 것 같으면 말려야 하겠지만, 이런 일종의 강인함은 좀 배울 필요가 있어 보인다.

"방에 틀어박힌 쿠시다를 밖으로 끌어내면 되는 거지?"

"응."

꽤 자신만만해하면서 이부키가 가벼운 발걸음으로 쿠시다의 방을 향했다.

"너 혼자 하려고?"

"잠자코 보기나 해."

그럼 어디 솜씨 한 번 볼까.

쿠시다의 방 앞까지 걸어간 이부키는 갑자기 배를 누르며 그 자리에 주저앉았다.

"……아, 아야, 아야야야!"

그러더니 복도가 다 울리도록 비명을 질러댔다.

나는 순간 그녀가 뭘 하는지 이해되지 않아 어이없는 눈빛으로 그 광경을 지켜보았다.

"가, 갑자기 배가 아프잖아…… 아, 안 되겠어, 방에 돌아갈 때까지 못 참겠는데……!"

뭐…… 배가 아파? 설마 그게 네가 생각한 방법이니?

화장실을 빌려 달라면서 문을 열게 하겠다고?

그런 진부한 생각은 둘째치고, 너무 연기를 못 하는데…….

애당초 이부키의 방은 이 층이 아니다.

그리고 설령 같은 층이라고 해도 자기 방까지 뛰어가는 게 확실히 더 빠르다.

"화, 화장실, 화장실 좀 빌려주라!"

쿠시다 방의 초인종을 무섭게 연타하면서 소리쳐댔다.

그 작업을 10초 가까이 계속했지만, 쿠시다가 나올 기색은 전혀 없었다.

이건 내가 이 일과 관련되어 있기 이전의 문제네…….

사람을 잘못 고른 게 분명하다는 생각에 머리를 쥐어뜯고 싶었다.

연기를 수십 초 더 이어간 후. 이부키가 정색하더니 몸을 일으켜 내게 돌아왔다.

"방에 없는 거 아니야?"

"틀림없이 방에는 있어."

"정말로? 그런데도 내 연기에 낚이지 않다니 보통내기가 아니네, 쿠시다 녀석."

"그, 그러게……."

진심으로 하는 말 같으니 지적은 안 하는 편이 좋겠다.

나는 조용히 따라오라고 한 후 쿠시다의 방 전기미터기가 내장된 박스를 열었다.

"여기에 원반이 보이지? 이 원반의 속도가 느리면 부재 중일 가능성이 커. 그게 아니라 방에서 텔레비전을 보거나 컴퓨터를 쓸 경우는 회전 속도가 빨라지지."

지금, 원반 회전 속도가 살짝 빨라졌다.

"이제 방에 있을 가능성이 크다는 걸 알겠지?"

"……도둑들이나 아는 걸 잘도 아네."

"지난 주말에 그 애를 기다리면서 이것저것 공부했거든. 악용은 절대 금지야."

그럴 일 없거든, 하고 싸늘한 눈빛으로 나를 보았다.

"다른 방법은 뭐 생각나는 거 없어? 만약에 없으면 바로 전력 외 통보를……."

"방식이 틀렸어."

"뭐?"

"모 아니면 도여도 상관없지? 쿠시다를 강제로 끌어낼게."

근거를 제시해줬으면 좋겠지만, 저 자신만만한 모습에 한 번만 더 맡겨 보기로 했다.

나는 뒤로 물러났고, 다시 방문 앞으로 간 이부키는——.

"쿠시다. 너에 대해 이것저것 들었어. 지금까지 내숭 떨던 거 시험에서 다 들켰다며?"

뭘 하려나 했더니 그녀를 매도하기 시작했다.

순간 말려야 한다는 생각이 들었지만, 이제는 아무 의미 없다.

지금 말려 본들 이미 그녀의 귀에 다 들렸을 테니.

"꼴이 우습게 됐구나? 지금까지 최고 인기녀였다가 한순간 나락으로 떨어진 기분이 어때? 아, 착한 사람 랭킹은 원래도 이치노세가 더 위였나. 2등에서 떨어진 기분이 어때?"

사람 열받게 하는 건 아까 발연기에 비하면 훨씬 낫네.

절묘하게 화가 나는 이유는 아마도 말하는 사람이 이부키라서 그러겠지.

하지만 아무 소리도 들리지 않았다. 역시 이런 극약처방은 통하지 않는 걸까······.

문 앞의 이부키는 표정을 바꾸지 않았고, 말도 멈추지 않았다.

"그 처참한 면상 좀 구경해보자."

오른쪽 발끝에 힘을 실어 문을 찼다.

"아까 호리키타 때문에 스트레스받아서 말이야. 어디다 풀어야지, 안 되겠어."

쿠시다를 돕고 싶은 마음 따위는 조금도 없는 것이 이부키의 본심.

그것을 문 너머에 있을 쿠시다에게 그대로 쏟아냈다.

"남의 방문을 발로 차는 것도 기분이 썩 나쁘지 않네. 류엔의 기분을 좀 알 깃 같아."

쾅쾅 발차기를 계속하는 그녀의 행동은 이제 자신을 위한 것이기도 했다.

그렇게 몇 번의 발차기 후, 드디어 방 안에서 소리가 났다.

아랑곳하지 않고 다시 발로 차려고 하자 갑자기 문이 확 열렸다.

"──민폐니까 그만 좀 할래? 이부키."

사복 차림의 쿠시다가 모습을 드러냈다.

설마 이런 난폭한 방식에 쿠시다가 반응할 줄이야…….

지난 일주일 동안 내가 했던 노력은 다 뭐였을까, 하고 살짝 충격이 왔다.

"이것 봐, 나왔네. 역시 넌 그런 애였어."

쿠시다의 성격을 잘 파악하고 있어서, 이부키의 눈에는 보이는 부분이 있었던 건지도 모르겠다.

"그 착각, 열받으니까 그만해줄래?"

"오? 원래 이런 느낌인 거야? 내숭 떨던 너보다 훨씬 호감이 가는데?"

"난 너한테 조금도 호감을 느끼지 않는데. 저기 서 있는 호리키타와 마찬가지로."

말투를 보아 이제 심리적으로는 안정을 되찾은 듯하다.

숨어 있을 필요도 없어져서 쿠시다의 방을 향해 나갔다.

"괜찮으면 방에 들어가서 얘기할 수 없을까? 계속 기다리느라 지쳤거든."

"뭐, 어차피 문 닫으려고 해도 소용없을 테고."

이부키가 한 발을 문 사이에 밀어 넣고 있어서 닫는 것은 불가능했다.

쿠시다가 그 발을 물끄러미 내려다보다가 있는 힘껏 밟았다.

"으윽!"

계속 짓밟아댔지만 이부키도 발을 빼려고 하지 않았다.

"정말이네, 못 닫겠어."

"이제 좀―― 어지간히 해!"

문을 억지로 열고 쳐들어가려고 하자, 바로 후퇴하며 진지한 얼굴로 우리를 받아들였다.

"자, 들어와. 지금이 처음이자 마지막일지도 모르니까 천천히 있다 가."

뼈 있는 말투였지만, 그 정도는 이미 각오했다.

언제까지고 지금처럼 버텨서 반을 곤경에 빠트리는 것은 쿠시다에게 일도 아닐 터. 뭔가 결정한 것이 있으니까 우리를 방에 들인 게 틀림없다.

이번이 처음이자 마지막 기회――이겠지. 깨끗하게 쓰고 있음을 한눈에 알 수 있는 쿠시다의 방. 깔끔한 것을 좋아하는 면은 나보다 더하다는 인상이다.

"우, 우와. 정리 정돈이 장난 아닌데?"

이부키가 방을 둘러보며 놀랍다는 듯 감탄했다.

그 태도를 본 쿠시다가 돌려주듯 말했다.

"이부키의 방은 난잡해서, 벗어둔 옷이 그대로 굴러다니고 있을 것 같네."

"윽…… 보지도 않았는데 뭘 안다고 그래?"

아무리 봐도 정곡을 찔린 게 틀림없구나…….

"앉아. 마실 거나 과자는 안 줄 건데 상관없지?"

"그래, 상관없어."

앉으라는 말에 우리는 순간 서로 마주 본 후 거리를 두고 앉았다.

쿠시다는 맞은편에 앉았기 때문에, 테이블을 사이에 두고 2 대 1 구도가 되었다.

"그래, 계속 내 방 앞에서 소란 피우던데. 목적이 뭐야?"

"이미 알잖아? 지난 일주일 동안 학교에 안 나와서지."

"하아."

영혼 없는 대답을 한 쿠시다가 다시 말을 이었다.

"그런 일이 있었는데 학교에 어떻게 가? 딱히 놀랍진 않은데, 이 아이한테도 내 얘기 했지? 이것도 나 괴롭히려고 그러는 거지?"

"그렇지 않아. 이 애는 남에게 함부로 말 안 해."

"엥? 네가 날 믿는다고?"

"아니. 단순히 말할 사람이 없을 테니까."

"야."

주먹으로 테이블을 쾅 치며 나를 노려보았지만 무시했다. 사실인걸.

"그렇다고 해도 사람 기분을 배려하지 않는구나. 나 상처받았어."

"네가 그렇게 말할 자격이 있니?"

"없지만, 그게 호리키타가 내 기분을 배려하지 않아도 될 이유는 될 수 없지."

날카로운 언쟁이 곧바로 오갔다.

"이야기를 좀 진전시키자. 나한테 부족한 부분이 있다는 건 잘 알아. 하지만 먼저 적의를 가지고 공격한 건 너야. 안 그래?"

단순히 같은 반 학생이었던 쿠시다.

하지만 그녀는 나를 시종일관 퇴학시켜야 할 상대로 여기고 있었다.

"그 점은 부정 안 할게. 하지만 어쩔 수 없잖아, 못 참겠는데 어떡하냐고."

"그럼 내가 어떻게 해야 했을까. 지금 돌이켜 생각해봐도 명확한 답이 안 나와."

"알아. 나도 같은 일을 두고 계속 생각해보았으니까. 그러다가 한 가지 결론에 도달했지. 네 존재를 참지 못하는 나를 위해서 네가 자진해서 학교를 그만두는 게 옳지 않았을까 하고."

"억지 부리지 마. 그건 결론이 아니라 그냥 막말이야."

"막말이라. 하지만 그것밖에 없어."

내 질문에 대답해주기는 했지만, 도무지 우호적 대화라

고 말하기는 어려웠다.

하지만 이것이야말로 쿠시다의 본심이겠지.

처음에는 이야기를 그럭저럭 듣던 이부키의 눈이 점점 빛을 잃어갔다.

"지난 일은 이제 훌훌 털어버리고 그만 협력해줄 수 없겠니?"

"그런 이야기일 줄 알고는 있었지만, 웃기지 마."

"넌 그럴 만한 실력과 가치가 있어."

"알아."

빼지도 않고 바로 그렇게 대답했다.

"어마어마하게 자의식 과잉이네⋯⋯."

불쑥 중얼거린 이부키에게 쿠시다는 정정하지 않고 말을 보탰다.

"그런가? 난 그렇게 생각 안 하는데."

"나도 생각 안 해. 네 실력이 대단하다고는 생각 안 한다는 말이야. 뭣하면 여기서 보여줄래?"

이부키는 그렇게 말하며 주먹을 불끈 쥐었다.

"상상 이상으로 멍청하구나, 이부키. 그런 걸 말하는 게 아니거든? OAA 좀 보지? 이 학교에서 실력이라고 하면 성적을 가리키잖아. 너와 나의 차이는 네 상상 그 이상일걸?"

발끈한 이부키가 의기양양하게 스마트폰을 꺼내 OAA를 확인했다.

그리고 종합 능력을 비교해보더니 얼굴이 새파랗게 질

려서는 조용히 스마트폰 화면을 껐다.

"그 높은 실력을 반을 위해 발휘해줬으면 좋겠어. 앞으로도 계속 무단결석하면 조만간 네가 있을 자리가 없어질걸."

"이미 없지만 말이지. 뭐, 그래. 너는 애들한테 반감을 살 각오로 내 퇴학을 반대했으니, 내가 쓰임새가 없으면 처지가 곤란하겠지. 이렇게 필사적으로 날 설득하고 싶은 마음도 이해는 해."

반의 상황은 쿠시다도 손에 잡힐 듯 잘 알고 있을 터.

"난 졌어. 이제 있을 데가 없지. 그런데도 그 만장일치 특별시험, 마지막 순간에 얌전히 굴었던 건 너한테 조금이라도 더 타격을 주기 위해서였어. 앞으로도 계속 쉬면 학교는 등교 거부하는 학생을 만든 반에 벌을 주겠지? 그리고 그 책임 문제는 너한테 갈 거고."

하긴 이대로 쿠시다가 쭉 쉬면 반은 끊임없이 독을 마시듯 타격을 받을 것이다. 언젠가 특별시험 때문에 이 등교 거부 전략이 벽에 부딪힐 가능성은 있지만, 어쨌든 쿠시다는 보란 듯이 복수에 성공하는 셈이 된다.

"너한테 이익이 없어."

"뭘 새삼스럽게. 더 잃을 것도 없는데, 조금이라도 내 길동무를 만들고 싶은 게 당연하지 않아?"

"뭐라는 거야. 당연할 리가 없잖아. OAA 숫자 좀 높다고 건방지게 굴지 마라."

"반쯤은 재미로 방에 들였는데, 역시 기대한 대로네. 너

참 재밌는 애구나, 이부키. 나랑 호리키타만 있으면 시시하기만 했을 거야. 하긴 당연하다는 표현은 틀렸을지도 모르겠네. 나한테 당연한 게 꼭 정상적인 건 아니니까."

"자기가 정상이 아니라는 걸 인정하는 건가?"

"난 내가 1등이 아니면 성에 차지 않아. 나한테 불리한 일이 생기는 건 용납 못 해."

"재수 없어."

"어쩔 수 없는걸. 그런 사고방식은 바뀌지 않아. 타고난 거라."

엉뚱한 화풀이다, 도리어 원한을 샀다, 그렇게 항의해도 상관없다.

깨달음이라도 얻은 것처럼 차분한 쿠시다가 평소보다 더 꺼림칙하게 느껴졌다.

흔들리는 목소리로 약점을 드러냈을 때보다 훨씬 상대하기 벅차다.

"학교에서 강제로 나설 때까지 난 계속 등교 거부할 거야."

그렇게 쿠시다는 실패로 끝날 줄 뻔히 알고도 각오하고 계속 공격하겠다고 선언했다.

어떤 의미로는 무적이라고도 할 수 있는 그녀는 담담하게 말을 이어나갔다.

"어떻게 할래?"

"어떻게 하고 말고 할 것도 없이 난 이렇게 너와 계속 대화하는 수밖에 없어."

"대책이 없구나. 아야노코지와는 너무 달라."

아야노코지의 이름이 나오자 이부키의 귀가 움찔 반응했다.

"걔는 내가 유리한 입장일 때도 전혀 초조함을 보이지 않았어. 오히려 역이용하는 계획을 세웠지. 적으로 돌리면 안 되는 사람이었다고 생각해."

"그 애는—— 그래. 여러 가지 면에서 앞날을 꿰뚫어 보는 능력이 있는지도 몰라. 그걸 깨달은 건 최근의 일이지만."

"그럼 나랑 똑같네."

"그러게."

그리고 잠시 침묵이 흘렀다.

"너도 참 바보구나, 호리키타. 나를 그냥 쳐냈으면 편했을 텐데."

"그럴지도 모르지. 근거 없는 직감. 근거 없는 자신감. 그렇게 받아들여도 어쩔 수 없어. 하지만 네가 분명 우수한 학생이라는 건 의심할 여지가 없어. 과거를 아는 나와 아야노코지에 대한 퇴학 충동이 해로 작용하긴 했지만, 적어도 지난 1년 반 동안 우리 반에 공헌했다는 평가는 달라지지 않아."

자부해도 부끄럽지 않을 만큼의 성적을 계속해서 남겼다.

"반을 곤란하게 만드는 게 정말로 최우선이라면 이대로 계속 쉬는 것만으로도 복수는 성공인지도 모르지. 그런데 정말 그거면 되니?"

"하고 싶은 말이 뭐야?"

"그 정도로 만족하는지를 묻는 거야."

"만족해. 지금은 그 이상을 바라지 않아. 어떤 말을 늘어놓으며 설득하려고 해봐야 소용없어, 난 받아들이지 않으니까."

설득. 그 단어를 듣고 나는 목에 작은 가시가 걸린 느낌을 받았다.

물론 쿠시다가 학교에 나오길 바란다.

내 선택이 틀리지 않았음을 증명하고 싶으니까.

눈앞에 있는 쿠시다가 누구보다도 잘 알겠지.

그런데 그건 나를 위한 것. 쿠시다에게도 가장 좋은 답이라고는 절대 말하기 어렵다.

"아무래도 난 착각하고 있었던 것 같네."

"무슨 말이야?"

"난 여기에 너를 『설득』하려고 왔어. 그런데 그게 아니었네. 결국 나를 위해서, 반을 위해서. 네 마음은 고려하지 않았던 것 같아."

"뭐야? 이제는 동정심을 유발하는 읍소 작전?"

"싫다는 너를 학교에 나오게 만들려고 한 게 잘못이었다는 걸 깨달았을 뿐이야."

"그럼 이제 이야기 다 끝났네. 내가 반의 발목을 잡으면 자동으로 너도 넘어지게 되지. 오래오래, 나 없는 학교에서 괴로워하며 지내길 바라."

"난 아무래도 좋아. 하지만 그럼 너도 괴로워질 거야."

"내가 괴로워져? 뭔 소리야?"

"아직 돌아갈 곳이 있는데, 그걸 잃는 거니까."

"멋대로 잘도 떠드네. 내가 돌아갈 곳이 어디 있다는 거야?"

그녀를 생각하면 생각할수록 어떤 감정이 올라온다.

"너를 보고 있으면 짜증이 나."

"……뭐?"

"다가가려고 해도 네가 애라서 어쩔 도리가 없다고. 넌 고르는 선택지를 전부 틀리고 있어. 네가 비밀을 말할 생각도 없고 잘 알지도 못하는 나를 배제하려고 하지 않았다면 일이 이렇게까지 되지는 않았을 거야. 아야노코지 일도 그래."

"그러니까 내가 말했잖아. 참을 수 없어서 그랬다고."

"그런 부분이 애 같다는 거야. 참을 수 없다고 폭주하는 거. 그게 애지 뭐야."

그 말이 먼저 명중한 것은 조용히 듣고 있던 이부키 쪽이었다.

그녀가 갑자기 웃음을 터트렸다.

그게 심기에 거슬렸는지, 쿠시다의 태도에 짜증이 묻어났다.

"그 정도는 그냥 참아. 너도 이제 고등학생이잖아? 걸어서 교실에 가기만 하면 되는데, 그것조차 못하다니. 계속 바닥에 드러누워 떼만 쓰지 말고 얼른 자기 힘으로 일어나서 걸어."

"하── 말 참 잘하네, 호리키타. 하지만 난 상처받은 불쌍한 여자애야. 지금 학교에 가면 애들이 거북해할 거고, 다시 예전처럼은 될 수 없어. 그런 괴로운 곳으로 날 데려가려고 하다니, 너무 잔인한 거 아니야? 전혀 다가오는 게 아니라고."

"누굴 탓할 처지가 아닐 텐데. 너, 지금 최고로 꼴사나워."

"……."

"본성은 반에 다 들켰고, 더는 가식적으로 굴 수도 없어. 그래서 반에 피해를 주고 있지. 반에서 울부짖던 네가 애처럼 보이던데, 정말로 애였구나. 아니, 이건 유아지. 유아를 상대하고 있는 기분이 들어."

"사람 깔보지 마!"

팔을 들더니 내 뺨을 향해 휘둘렀다.

나는 그 팔을 냉정하게 붙잡아 제압했다.

"깔보고 싶을 법도 하지 않아? 자기 기분 좋자고 나를 곤경에 빠트리고, 반 아이들을 곤경에 빠트리고, 그런 짓이 가장 먼저 나오는 게 유아지 뭐야?"

"그럼 괴로워도 나만 꾹 참고 너랑 반 애들한테 협력해라, 그 소리야?"

"네 멋대로 해석하지 마. 내 말 잘 들어. 넌 탄탄한 능력을 갖추고 있어. 그걸 다른 데가 아니라 바로 『너 자신을 위해』 쓰란 말이야. 주변은 신경 쓸 거 없어. 너 자신을 위해 움직이고, 너 자신을 위해 A반으로 올라간다면 그건 틀림없이 네가 쌓은 『업적』이야. 그리고 A반의 특권을 써서 하고 싶은 걸 하면 돼. 이전 같은 생활을 똑같이 반복하고 싶다면, 이번에야말로 정말 네 과거를 아무도 모르는 곳으로 가."

노려보는 쿠시다에게서 다음 말은 나오지 않았다.

"이제 학교에서 지내는 것도 1년하고 반밖에 남지 않았어. 그렇게 어려운 일도 아니잖아? 넌 지난 1년 반 동안 아이들에게 좋은 모습만 꾸며서 보여주었어. 그것보다 더 간단한 일이야. 아니면 네 실력으로는 그것도 못 하니?"

붙잡고 있는 쿠시다의 손이 화나서 부들거리는 게 느껴졌다.

하지만 나는 또 하나의 결론에 도달했다.

"내가 여기에 오는 건 오늘이 마지막이야. 이제부터는 네가 생각해. 이 정도로 말했는데도 나를 적으로 돌린다면, 더는 쓸 약도 없어. 평생 어린애로 있든지."

"내가 멈춰 있는 동안 호리키타 너는 계속 앞으로 나아가…… 있었네."

다 말하지 않아도 쿠시다 역시 지금 상황이 눈에 보일 터.

"넌 퇴학당하고. 난 A반으로 졸업해서 내 꿈을 이루고. 아주 큰 차이지."

자존심 강한 쿠시다가 가장 싫어하는 내 미래를 상상하고 눈을 질끈 감았다.

학교생활 따위, 기나긴 인생에서 보면 불과 몇 퍼센트의 비율에 지나지 않는다.

"정말로…… 여기서 내가 학교로 다시 돌아갈 기회가 있다고 생각해?"

"그건 네가 하기 나름이야. 이 주먹을 내릴지 말지 결정해."

아직 힘이 실려 있는 팔. 하지만 시간이 지나자 조금씩 힘이 빠져나갔다.

"이야기 정도는 들어줄게. 호리키타가 생각하는 전략을 말해봐."

우여곡절 끝에 결국 쿠시다가 귀를 기울여주는 상황까지 도달했다.

하지만 여기서 기분 좋게 해주려고 그럴싸하게 꾸며서는 안 된다.

그녀가 살아남기 위한 계획을 들려주고 납득시켜야 한다.

몇 가지 예상 답안을 이 자리에서 재구축하며 이상적인 답까지 다다라야 한다.

"인제 와서 새삼 내숭 떨면서 학교생활을 이어갈 생각은──."

"없지. 아니, 애초에 무리잖아? 애들이 내 본성을 다 알았다는 사실은 무슨 일이 있어도 달라지지 않는걸?"

"그렇지. 하지만 그건 바꿔 말하면 네 본성을 모르는 사람은 계속 속일 수 있다는 것 아닐까?"

잠시 생각하는 척하던 쿠시다가 글쎄 어쩌려나, 하고 중얼거렸다.

"지금까지는 진짜 내 모습을 아는 사람이 호리키타와 아야노코지 정도로 극소수였어. 그래서 가식 떠는 데 망설임이 없었지. 하지만 지금은 반 단위로 늘어났잖아? 똑똑한 애뿐 아니라 멍청하고 개똥 같은 애들도 거기에 대거 섞여 있다고."

쿠시다의 말이 옳았다. 그때 나보다 이부키가 먼저 반응했다.

"말본새 좀 보게!"

멍청이에 개똥, 이라는 부분에 이부키가 과민하게 굴었다.

"너한테 한 말도 아닌데 무슨 상관?"

"이부키, 조용히 못 있겠으면 이만 돌아가도 되는데?"

"아, 그래? 그럼 난 이만 간다. 약속은 지킬 거지?"

일어서려는 그녀에게 일단 나도 전해야 할 말을 전했다.

"그건 아니지. 지금 돌아가면 도중에 내팽개친 걸로 간주, 계약 무효야."

"뭐어어? 진짜 장난하나……. 아, 그럼 입 다물고 있을 테니까 빨리 끝내."

"계약? 왠지 신경 쓰이는 단어네?"

"네가 학교에 나오게 하는 데 협조해주면 체육대회 때 상대해주기로 약속한 것뿐이야."

왜 이부키가 이 자리에 있는지 보충 설명을 이것으로 끝낸다.

"그런 거였구나. 왜 이부키인지 궁금했는데, 해결됐어."

"일단 그래도 이 애 덕분에 네 방에 들어올 수 있었으니, 의미가 없지는 않았지."

이부키는 여러 가지로 하고 싶은 말이 있는 표정이었지만 꾹 참고 있었다.

그렇게 안내해서라도 나와 승부하고 싶은 그 의지만은 높이 살게.

"다시 본론으로 돌아와서, 본성이 알려진 이상 계속 연기하기 괴롭다는 뜻으로 해석해도 될까?"

"그래. 의미 있는 연기라면 애쓸 수 있지만, 의미도 없는 연기를 어떻게 계속하겠어?"

지금까지는 나와 아야노코지만 퇴학시킨다면 계속 연기하는 것에 의미가 있었다.

하지만 반 아이들 모두 퇴학시키는 것은 불가능에 가깝다. 중학교 시절, 지금과 비슷한 상황이 닥쳤을 때 쿠시다는 반을 망가트리고 모든 것을 끝냈다.

그래서 이번에도 그렇게 하려고 했다는 것이 지금까지의 흐름.

"네가 그걸 원하지 않는다면, 애들이랑 예전처럼 잘 지낼 필요는 없어."

"뭐?"

눈앞의 쿠시다뿐 아니라 이부키에게도 의외의 대답이었는지 두 사람이 비슷한 반응을 보였다.

"어느 정도 입단속을 하더라도 절대라는 보장은 없어. 그렇다면 다른 반에는 쿠시다가 이중적이고 문제 있는 학생이라는 전제를 깔고 행동할 수밖에 없겠지."

하지만 그렇게 되면 쿠시다라는 무기는 그 효력을 절반 정도 잃는다.

공부도 운동도 잘하지만 그렇다고 둘 다 최고는 아니다. 어디까지나 우등생일 뿐.

타고난 능력 면에서는 사쿠라를 이겼을지 몰라도 그것 말고는 매력이 없다.

"아무도 신뢰하지 않는 나. 그런 나를 다들 받아들이겠냐고. 안 그래?"

"물론 지금처럼은 안 되겠지. 하지만 정말로 신뢰를 완전히 잃었다고 말할 수 있을까? 어떻게 생각해? 이부키."

"……."

"이부키, 대답해줘."

"네가 입 다물고 있으라며?"

"발언을 허락할게."

"진짜……. 입 다물라고 했다가 말하라고 했다가, 내가 뭐 네 동생이라도 되는 줄 아나."

"나랑 대결하고 싶지 않아? 그럼 그렇게 말을──."

"아, 진짜!"

이부키가 머리를 쥐어뜯으며 대답했다.

"넌 지금까지 지나치게 착한 애인 척 연기했을 뿐이잖아.

난 완벽하게 착한 사람 따위 존재한다고 믿지 않고, 오히려 지금까지가 구렸다고 생각해. 이전의 너와 지금의 너, 둘 중 누굴 믿을 수 있느냐고 묻는다면 솔직히 지금의 너일지도 모른다고."

빠르게 자기 생각을 늘어놓았다. 어설프게 꼼수를 부리거나 잔머리를 굴리지 않는 아이인 만큼 쿠시다에게는 솔직하게 들리지 않았을까.

"아하하, 재미있는 대답이네. 아니, 흔하지 않은 사고회로야. 하지만 누구나 이부키처럼 특이하진 않아. 오히려 평범한 애들은 덮어놓고 싫어할걸."

"하긴, 이 아이는 일반적이지는 않지."

"야!"

"하지만 누구나 크든 작든 이중적인 면이 있어. 그리고 넌 무엇보다 자기를 위해 행동하는 진짜 모습을 이부키에게 좋게 평가받았어. 왜냐하면 그 본심은 절대로 변하지 않으니까."

이런 본심을 바꾸게 한다는 이야기 자체가 잘못되었다.

"그리고 말투라든지 어조를 지금까지 그래왔듯 바꾸지 않는다면 네 본성을 못 본 사람은 너의 진짜 모습을 상상하기 어려워. 아무리 말로 설명을 들어도 사람은 직접 겪어보지 않으면 이해가 따라가지 않는 법이거든."

"무슨 말이야?"

"예를 들면, 그래. 이치노세 호나미를 생각해봐. 그 애는 너 이상으로 착하다고 할 수 있는 아이지. 그런데 사실 그 애는 폭력적이고 입이 험하고 다른 사람의 실패를 무엇보다도 즐기는 사람이란 말을 들으면 바로 믿을 수 있어?"

"……힘들 것 같은데. 그 애는 진짜 착한 것 같으니."

"난 의심스럽지만."

"의심스럽다는 건 이치노세가 아니라 착한 사람이라는 존재 자체를 말하는 거지?"

"뭐……. 하긴 직접 겪어보지 않으면 모를 수도 있겠어. 쿠시다의 일도 호리키타한테 듣기만 했을 땐 실감이 안 났었고."

"그렇지? 적어도 지난 1년 반 동안 이치노세는 쭉 착한 사람이었어. 만약 누군가가 인성 폭로를 한다고 해도 다들 당장은 못 믿을 거야. 그야 만약 그녀의 반 애들 모두가 입을 모아 이치노세가 그런 사람이라고 한다면 당연히 우리도 의심스러워하겠지. 하지만 역시 상상이 잘 안 되지 않을까?"

폭력적이고 폭언을 일삼는 이치노세. 누가 그렇게 말해도 믿을 수 없다.

경계는 하더라도 그 일면을 직접 보지 않으면 믿기 어렵다.

"정말 겪어보지 않으면 모를 수도 있겠는데. 격투기도 어떤 기술을 말로만 설명하고 위험하다고 경고해도 전혀 와 닿지 않지. 하지만 실제로 당해보면 그게 굉장하다는 걸 체감할 수 있잖아."

"격투기로 비유하는 게 너답구나, 이부키."

"하지만 의심이 남아 있는 이상 완전히 나를 믿지는 않을 거야."

"그건 네가 실력을 발휘할 부분이야. 앞으로 어떻게든 잘 해결해나갈 수밖에 없어. 적어도 너의 거리감 조절, 소통 능력이 남들보다 뛰어난 건 사실이잖아."

그렇게 해서 신뢰를 얻을 수 있을지 어떨지, 지금 단계에서는 미지수지만.

"다른 반은 그렇게 하면 된다고 쳐도, 우리 반은? 시노하라, 왕, 특히 하세베는 나를 원망하고 있을 텐데. 이 상태에서 단결할 수 있을까?"

"모두 다는 무리일지도 모르지. 하지만 네 능력으로 대응해 나간다면 그것만으로도 성과를 낼 수 있어."

평균보다 높은 결과를 계속 남기면 쿠시다보다 낮은 성적밖에 내지 못하는 학생은 쉽게 불평할 수도 없게 된다.

"만약 신뢰받지 않는 부분이 표면으로 드러난다면 내가 도와줄게."

"……그런 감언이설을 순순히 믿을 것 같아? 배신하는 거 아니야?"

"의심해도 돼. 그리고 내가 배신하면 그 비난, 다 받아줄게."

애당초 지금 시점에서 한번 모든 것이 끝나버린 쿠시다의 입장에서는 더 무서울 게 없을 터.

여기서 다시 한번 일어설지 말지, 모든 것은 자기가 결정하기에 달렸다. 오늘 중 가장 긴 침묵이 찾아왔고, 쿠시다는 눈을 감았다. 그러면서 뭐라고 중얼거렸는데 알아들을 수 없었다. 잠시 후 결론에 도달했는지 눈을 번쩍 떴다.

"알았어. 난 나를 위해 1년 반 동안 싸워서 반에 공헌할게. 호리키타를 위해서도 반 애들을 위해서도 아니야. 그러면 되지?"

"전혀 불만 없어. 결과를 내주는 것만으로 좋은걸."

쿠시다가 자리에서 일어나더니 이번에는 주먹이 아니라 왼손을 내밀었다.

"그때는 반대였었지."

내가 내민 손을 쿠시다는 받아들이지 않았었다.

"왼손 악수에는 적대라는 의미가 담겨 있다지."

"……그래? 나, 그때 너한테 어느 쪽 손을 내밀었었지?"

"왼손."

똑똑히 기억하고 있는지 쿠시다가 바로 대답했다.

그렇다는 건, 알고도 왼손으로 악수를 청했다는 거네.

나도 다시 일어나 그 손에 응답하듯 왼손을 내밀어 악수를 받아들였다.

"적대 기념 같은 게 되어버렸네."

"그편이 우리답다고 생각하지 않아?"

"그럴지도 모르지."

손에 힘이 실려서 나 역시 힘을 주었다.

"맞아. 호리키타에게 하나 해보고 싶었던 게 있는데……
해도 돼?"

"해보고 싶었던 거? 그게 뭔데?"

"그건 말이야——."

그녀가 미소 짓더니 양팔을 천천히 나를 향해 뻗었다.

그 손이 몸을 넘어 얼굴까지 올라왔다.

그리고 내 두 뺨을 조심스레 만지나 싶었는데…… 순간
양쪽 볼 동시에 찌릿 전기가 흘렀다.

볼을 꼬집힌 통증임을 깨달은 건 그 직후.

"무슨 짓이야……?!"

"정말, 세상에서 제일 싫어, 호리키타!"

그렇게 말하더니 또 한 번 세게 볼을 꼬집었다.

"오늘 만난 순간부터 짜증이 밀려왔고, 협력 관계가 된
지금도 짜증 나! 월요일부터 이게 쭉 이어진다고 생각하니
까 스트레스가 장난 아닐 것 같아. 조금은 이런 식으로 풀
어야 한다고."

힘이 점점 더 실리고 놓아줄 기색은 없었다.

"이, 이제 그마날래?"

"안 돼. 이 정도로는 턱없이 부족하지."

조금이면 받아줄 생각이었는데, 기고만장해진 쿠시다는
꼬집은 볼을 놓으려고 하지 않았다.

놓을 마음이 전혀 없다면 나도 생각이 있다.

나는 똑같이 두 손을 뻗어 쿠시다의 볼을 꼬집기 시작했다.

"앗?!"

"슬스을 놓쳐?"

아픈 걸 알면 그만하겠지, 그렇게 판단했던 건데…….

"아하하, 농다믄 그 못생긴 얼굴로 충분나거든?"

양보하지 않고 손가락에 힘을 실어 볼을 찢을 듯이 잡아당겼다.

그래도 쿠시다는 한 걸음도 물러서지 않고, 이제 한계를 넘은 듯한 힘을 실었다.

이제는 오기와 오기의 대결이다.

"……둘 다 볼 찢어질 때까지 어디 한번 해보시지? 바보 냄새 폴폴 나서 난 이만 돌아간다."

혼자 냉정한 이부키가 그렇게 말하고 먼저 현관을 빠져나갔다.

오기 대결은 2분, 3분 이어졌고 통증도 슬슬 마비되기 시작했을 무렵.

서로에게 멍청한 모습을 보였다는 사실을 깨닫고, 누가 먼저랄 것도 없이 손을 뗐다.

새빨개진 쿠시다의 얼굴을 보고서 내 얼굴도 그렇다는 것을 자각했다.

"……월요일에 학교 나와."

"집요하네. 빨리 돌아가기나 하지?"

반쯤 쫓겨나듯 등이 밀린 나는 복도로 나왔다.

"진짜……."

아픈 뺨을 문지르며 엘리베이터 쪽을 보니 이부키가 안에 타고 있었다.

　"혹시 나 기다린 거야?"

　그렇게 말하며 걸음을 떼자 이부키가 혀를 쏙 내밀더니 닫힘 버튼을 꾹 눌렀다.

　"사람 열받게 하는 데 천부적인 재능이 있다니까……."

　하지만 그녀 덕분에 쿠시다를 만날 수 있었던 것도 사실이다.

　체육대회 때 그녀가 원하는 대로 승부를 가려야겠지.

2

　무거운 머리를 든 저는 몸을 굴려 침대 밖으로 빠져나왔습니다.

　열이 있는 것도 아닌데 가벼운 두통이 계속 가시질 않습니다.

　원인은 잘 알고 있습니다. 죄책감 속에서 5일이나 학교를 빠졌기 때문입니다.

　지금까지 아플 때 말고는 단 한 번도 쉰 적이 없는데. 죄책감 때문에 괴로운 감정을 떨쳐내기 위해 다른 생각을 해보려고 해도 머릿속에서 쫓아낼 수가 없습니다. 쫓아내려고 해서 쫓아내지는 것이라면 5일이나 쉬지도 않았겠지요…….

뭔가 기분전환을 해보자. 그런 생각에 스마트폰을 들었습니다.

몇 개나 들어와 있는 메시지는 읽지 않은 채 사진 폴더를 눌러 촬영 초기의 기록을 열었습니다. 그리고 스크롤을 올리며 추억에 젖어 사진을 구경했습니다.

가장 먼저 손이 멈춘 것은 입학 직후, 아직 저에게 친구라 할 만한 친구가 없었을 때 사진입니다.

제대로 웃지도 못하던 제 옆에서 다정하게 미소 짓고 있는 히라타 군과 함께 찍은 처음이자 마지막 투 샷.

지금도 웃는 걸 어려워하지만, 이때보다는 정말 많이 나아졌다는 생각이 듭니다.

"그립네……"

아는 것 하나 없던 일본에서의 학교생활.

잔뜩 얼어붙은 제 긴장을 제일 먼저 풀어준 사람이 바로 히라타 군.

그때만 해도 좋아한다는 자각은 없었고.

그저 멋있고 친절하고 근사한 사람이라고만 생각했지요.

경쟁의식이 강해 공부 수준이 높은 중국에서는 연애할 여유가 없어 모르던 감정. 언제부터 그를 좋아하는 마음을 자각했는지는 모르겠지만, 그날부터 저는 이 마음을 털어놓을 일은 없으리라고 생각했습니다.

히라타 군은 인기가 많아서, 저 따위는 손에 닿지도 않을 사람이니까요.

혹시 실수로 마음을 전해도 그를 곤란하게만 할 뿐이에요.

그러니까 혼자만의 비밀로 간직하고, 그저 그의 옆에 있는 것만으로 만족했습니다.

"──그랬는데."

또 떠올리는 것만으로 창피해져서, 그리고 무서워져서 눈물이 나왔습니다.

"어떻게 해야 해──."

반 아이들 모두가 있는 앞에서 히라타 군을 좋아하는 제 마음을 들키고 말았습니다.

자리를 바꿀 때, 히라타 군 옆에 가려고 했던 것도 분명 다 눈치채고 말았겠지요?

앞으로 어떤 얼굴을 하고서 학교에 가야 할지 모르겠어요…….

거기까지 생각한 후, 이번에는 다른 죄책감에 휩싸였습니다.

다정하고도 냉정한 모습을 하세베 씨에게 보여주고 학교를 그만둔 사쿠라 씨. 그녀는 제가 차마 헤아리지도 못할 만큼 힘들었을 거예요. 그런데 저는 제 일만으로도 힘에 부쳐서 그저 빨리 그 시험이 끝나기만을 바라며 퇴학에 찬성 버튼을 누르고 말았습니다.

"저질……이야."

구제 불능인 제가 싫고 또 싫어서, 괴롭고 또 괴로워서.

나 따위의 보잘것없는 고민…….

어색하게 웃고 있는 제 모습이 꼴 보기 싫어 스마트폰 화면을 이만 끄려다가 월요일 밤에 아야노코지 군이 보낸 메시지를 떠올렸습니다.

지금 아야노코지 군은 어떤 심정일까요. 소중한 친구를 자기 손으로 퇴학시키고, 그러고도 학교에 잘 다니고 있는 걸까요.

잘 다니고 있다면, 어떻게…….

직접 만나 이야기, 해보고 싶어요…….

그렇게 생각하며 저에게 온 문장을 읽었습니다.

『직접 만나서 얘기 나누고 싶어.』

"아…….."

꼭 제 마음이 문장이 된 듯, 저와 생각이 통한 아야노코지 군의 메시지.

혹시 모른다며 전화번호와 방 번호가 덧붙여져 있었습니다.

제 고민을 들어줄까요?

저를 걱정해주는 사람은 아야노코지 군 이외에도 몇 명 있습니다.

괜찮아? 이야기 들어줄까? 너무 무리하지 않아도 돼.

그런 다정한 말들이 감사하긴 하지만, 그 누구에게 상담해도 해결된다는 자신이 없었어요.

하지만 아야노코지 군이라면…….

이야기를 들어줬으면 좋겠고, 이야기를 들어보고 싶어요.

"······가 볼까······."

시각은 저녁 5시 반. 밥을 먹기에는 아직 이르니까······.

불쑥 찾아가도 실례인 시간은 아니라고 생각합니다.

잠시 방 안을 왔다 갔다 하며 고민했지만, 시간만 흘러 갔을 뿐.

저는 결단을 내리고 아야노코지를 찾아가 보기로 했습니다.

전화를 건 후 긴장하며 기다렸습니다.

다섯 번, 여섯 번······ 열 번의 통화 연결음을 들었을 즈음 이만 끊을까 망설이는데······.

아야노코지 군이 전화를 받아 저는 당황해 소리를 내고 말았습니다.

"아아, 저기, 왕이에요! 저기, 아야노코지 군 맞나요?"

『연락해주었구나.』

아야노코지 군의 약간 울리는 목소리 그리고 샤워기 물 흐르는 소리가 어렴풋이 들렸습니다.

"······네. 방에서 쭉 나가지 못하고 고민만 했는데······ 지금이라면 나갈 수 있을 것 같아서······ 그래서 아야노코 지 군이랑 이야기를 좀 할 수 있을까 해서······."

『지금?』

"힘든, 가요······? 죄송해요, 갑자기 전화해서······ 저 정 말 답이 없죠······."

타이밍도 못 맞추고, 제대로 하는 일이 없는 것 같습니다.

『그런 건 아닌데, 잠시만 시간을 좀 줄 수 있어? 30분, 아니 20분 만에 준비할게.』

내가 낙담했다는 걸 알았는지, 아야노코지 군이 그렇게 말해주었습니다.

"가, 감사해요! 그럼 20분 후에 갈게요! 그럼 이만!"

묘하게 긴장되어, 견디지 못하고 곧바로 전화를 끊어버렸습니다.

"후우…… 심장 터지는 줄……."

일주일 만에 다른 사람과 처음 대화한 것도 영향을 미쳤는지도…….

기다리는 동안 몸단장을 하고, 20분이 거의 다 되어갔을 때 방을 나섰습니다.

평소보다 무겁게 느껴지는 현관문을 열었는데──.

"아 또……."

문 옆에 비닐봉지가 놓여 있었습니다.

"오늘도 왔네."

안에는 젤리와 차, 샌드위치 등이 들어 있었습니다.

월요일 밤, 편의점에 가려고 조용히 방을 나서다가 알아차린 것이 그 시작.

처음에는 누가 잘못 두고 갔을 뿐이라고 생각했는데, 비닐봉지에 제 방 번호가 적힌 종이쪽지가 들어 있었습니다.

이름은 적혀 있지 않은, 익명의 선물이었습니다.

"아, 오늘은 샐러드도 들어 있네…… 하지만…… 내가

썩 좋아하는 게 아닌……."

단백질이 풍부한 닭가슴살 샐러드.

그래도 매일 조금씩 라인업에 변화를 주는 면에서 다정함이 느껴집니다.

"대체 누구일까?"

비닐봉지 안에는 달리 단서가 될 만한 게 하나도 없었고 영수증도 들어 있지 않았습니다. 이름 모를 누군가에게 감사하면서, 일단 현관에 놔두고 아야노코지 군의 방이 있는 4층에 가기 위해 계단으로 향했습니다. 남자 방이 있는 층은 괜히 막 긴장됩니다…….

그런 생각을 하며 문을 열고 4층 복도로 나갔는데, 때마침 어떤 방의 문이 열렸습니다.

아야노코지 군의 방인 듯했습니다.

그런데 안에서 나온 사람은——.

순간 누군가 생각했는데, 카루이자와 씨였습니다.

늘 하는 멋진 포니테일이 아니라 찰랑거리는 긴 머리.

그리고 편한 복장의 아야노코지 군까지 두 사람.

혹시 방에서 데이트했던 걸까요…….

그렇다면 제가 엄청난 민폐 전화를 걸어버린 게 아닐지…….

또 의기소침해질 것만 같았지만 여기까지 와서 돌아갈 수는 없습니다.

주위를 둘러보던 카루이자와 씨와 제 눈이 순간 마주쳤

습니다.

"앗, 호, 호랑이도 제 말 하면 어쩌고 하는 그건가. 그럼 또 봐, 키요타카!"

긴장한 제가 깊게 숨을 내쉬자, 카루이자와 씨도 두 번 정도 심호흡했습니다.

어쩌면 히라타 군에 대해 이야기할지도 모릅니다.

"아, 안녕!"

"어, 어엇?"

각오했는데, 그녀는 짧게 인사만 하고 쳐다보지도 않은 채 옆을 스쳐 지나갔습니다.

잰걸음으로 떠나는 그녀를 제가 불러세웠습니다.

"저기, 카루이자와 씨!"

"뭐뭐뭐, 뭐야?"

"……갑자기 아야노코지 군에게 전화해서 미안해요……. 제가 방해해버렸네요……."

"아니야, 전혀. 진짜야."

"하지만……."

"이야기를 들어줬으면 좋겠다고 생각한 거지? 키요타카가 그랬어. 지금 오라고 안 하면, 다시 방에서 나오려면 새로 용기를 내야 할 거라고."

역시 전화기 너머로 제 마음이 느껴졌나 봅니다.

카루이자와 씨는 가던 길을 멈추고 되돌아와, 다정하게 웃어주었습니다.

"상담할 거 있으면 전혀 개의치 말고 하면 되지 않을까? 그는 말을 잘하는 것 같으면서도 서툴지만, 답을 잘 찾아 줄 거야."

"──네."

여기까지 왔으니까요. 지금 저의 생각을 전부 솔직하게 털어놓지 않으면 손해입니다.

카루이자와 씨 덕분에 그런 마음가짐을 가질 수 있게 되었습니다.

"그럼 다음 주 월요일에 기다리고 있을게."

그렇게 격려하고는 엘리베이터의 내려가는 버튼을 연타했습니다. 하지만 엘리베이터가 바로 오지 않자 비상구 계단으로 내려가 버렸습니다.

"고마워요, 카루이자와 씨."

적어도 저에게 불만이 있어 보이지는 않습니다.

평소에 화나면 무서운 인상이 강했었는데, 오늘 카루이자와 씨는 유한 느낌이 나고 친절하네요…….

하지만 지금은 그런 상관 없는 생각을 할 여유가 없어서, 서둘러 아야노코지 군의 방으로 향했습니다.

벨을 누르자 30초 정도 지나 문이 열렸습니다.

저를 맞이한 아야노코지 군이 아무 말도 없어서 저는 바로 초조해졌습니다.

"저, 저기…… 연락을 받고…… 그게 그러니까, 이야기를 좀 나누고 싶어서……!"

3

예정한 시간에 딱 맞춰서 미짱이 방으로 찾아왔다.

사실은 좀 더 일찍 케이를 자기 방에 돌려보내고 싶었지만, 이것도 상당히 서두른 편에 속한다.

몇 분 정도는 유예 시간을 더 두고 싶었지만, 미짱이 변심하지 않게 배려할 필요도 있어서 어쩔 수 없었다.

"사양하지 말고 어서 들어와."

"실례할게요……!"

미짱은 긴장을 감추지 못했지만, 그렇다고 돌아가려고 하지도 않았다.

잠깐 봤을 뿐인데도 그녀가 자기 힘으로 서려고 정말로 애쓰고 있다는 것을 알 수 있었다. 쿠시다, 하루카와 달리 정체되어 있기를 바라지 않는다.

"뭐 마실래?"

"아니에요, 괜찮아요. 마음 써 주셔서 고마워요."

정중하게 사양한 후 조심스레 카펫 위에 앉았다.

나도 맞은편에 앉아 대화를 시작하려고 자세를 잡았다.

"여기 온 건 쿠시다의 폭로, 요스케에 관한 일 때문이지?"

이름을 듣고 어깨를 움찔하더니 미짱이 조용히 고개를 끄덕였다.

"그리고 반의 상황이 어떤지도 알고 싶어요. 시노하라 씨와 마츠시타 씨, 하세베 씨까지. 적어도 저보다 훨씬 상처받았을 사람들에 대해서. 그리고 아야노코지 군에 대해서도."

설마 여기서 내 이름이 나올 줄은 몰랐는데, 의외군.

남들이 보기에는 그룹 멤버 중 한 명을 버리는 괴로운 결단을 한 것 같았겠지.

"연락이 많이 가지 않았어?"

"……감사하게도 저를 걱정해주는 사람은 많이 있었어요. 하지만 도저히 볼 수가 없었어요. 봐 버리면 꼭 답장해야 하니까."

읽기만 하고 답장은 하지 않는 것. 그런 행동은 도저히 할 수 없다고 미짱이 대답했다.

그렇다면 유일하게 할 수 있는 일은 읽음 표시가 뜨지 않게 하는 것뿐.

"그럼, 그래. 순서를 정할 것까지는 없지만, 혹시 나한테 물어보고 싶은 게 있으면 뭐든지 물어봐."

이렇게 단둘이 만나 대화할 일이 거의 없는 사람들. 꼭 술술 이야기를 잘 풀어나갈 필요는 없지만, 너무 조심스럽게 굴면 해결될 일도 해결되지 않는다. 조금이라도 서로 문제를 잘 풀 수 있는 방향으로 가는 게 좋겠지.

"그럼, 사양하지 않고……. 아, 하지만 그전에…… 확인부터 하고 싶은데요, 제 방 앞에 이것저것 사서 놓고 간 사

177

람이 아야노코지 군인가요?"

무슨 말인지 알아듣지 못하는 나를 보고, 미짱이 보충 설명을 해주었다. 학교에 나가지 않게 된 후로 하루에 한 번, 먹을거리를 놓고 가는 사람이 있다고. 미짱의 방 번호만 적힌 종이가 같이 들어 있을 뿐 그 사람을 특정 지을 만한 단서는 하나도 없다는 것.

순간 요스케가 떠올랐지만, 쿠시다와 하루카의 주변에서는 그런 이야기가 일절 들어오지 않았다. 반 아이들을 평등하게 대하는 히라타가 미짱에게 먹을거리를 전달했다면 다른 학생들에게도 똑같이 했을 테고, 몇 번쯤 만났을 때 나에게 알렸을 것이다.

"미안한데 나는 아니고, 짐작 가는 사람도 없어."

"그런가요⋯⋯. 그 사람한테도 정말 큰 도움을 받아서⋯⋯ 고맙다고, 전할 수 있으면 좋겠는데요."

"그게 누구든 미짱이 학교에 나오지 않는 걸 마음 쓰는 학생이 있다는 거네."

메시지를 보내는 사람, 전화를 걸어주는 사람, 먹을거리를 두고 가는 사람.

혹은 연락은 안 해도 걱정하는 학생이 그녀의 주위에 많이 있는 것이리라.

기쁘다는 듯 살짝 고개를 끄덕인 후, 미짱이 질문을 던졌다.

"아야노코지 군은 학교에 가고 있는 거⋯⋯ 맞죠?"

외부와 연락을 취하지 않고 있다면 내 출석 여부조차 잘 몰라도 무리가 아니다. 물론 고민을 들어주겠다는 사람이 정작 자기는 우울해서 누워만 지낸다고는 생각하기 어렵지만.

"이번 주에도 똑같이 등교했어."

"……괴롭지 않았나요? 아니, 괴로운 건 당연할 테고, 학교에 가기 싫다는 생각이 안 들었나요?"

"종합적인 면에서 물어보는 거지? 난 지금까지 애들을 주도하는 행동을 한 적이 없으니, 쿠시다를 궁지로 내몬 거나 친구를 퇴학시킨 행동에 다들 놀랐겠지."

"……네. 제가 알던 아야노코지 군과는 달랐어요. 좀, 무서웠어요."

솔직하고 정직한 그녀는 자기가 느꼈던 것을 그대로 털어놓았다.

여기서 친구와 반 아이들의 우열, 우선순위 이야기를 해도 어쩔 수 없겠지.

그건 특별시험 때 설명했으니 새삼 다시 꺼낼 필요는 없다.

"위압적으로 굴어서 내가 겁먹은 걸 숨겼을 뿐이야. 원래 감정을 잘 표현하지 못하기도 해서 아무도 그걸 눈치채지 못한 것뿐이고. 지금 쉬지 않고 학교에 나가는 것도, 쉬면 흉해 보일 것 같아서야."

"그건 저도 조금 생각한 부분이긴 해요. 제가 쉬어서, 쿠시다에게 정곡을 찔려 상처받았다는 걸 주위에서 알게 되는 게 싫었죠. 월요일 아침만 해도 교복으로 갈아입고 현관 앞까지 갔었어요. 하지만 한 발 더 내딛는 게 도저히 안 되어서. 그리고 하루 쉬니까 점점 더 문이 멀고 무겁게 느껴지더니……. 뭐, 다 제 탓이지만요…….”

그리고 생각났다는 듯 미짱이 고개를 푹 숙였다.

“고작 이런 일로 일주일이나 쉬다니, 죄송해요.”

“고작이라고 생각하지 않아. 여기까지 오는 것만 해도 상당한 용기가 필요했을 거야. 그리고 학교에 가는 걸 완전히 포기한 건 아니잖아?”

“무, 물론이에요! 사실은 당장이라도 학교에 나가고 싶어요. 제가 생각해도 지금 잘못하고 있다는 거 알아요. 하지만…… 창피하고, 제가 너무 한심해서…….”

감추고 있던 마음. 그것을 얼마나 많은 학생이 알게 되었는가와는 별개로 그 공공연한 자리에서 폭로 당해 버렸으니 마음에 깊은 상처를 입는 것도 무리가 아니다.

“놓인 처지를 이해하지만 뭔가 대신해주겠다고 말할 수는 없어. 하지만 적어도 애들은 미짱을 걱정하고 있어.”

“네…….”

“그리고 지금 반에 피해가 가는 것도 사실이고.”

갑자기 목에 칼을 들이대자 그녀가 굳어서 침을 삼켰다.

신경 쓸 것 없어. 언제까지라도 기다릴게. 그런 듣기 좋은 말을 늘어놓는 것이야 간단하지만, 그런 말들은 결론을 연기하는 효과밖에 없다.

옆에서 보기에는 극약처방처럼 느껴질지도 모르지만, 마음속 깊은 곳을 파고들었다.

"그래도 다행히 지금은 쿠시다와 하루카도 똑같이 쉬고 있어서 표면으로 올라오지 않았어. 하지만 다음 주가 되면 또 몰라. 그 두 사람이 등교하고 미짱만 안 나온다거나 한다면 어떻게 될까. 무슨 말인지 알지?"

자신이 놓인 상황을 상상하는 것은 초등학생이라도 할 수 있다.

공포심이 올라왔는지 팔을 살짝 떨면서 고개를 끄덕였다.

자극이 지나치게 강하면 조절할 생각이었는데, 의외로 위험한 징후는 없다.

소심하고 겁 많은 성격이지만 비교적 심지는 굳어서 쉽게 꺾이지 않을 거라고 판단했다.

"그냥 무슨 일 있었냐는 듯이 아무렇지 않은 얼굴로 학교에 나오면 돼. 요스케한테 특별히 뭔가 말을 전할 필요도 없어."

"하지만…… 저, 그게…… 히라타 군 바로 앞자리라서…… 가까운데……."

"그러고 보니까 자리 바꿀 때 미짱이 인기도 없는 가운데 근처 자리를 누구보다도 빨리 가서 차지했었지. 역시 요스케가 그 뒷자리를 선택할 걸 알았기 때문이야?"

"윽……!"

노골적인 반응을 보여서, 직접 대답하지 않아도 정답임

을 알았다.

"그렇군. 요스케를 잘 관찰하고 이해하고 있구나."

"으윽, 창피하네요……."

미짱이 무릎을 껴안고 얼굴을 마구 흔들었다. 아무래도 수치심 쪽이 더 큰 문제인 듯하다.

"히, 히라타 군은…… 저에 대해 뭐라고 하던가요……?"

줄곧 신경 쓰였을 부분을 스스로 언급했다.

얼굴을 무릎에 파묻고 있어서 표정을 확인할 수는 없었지만.

"물론 마음 쓰고 있지. 쿠시다와 하루카보다도 훨씬 더."

"……그건 역시, 민폐라고 생각해서……겠죠?"

당사자인 이상 요스케가 다른 문제보다도 마음 쓰는 건 자연스러운 흐름이다.

"그거랑은 달라. 그 녀석은 미짱이 학교에 나오지 않게 된 원인 제공을 자기가 했다면서, 정말로 미안하게 생각하고 있던데."

"그런…… 히라타 군은 하나도 잘못한 게 없는데……!"

"알아. 다만 그 녀석이 그런 남자라는 건 미짱이 누구보다도 잘 알겠지. 나 따위보다도 훨씬 전부터."

누군가에게 기쁜 일이 생기면 자기 일처럼 기뻐한다.

반대로 누군가가 불행해지면 자신도 덩달아 불행하게 생각한다.

그런 성격을 가진 사람이라는 것.

미짱이 방에 틀어박혀서 요스케도 괴로워하고 있다.

그 사실을 이해하는 것이 지금 상황에서 벗어나기에 가장 효과적이고 중요하다.

천천히 고개를 든 미짱의 눈이 조금 빨갰는데, 그래도 눈물을 보이지 않고 무릎을 내렸다.

"생각하지 않았던 건 아니에요. 히라타 군은 어쩌면 저 때문에 괴로워하고 있을지도 모른다고. 하지만 제 일을 우선해 모르는 척해버렸어요……."

1부터 가르쳐 줄 것도 없이 계기만 던지는 것으로 충분했나.

고등학교 2학년으로서 미짱이라는 학생은 거의 완성되었다고 말해도 좋을 정도다.

"조금 전까지와는 표정이 완전히 다른데."

"고마워요. 이것저것 얘기했더니 속이 정말 편해졌어요. 아야노코지 군 덕분이에요."

"내가 뭐. 이제 나아지려고 하는데 우연히 내가 있었던 것뿐이지."

"그렇지 않아요. 아야노코지 군이라면 해결해줄지도 모른다고 생각했거든요."

또박또박 말로 고마움을 전하고는 깊이 머리를 숙였다.

"저── 월요일에, 반드시 학교에 나갈게요."

"그래. 하지만 진짜로 감기 걸리면 그냥 쉬는 게 나아."

"아니요. 월요일만은 기어서라도 갈 거예요."

살짝 헛도는 감도 있지만, 그만큼 기합이 들어간 거라면 되었다.

"그나저나 저에게 먹을거리를 사다 준 사람이 마음에 걸려요. 지난 5일 동안 상당한 양을 사주고 가서…… 들어간 돈을 다 합하면 만 포인트 가까이 되지 않을까 싶은데요."

만약 한 사람이 한 행동이라면 과연 꽤 큰 돈을 쓴 건지도 모르겠군.

돌아갈 때 미짱이 또 고맙다는 인사를 반복해서, 약간 내쫓는 느낌으로 보냈다.

"가정교육의 산물이겠지. 좀 과한 느낌도 없잖아 있지만."

동급생에게도 지나치게 정중하다. 그것이 미짱의 장점이기도 하지만 말이다.

문제 하나를 해결하기도 했으니, 그동안 손도 못 댄 방 정리를 좀 해볼까.

최근에는 방에 찾아오는 학생도 늘어났으니 함부로 하고 있을 수는 없다.

호리키타와 요스케, 그 이외에 다른 학생이 언제 찾아와도 이상하지 않으니까.

재빨리 정리를 재개한 지 얼마 지나지 않아 또 초인종이 울렸다.

얼른 스마트폰을 확인했지만, 케이나 다른 친구들에게 들어온 연락은 없었다.

예고 없는 손님인가……. 타이밍이 몹시 불길한데.

잠시 침묵하고 있어 보았다. 경우에 따라서는 방에 없는 척하는 선택지도……

하지만 30초 정도 지나자 또 초인종이 울렸다.

아직 저녁 무렵이라 실내 불을 끄고 있던 나는 현관 외시경 덮개를 밀어 올리고 숨죽여 복도를 살폈다.

지금 어떤 의미에서는 가장 만나고 싶지 않은 인물이 거기에 서 있었다. 1학년 아마사와 이치카였다.

돌이켜보면 예전에도 이런 적이 있었지.

그날도 운 나쁘게, 원치 않는 타이밍에 왔던 것으로 기억한다.

토요일인데도 교복을 입고 있는 것을 보건대 학교라도 다녀왔나. 단순히 잠깐 인사차 왔다고 봐야 할까, 아니면 다른 어떤 의도가 있는 것일까.

지난 일을 생각하면 이번에도 작위적임을 의심하지 않을 수 없다.

내가 방에 있다는 사실을 알고 온 게 분명하다.

그러는 사이에 세 번째 초인종이 울렸다.

"안녕하세요, 선배애. 놀러 와버렸답니다."

그런데도 내가 반응을 보이지 않자 아마사와가 달콤한 목소리로 그렇게 말했다.

"미안한데 지금은 좀 바빠서. 내일 다시 올래?"

"그렇게는 안 되겠어요. 선배가 여자를 끌어들여 나쁜 짓을 한다는 소문을 들어서 조사하러 온 거거든요. 문 안 열어주시면 문제라고요!"

복도에 다 울리게 소리쳐 억지로 문을 열려고 했다.

이대로 자기 멋대로 일장 연설을 하게 내버려 둔다면 조만간 다른 방에도 소리가 다 들리겠지.

별수 없이 문을 열고 아마사와를 상대해주기로 했다.

"여자를 끌어들인다는 소문을 어디서 들었는데?"

"정보원은 바로 저랍니다."

"정말 믿을 수 없는 정보원이네."

"그렇지 않아요. 오늘만 해도 카루이자와 선배랑 왕 선배를 끌어들이셨잖아요?"

단순한 감이 아니다. 두 사람의 이름을 망설임 없이 언급했다. 케이야 적당히 찍었다고 쳐도 미짱은 그럴 수가 없다. 분명 내 움직임을 파악하고 있다.

"아, 미리 말씀드리지만, 방에 도청기 같은 건 숨겨놓지 않았답니다? 학교도 꼼꼼하게 검품하는 모양이고요."

하긴 통신 판매 등으로 그런 엄청난 것을 들이기는 불가능하겠지.

하지만 아마사와에 한해서는 입수할 방법이 있을 것이다.

"츠키시로와 커넥션이 있는 너라면 한두 개쯤 가지고 있어도 놀랍지 않은데."

내 날카로운 지적에도 생글거리며 주위를 계속해서 탐색했다.

"일단 들어가도 될까요? 그럼 실례합니다아!"

허락도 하기 전에 아마사와가 먼저 신발을 벗어 던지고 안으로 쳐들어왔다.

그리고 대놓고 두리번두리번 방 안을 훑기 시작했다.

"뭐 하는 짓이야?"

"어머? 너무해. 그냥 확인한 것뿐이라고요."

왜 내 방을 확인해야 하는지 묻고 싶군.

거침없이 방을 탐색하던 아마사와는 침대로 다가갔다.

"제가 어떻게 왕 선배가 온 걸 알아맞혔는지 궁금하시죠? 나가는 모습을 우연히 본 걸까, 아니면 다른 어떤 방법을 쓴 걸까."

"네 정보망을 자랑하려고 남의 방까지 쳐들어온 건가?"

아마사와는 부정하지 않고 침대를 손으로 만졌다.

시트에 생긴 주름을 바로 펴면서 구석구석 손가락으로 더듬어 뭔가를 찾기 시작했다.

카펫 위에 앉은 나는 실컷 조사 중인 아마사와를 관찰했다.

"선배 여자친구는 머리카락이 길잖아요? 긴 머리 여자가 취향이어서 그런 거죠? 그래서 저도 지금 머리를 기르는 중이랍니다."

물어보지도 않은 머리카락 사정을 말하면서도 눈과 손은 쉬지 않았다.

강제로 멈추게 할 수도 없어 그저 지켜만 보고 있었는데 갑자기 움직임을 멈추었다.

그러더니 베개 근처에서 엄지와 검지로 뭔가를 집어 들

었다.

"이거네."

금색으로 빛나는 긴 머리카락 한 가닥을 마치 괴물의 목이라도 된다는 듯이 들었다.

"케이 거겠지. 요즘에 자주 놀러 오니까."

"그야 그렇겠지만 베개 근처에 있다니 이게 무슨 일인가요?"

"여러 가지 경우를 생각해볼 수 있는데, 일일이 열거해야 하나?"

"아뇨, 아뇨. 딱히 그럴 필요는 없지만요~."

이번에는 무릎을 꿇고 엎드리더니 마치 경찰이 뭔가를 감식하듯 바닥을 훑기 시작했다.

뭘 찾는지는 모르겠지만 목적의 물건을 찾아낼 수는 없으리라.

"화이트 룸에 있을 때 남의 방 조사하는 법이라도 배웠나?"

내가 화이트 룸에 관한 질문을 던지자 아마사와가 행동을 멈췄다.

"선배는 의문이 들지 않나요? 선배를 퇴학시키려는 목적으로 이 학교에 보내진 저희가 2학기가 됐는데도 선배를 건들지 않고 그냥 일상에 녹아들고 있는 게."

"적어도 넌 화이트 룸 측에서 실격, 필요 없는 존재로 낙인찍힌 것 같던데."

"그건 부정 못 하겠지만, 그럼 다른 애들은 어떻게 생각하세요?"

"관심 없어."

"뭐, 그러시겠죠. 만약 경계한다면 부주의한 행동도 하지 않았을 테니."

"나 따위 상관하지 말고 학교생활을 만끽하는 쪽을 추천할게."

"그거, 찬성이에요. 저도 그렇게 해야 한다고 생각하는데요……."

아마사와는 잠시 뜸을 들였다가 다시 확인하기 시작했다. 내게 등을 돌려 엉덩이를 내밀고 있는 자세라, 짧은 교복 치마 사이로 속옷이 살짝 보였다.

모를 리가 없는데 모르는 척 계속 그 자세를 유지했다.

침대 밑으로 머리를 넣자 속옷이 더 드러났다.

"속옷에 꽂혔네. 음흉하다니까요, 선배는."

"미안하지만 속옷을 보는 게 아니라 내가 한눈판 사이에 네가 무슨 짓을 할지 몰라서 경계하는 거야."

내가 눈을 떼지 않자 아마사와는 침대에서 얼굴을 빼고 뒤돌아보았다. 1년 후배라고는 생각하기 어려울 만큼 어른스러운 분위기를 풍기며, 그대로 기어서 내게 가까이 다가왔다.

"폭주하기 시작한 것 아닐까 생각했거든요. 수단과 목적이 뒤바뀐 느낌이라. 그 애는 화이트 룸으로 돌아가는 것보다도 선배를 퇴학시키는 것을 강하게 의식하고 있어요."

입술과 입술 사이의 거리가 몇 cm밖에 되지 않을 만큼 가까운 거리에서 그렇게 중얼거렸다. 달콤한 향기가 콧구멍을 간지럽혔다.

　"정말 민폐가 따로 없는 이야기네."

　"선배한테는 그렇죠. 그래서 요즘 들어 계속 생각했어요. 차라리 선배한테 그 애의 정체를 밝혀 사망선고를 내려도 좋지 않을까 하고."

　"반대로 내가 사망선고를 받을지도 모르지."

　"푸하하하, 웃겨라."

　하나도 안 웃긴데.

　"어떻게 할까요? 제가 이름을—— 알려드려요?"

　1cm 정도 더 가까워진 아마사와가 내 대답을 기다렸다.

　"제안은 고맙지만, 사양할게."

　"이름을 들어도 이길 자신이 없어서 그래요?"

　"예상치 못하게 정체가 들통나면 제일 먼저 의심을 사는 건 너야. 그럼 어떻게 되겠어?"

　"그야 당연히 저에게 공격의 화살이 돌아오겠죠."

　"고작 놈의 정체 좀 알아내겠다고 네 학교생활을 불안에 빠트릴 필요는 없어."

　적으로서 앞을 가로막고 있다면 봐주지 않겠지만 아마사와는 현재까지 그런 태도를 보이지 않으니까.

　"다정하네요, 선배."

　또 지나치게 믿는 것 또한 문제다. 몇 개의 전략을 가지고 행동하고 있는 거라면 아마사와의 이 발언 역시 덫일 가능성을 부정할 수 없다.

"거절당했으니, 전 이만 돌아갈게요."

"굳이 그 말 하려고 여기까지 온 거야? 아니면 물색이 메인이었나?"

"글쎄, 어느 쪽일까요?"

짓궂은 미소를 지은 아마사와는 바로 현관으로 향하려다가 부엌에 있는 쓰레기봉투로 시선을 던졌다.

"선배 방에 몇 번 왔었지만, 오늘따라 유난히 쓰레기봉투 안이 많이 남네요. 쓰레기를 꽉꽉 채워서 버리는 타입인 줄 알았는데."

"채소랑 생선 같은 음식물 쓰레기*가 많아서 다음 주까지 두기가 좀 그랬을 뿐이야."

"그럼 돌아가는 길에 제가 버려드려요?"

"말은 고마운데 8시 이전에 배출하는 건 금지라."

"규칙을 잘 지키시네요."

아마사와의 방문은 예상하지 못했지만, 딱 하나 풀린 의문이 있다.

"네가 오늘 여기 온 목적이 뭔지 조금 알겠어. 방금 그거 제안하려고 온 거 맞지? 방 구석구석 조사한 것도 다른 누군가가 듣고 있지 않을까 경계해서고."

나 개인의 사적인 흔적을 찾는 척했던 것도 다 경계에서

---

*일본에서는 음식물 쓰레기를 따로 버리지 않고 타는 쓰레기로 분류해 배출한다.

비롯한 것. 아마사와는 화이트 룸생이 이미 작업해두었을 지도 모른다고 걱정한 것이다.

"선배. 선배라면 괜찮겠지만, 그래도 만약 제가 퇴학당한다면 선배에게도 예상 밖의 일이 일어났다고 생각해주세요."

아마사와는 그런 말을 남기고 돌아갔다.

그 후, 무슨 일이 없었는지 스마트폰을 확인했더니 아키토의 채팅이 들어와 있었다.

『다음 주 월요일부터 하루카가 학교 나오기로 했어.』

일단은 좋은 소식이다. 그룹 멤버로서 하루카를 설득하는 데 성공했나 보다.

문제는 이 말을 아야노코지 그룹 채팅방에 올린 게 아니라는 점이다. 잠시 화면을 들여다보고 있는데 새로운 문장이 전송되었다.

『당분간 하루카를 조용히 지켜만 봐줄 수는 없을까.』

문장 자체는 담백했지만, '조용히'라는 부분이 강조되어 있었다.

학교에는 나오겠지만 나와 말하고 싶지는 않다.

그러니 경솔하게 말 걸었다가는 다시 학교에 나오지 않을지도 모른다.

그런 말이겠지. 알기 쉬운 이유다. 돌아와 주기만 한다면 전혀 불만 없다.

『알았어. 세심한 주의를 기울일게.』

『고맙다. 다시 예전으로 돌아갈 수 있으면 좋겠다.』

그 후로 얼마간 아키토의 격려에 가까운 문장을 몇 번 정도 받고, 때를 봐서 채팅창을 종료했다.

"한 가지 문제는 해결된 건가."

다만 이건 진정한 해결은 아니다.

어디까지나 잠정적으로 하루카가 부활한 것뿐이라고 보는 게 좋겠지.

정신 어지러운 몇 시간이 지나고, 평소보다 훨씬 많이 피로가 밀려왔다.

"오늘은 일찍 자야겠다."

단, 쓰레기 배출만은 절대 잊어서는 안 된다.

4

다시 월요일이 찾아왔다. 토요일은 일이 크게 바뀐 하루로, 미짱에게는 직접, 하루카는 아키토를 통해 간접적으로 통학 의지가 생겼음을 전달받았다.

그래도 둘 다 꼭 학교에 나온다는 보장은 없었고, 이제 남은 것은 본인의 의지가 얼마나 강한가에 달렸다.

한편 쿠시다와 관련해서는 오늘 아침까지도 호리키타에게서 전혀 연락이 오지 않았다.

만약 등교한다고 해도 쿠시다와 반 아이들 양측이 어떤

반응을 보일지는 예측할 수 없다.

평소와 다르지 않은 시간에 등교한 나는 자리에 앉아 세 사람이 오기만을 기다렸다.

반의 4분의 1 정도가 등교했을 때 여자애들의 놀라는 소리 그리고 미소 속에서 모습을 드러낸 인물. 바로 미짱이 주뼛주뼛 교실에 들어왔다.

"아, 안녕……하세요."

놀림당할 것도 각오하고 온 듯한 미짱이 조심스레 고개를 들었다.

그런 걱정도 무색하게, 여학생들은 그 일에 대해 전혀 언급하지 않고 바로 환영해주었다.

"안녕, 미짱."

"아, 안녕하세요, 히라타 군."

그리고 이 남자도 평소와 똑같은 미소로 미짱의 귀환을 환영했다.

지금 시점에서는 미짱의 연애에 가능성이 열렸는지 어떤지 알 수 없다.

단지, 시작은 아니지만, 끝도 아니라는 건 분명하다.

앞으로의 학교생활에 있어서, 서로에게 큰 전환기가 왔다고 생각할 수 있으리라.

그 후 여학생들은 아직 긴장이 가시지 않은 듯한 미짱을 떠나지 않고 지난주에 학교에서 있었던 일을 들려주었고, 웃음소리가 들려오기 시작했다.

학생 대부분이 등교를 마쳤을 때, 이번에는 하루카가 모습을 드러냈다. 옆에 아키토가 붙어서, 언제 도망갈지 모르니 막겠다는 듯이 자리까지 따라왔다. 잠시 주저하던 케세이가 결심을 굳히고 하루카에게 걸어가 말을 붙였다. 자리가 바뀌어 이제 내가 저 세 사람 근처에 있지 않은 것에 기뻐하는 날이 오다니.

하루카가 순간 나를 쳐다보았지만, 곧바로 시선을 돌려 스마트폰을 보았다.

그 모습을 지켜본 아키토와 케세이는 짧게 말을 주고받은 후 각자의 자리로 돌아갔다.

미짱 그리고 하루카가 등교했다. 그 두 사람에게는 괴로울 때 곁을 지켜주는 친구가 있다. 미짱은 많은 여학생. 하루카는 아키토와 케세이. 소수지만 친한 친구라고 말할 수 있는 멤버들이다.

이렇게 해서 일단 학교 측으로부터 큰 감점을 받을 걱정은 피했다고 봐도 될 것이다.

하지만 남은 쿠시다는 어떨지.

아침 홈룸까지 3분 남았을 때, 호리키타가 굳은 표정으로 혼자 등교했다.

쿠시다의 자리를 흘깃 본 후, 자기 자리에 앉아 칠판을 응시했다.

아침에 로비에 없어서 혹시 하고 기대했는데 실패한 건가.

시노하라 등 일부 학생은 그런 호리키타의 등을 보며 똑같은 생각을 했으리라.

이윽고 종이 울리고 홈룸 시간이 되었다.

쿠시다만 제외하고 자리가 다 찬 상태에서 차바시라 선생님이 교실에 모습을 드러냈다.

"두 사람 다 이제 몸이 괜찮아진 모양이구나. 긴 여름 감기였는데 앞으로는 컨디션 관리도 신경 쓰도록."

살짝 당부하면서도 너무 타박하지는 않고 출결 확인에 들어갔다.

"오늘 결석은 쿠시다 한 명인가. 연락도 없고──."

그때, 내 뒤로 교실 문이 스르륵 열리는 소리가 났다.

그리고 약간 숨을 헐떡이는 소리가 나다가 곧 가라앉았다.

"죄송해요, 지각했습니다."

목소리를 가다듬으며 쿠시다가 교실에 모습을 드러냈다.

"첫 지각이구나, 쿠시다. 결석도 길었는데 이제 몸은 좀 괜찮니?"

"네. 앞으로는 주의하겠습니다."

당황하지도 않고 그렇게 담담히 대답한 쿠시다는 자기 자리로 가서 앉았다. 누군가와 대화를 나누지도 않고 앞만 응시했다.

교실이 단번에 긴장감에 휩싸였는데, 함부로 잡담을 나눌 수도 없는 상황이어서 정적만 이어졌다.

"여러 가지 일이 있었지만, 일주일 만에 모두 다 모였구나."

아직 불안정한 반 분위기를 느끼면서도 차바시라 선생

님은 만족스럽다는 듯 고개를 끄덕였다.

"이제 곧 체육대회다. 너희의 비약과 활약을 기대하마."

그 후 홈룸이 끝나고 교실이 일제히 소란스러워졌다.

물론 쿠시다가 등교한 것의 영향임은 굳이 말할 필요도
없다.

마치 종기라도 보는 눈빛으로 쿠시다를 응시하는 학생들.

이대로 침묵으로 일관할까 아니면 늘 그렇듯 미소를 지
어 보일까. 혹은 또 적의를 드러낼까. 나는 우선 복도로 나
가려고 조용히 의자를 뺐다.

그리고 교실 문을 스르륵 열었다. 괜히 다른 반에 내부
사정을 노출하고 싶지는 않으니까.

그렇게 생각했는데——.

『내가 지켜보고 있다. 걱정하지 마.』

스마트폰에 그런 메시지가 날아들었다. 복도로 고개만
내미니 차바시라 선생님이 나를 발견하고 고개를 한 번 끄
덕였다. 그 모습을 확인한 나는 아무도 모르게 문을 다시
닫았다. 교사로서 할 수 있는 일은 다 하겠다. 그렇게 마음
먹은 차바시라 선생님의 지원이겠지.

무슨 일이 일어나도 이상하지 않은 상황 속에서 아무도
나서지 않고 가만히 눈치만 살폈다.

호리키타가 의자를 뒤로 끌며 일어나려고 했을 때, 쿠시
다가 선수 치듯이 먼저 일어났다.

그 단 하나의 동작은 쓸데없는 짓 하지 마, 하는 협박처

럼 보이기도 했다.

쿠시다가 가장 먼저 향한 곳은 자리가 가깝기도 한 미짱의 앞이었다.

겨우 반에 돌아온 미짱은 뱀 앞의 개구리처럼 굳어버렸다.

"호리키타한테 들었는데, 나 때문에 학교 쉬었다며."

"아, 그, 그게⋯⋯."

"이제 내가 싫어졌어?"

"아, 아니, 그런 건——."

"딱히 날 좋아할 필요도 없어, 왕. 모두가 있는 데서 비밀을 폭로해버린 사실은 변하지 않고, 나도 친하게 지낼 생각 없으니까. 뭐, 이건 굳이 말할 것까지도 없나."

친하게 지낼 생각 없다.

말투는 부드러웠지만 강한 내용에 미짱이 더욱 굳어버렸다.

쿠시다를 지켜보는 많은 학생의 눈에 불만, 불안, 의심이 깃들어 있었다.

원래라면 그것만으로도 괴로울 텐데, 쿠시다에게는 아무런 영향을 주지 않았다.

"그때 내 심정을 알아달라는 말은 아니지만, 그때는 그렇게 할 수밖에 없었어. 왕을 그중에 한 타깃으로 삼은 건 사과할게."

그렇게 말한 후 깊이 머리를 숙였다. 진심으로 사과한다기보다는 사무적인 인상이 강했지만, 적어도 악의는 느껴지지 않았다.

"시노하라와 마츠시타에게도 피해를 줘서 미안해. 두 사람, 사이는 회복한 것 같네."

듣고 보니 시노하라와 마츠시타 그룹의 거리가 가까웠다.

지난 휴일 동안 요스케와 스도 등이 움직여 화해시켰는 지도 모른다.

"사과하면 끝이라고 생각해?"

곧바로 시노하라가 다소 무서운 목소리로 쿠시다를 견제했다.

"끝은 아니지만 사과하지 않으면 영영 해결되지 않잖아?"

"그건……. 하지만 그게 사과하는 태도야?"

"글쎄. 하지만 이게 진짜 나니까."

지금까지 꾸며왔던 가짜 가면. 천사 쿠시다는 이제 없다.

그 사실만은 틀림없이 모두에게 긴장과 함께 전달되었 을 터다.

"일단 난 앞으로 생활하면서, 지금까지 해왔던 어느 정도 의 체재는 유지할 생각이야. 그러니까 때에 따라서는 다른 반 정보를 모아올 수도 있어. 하지만 반의 누군가가 그걸 방해하겠다면 그건 그것대로 어쩔 수 없다고 생각해."

쿠시다가 아무리 밖에서 착한 척 행동해도 반 내부 사람 이 그걸 방해한다면 관계 구축은 불가능하다.

"내가 쌓아온 무기를 계속 이용할지 말지는 모두가 알아 서 판단해."

만약 쿠시다가 친구를 중요하게 생각하고 외톨이가 되는 것을 두려워하는 성격이었다면 그녀를 고립시키는 방법으로 복수할 수도 있겠지. 하지만 쿠시다는 방어가 아니라 공격적인 태도로 나왔다.

"그리고 나에게 적의를 드러내는 사람은 누구든 봐주지 않아. 특별시험에서 폭로했던 건 극히 일부분에 불과할 뿐이거든. 감추고 싶은 비밀이 있는 사람은 그 밖에도 잔뜩 있지?"

특정 누군가가 아니라 반 전체를 협박하듯이 태연하게 말을 읊었다.

"하지만 딱 하나만은 약속할게. 나를 위험에 빠트리지 않는 이상에는 내가 쥐고 있는 비밀을 폭로하지 않을 거야. 이건 반을 위해서가 아니야. 나를 위해서지. A반으로 졸업하기 위해서. 내가 나로서의 가치를 잃지 않기 위한 최후의 방어책."

반 아이들로부터 원망과 불만, 불신감을 산 이상, 상황에 따라서는 배척당하는 쪽에 서게 될 수도 있으리라. 그렇기에 그런 일이 생기지 않게 더는 비밀을 폭로하지 않겠지만, 등에 비수를 꽂는다면 그때는 봐주지 않는다, 그런 뜻이었다.

자신을 지키는 방법을 알면서 동시에 반에 공헌할 것을 약속했다.

쿠시다 키쿄는 종합적으로는 충분히 우수한 부류에 속

한다.

적어도 학력, 신체 능력을 요구하는 과제에서 반에 걸림돌이 될 일은 없으리라.

"하세베. 너도 그거면 되겠지?"

자리에서 조금도 움직이지 않고 쿠시다를 쳐다보지도 않는 하세베에게 물었지만, 하세베는 아무런 대답 없이 창밖만 바라보았다.

5

나의 일상은 지난주를 기점으로 크게 달라지기 시작했다.

아야노코지 그룹은 단 한 번도 모이지 않았고, 그건 하루카가 등교한 오늘도 다르지는, 아니 원래대로 돌아가지는 않았다.

지금까지 당연하게만 여겼던 모임이 없어지자 학교에서 시간을 보내는 방식도 완전히 달라졌다.

10분의 쉬는 시간은 대체로 혼자 있거나 케이와 이야기를 나누었다. 때로는 스도, 마츠시타 등과도 가볍게 대화를 나누었지만, 아키토나 케세이와는 얘기할 기회가 눈에 띄게 줄어들었다.

처음에는 위화감이 들던 생활도 점점 몸이 받아들이고 익숙해지기 시작했다.

점심시간에도 비슷한 사이클이었는데, 케이가 친구와 밥을 먹으러 가거나 할 때는 도서실을 찾았다. 이건 지금까지와 다르지 않은 나만의 안식 시간이다.

다만 최근 들어 히요리가 도서실에 오지 않아 책 이야기를 나눌 수 없다는 점은 조금 아쉽다.

이런 일련의 흐름은 방과 후에도 달라지지 않았다.

오늘은 케이로부터 친구랑 약속이 있다는 연락을 미리 받았기 때문에 특별한 일정이 없었다.

괜히 남아 봐야 지금의 하루카에게 정신적 부담만 줄 것이기에 얼른 기숙사로 돌아가기로 했다. 그런데 그런 나에게 의외의 전개가 펼쳐졌다.

"키요뽕, 시간 있어?"

말도 섞지 않을 줄 알았던 하루카가, 하교하기 위해 복도로 나가려는 내게 다가왔다.

좋다 싫다 말할 수 없게 하는, 압박이 담긴 목소리.

일주일 만에 학교에 나온 목적은 공적인 장소에서 접촉하기 위해서였는지도 모른다.

나는 뒤돌아 표정을 확인하지도 않고, 있는 그대로 대답했다.

"필요하다면 만들게."

떠보듯이, 마치 일정이 있다는 듯한 분위기를 풍겨 보았는데……

"그럼 만들어. 알겠지?"

거부할 수 없게 하는 박력을 봐서도 배려해 줄 기색은 없었다.

"호리키타에게도 말했으니까. 케야키 몰의 카페에 먼저 가서 기다리고 있을게."

그것만 말하고 하루카는 교실을 떠났다.

그 직후, 아키토가 하루카의 뒤를 따르듯 내게 다가왔다.

"처음부터 이거 말하려고 학교에 온 건가?"

"글쎄……. 나도 금시초문이라. 그래서 무슨 이야기를 하려는 건지는 몰라. 하지만 상황상 네 편을 들어주지는 못할 것 같아."

미안해하는 아키토였는데, 오히려 하루카의 편이 되어 주지 않으면 곤란하다.

"괜찮아."

이상하게 여기지 않을 정도로 짧은 대화를 마치고 아키토 그리고 케세이도 교실을 나갔다.

아야노코지 그룹 멤버 전원을 모으고 거기에 호리키타까지 불렀군.

물론 아이리를 퇴학시킨 일에 관한 이야기임은 확실하겠지.

세 사람이 가는 모습을 지켜보다가 호리키타가 다가왔다.

"나만 가면 안 되냐고 물었는데, 너도 꼭 있어야 한다면서 말을 듣지 않았어."

나를 배려해 혼자 해결해 보려고 한 모양인데, 지금은

사정이 사정이니까.

우리는 교실을 나와 지정된 카페로 향했다.

나는 무거운 이야기에 들어가기 전에 궁금한 점부터 확인하기로 했다.

"쿠시다를 학교에 데려오는 데 성공했네. 솔직히 놀랐어."

"일단 형식적으로는 복귀했어. 하지만 불확실한 요소가 아직 많아. 이제 지금까지처럼 지낼 수는 없으니까."

"그래도 지금은 그 이상의 전개를 바랄 수 없지."

쿠시다가 말투는 완전히 달라졌어도, 앞으로 반이 잘 돌아가게 하는 데에 거의 최고에 가까운 답을 가지고 돌아왔다고 해도 좋다. 그 결론에 다다르는 과정에서 틀림없이 호리키타의 조언도 있었을 테지.

다행인 것은 다른 반 귀에 거의 들어가지 않았다는 점이다. 언젠가 다 드러난다고 해도 그때쯤에는 어느 정도 시기가 지나 풍화가 되었을 것이다.

"어떻게 설득한 거야? 좋은 제안만으로는 순한 양이 되지 않았을 것 같은데."

최종 착지점이 오늘의 발언이라고 해도, 거기까지 우여곡절이 많았을 터.

굳이 말하자면 그쪽이 더 궁금했는데 호리키타의 표정이 복잡했다.

"나잇값도 못 하고 애처럼 행동했어. 말하고 싶지도 않을 정도로."

구체적인 이야기를 피하는 것을 보건대 정말로 말하고
싶지 않은 짓을 했나 보다.

깊이 캐봐야 대답해줄 것 같지도 않아서 어쩔 수 없이
단념했다.

"하지만 상대를 생각하면 올바른 선택을 했는지도 몰라."

자세하게 떠올랐는지 왼손으로 볼을 슬쩍 만지며 대답
했다.

"여하튼 일주일 걸렸지만 어떻게든 애들 다 모였네."

"그러고 보니 여자애들 사이의 갈등도 풀린 것 같더군."

호리키타한테 부탁하라고 요스케에게 말했었으니, 틀림
없이 호리키타도 관여했을 것이다.

"시노하라 일행 일은 히라타가 주도해서 일요일에 케야
키 몰에서 모였어."

"호리키타도 갔었어?"

모르는 척, 전혀 상상도 못 했다고 대답했다.

"어. 그리고 험담 사건은 없었던 일로 하기로 합의했어.
처음에는 시노하라 쪽에서 강하게 항의했었지만, 이케가
잘 달래준 게 컸지."

호리키타의 말투로 봐서도 이케가 남자친구 역할을 잘
해냈다는 사실을 알 수 있었다.

"모르는 사이에 여러 아이가 성장하고 있었어."

"별로 기뻐 보이지 않는데."

"기쁘기는 해. 다만, 그렇기에 상대적으로 내가 한심해 보이는 거야. 난 내가 성장하고 있는지 어떤지…… 불안해.”

남을 평가하기란 간단하지만 자기 채점은 어렵다.

자기 자신에게 관대하게 굴려면 얼마든지 관대해질 수 있고, 엄격하게 굴려면 또 얼마든지 엄격해질 수 있다.

“언젠가 제삼자가 네게 답을 알려 줄 거야.”

“……그렇겠지.”

일단은 반을 바로 세우는 데에 주력해야 한다.

자신에 대한 평가는 그 후에 저절로 따라오게 되어 있으니까.

“연락이 되지 않던 왕 쪽은 네가 애쓴 모양이구나. 고마워.”

“살짝 조언만 해줬을 뿐이야. 내가 아무것도 안 했어도 어차피 누군가가 도와줬을걸.”

“복귀가 하루라도 더 빨랐던 건 네 덕분이야. 이번에도 난 많은 사람의 도움을 받았어. 내 능력만으로는 아무것도 할 수 없다는 사실을 또 한 번 뼈저리게 실감했어.”

원래라면 우울해했을 일도, 굳이 말하자면 밝은 어조로 말했다.

“아아, 그렇지. 나구모 학생회장한테 내 말 좀 전달해줬으면 좋겠는데.”

“내가? 온통 중간 역할뿐이네. 뭐, 상관없지만. 뭐라고 전할까?”

“제안에 응하겠다, 그렇게만 말해줘.”

“……제안에 응해?”

"그렇게만 전하면 알아들을 거야."

"알았어. 이따가 학생회실에 갈 거니까, 그대로 전달할게."

이번 체육대회. 참가할지 말지는 아직 결정하지 않았다.

하지만 기한이 일주일 앞으로 다가왔으니 우선 받아들이겠다고 대답하는 수밖에 없다.

나구모는 어떠한 형태로든 언젠가 승부를 겨루지 않으면 성에 차지 않을 테니까.

"이제 남은 건 하세베 문제네. 그 애가 무슨 말을 할지, 솔직히 감도 안 온다."

"오늘 하루 상태를 봐서는 무슨 말을 내뱉어도 놀라지 않을 것 같아."

"안이한 생각만은 안 하는 게 좋겠지."

미짱과 쿠시다는 주어진 과제를 극복하고 학교에 왔다. 하지만 하루카는 다르다.

앞으로 걸림돌로 작용할 가능성이 크다.

"쿠시다가 만나주기를 기다리는 동안 몇 번인가 미야케랑 유키무라한테도 슬쩍 느낌을 확인해봤어."

시노하라 일행뿐 아니라 아야노코지 그룹에도 마음을 썼다니.

"특별시험에서 제일 힘들었을 사람은 하세베니까. 꼭 챙겨야 했지."

하지만 옆에서 걷는 호리키타의 표정이 밝지 않은 것은 전혀 성과가 없었기 때문이리라.

"그 애는 현관에서 만나주긴 했는데 아무 말도 하지 않았어. 미야케가 그냥 내버려 두라길래 일주일간 상황을 지켜보기로 했지."

그게 오늘이라는 소리인가. 하루카가 학교에 온 것은 호리키타로서도 뜻밖이었던 듯하다.

"결과적으로 아키토가 설득에 성공해서 학교로 데리고 올 수 있었어. 장하다, 장해."

"그런 거면 좋겠지만…… 그건 아닐걸."

이렇게 둘이 함께 불려가는 이상, 뭔가 있다고 생각하는 게 자연스럽다.

앞으로 다시 열심히 할 테니까 잘 부탁해——라고 할 리는 없지.

"그때 아이리를 퇴학자로 지목한 것도 몰아붙인 것도 나야. 그러니까 넌 그냥 이야기를 듣기만 하면 돼."

"그럴 수는 없어. 나도 같은 의견이었으니까 책임은 똑같지. 아니, 그리고 애초에 내가 약속을 지키지 않은 게 원인이잖아. 그러니까 전부 받아들여야 해."

그때보다 마음에 여유가 생긴 것 같지만, 지나치게 의욕만 앞설까 걱정이 되는군.

"하루카 일도 중요하지만, 이제 체육대회 쪽을 대비할 필요가 있어."

반 문제 해결에만 벌써 일주일을 썼다. 그동안 A반을 중심으로 한 다른 반은 이기기 위한 활동에 들어갔으니,

이 이상 더 뒤처지면 곤란하다.

"그래. 물론 체육대회에서 어떻게 싸워야 할지 잊지 않고 고민하고 있어. 어느 정도는 그림이 그려진 것 같아."

쿠시다와 시노하라 일행을 지원하면서 그 부분도 놓치지 않은 모양이다.

"그럼 물어볼게. 체육대회의 최종 목표는?"

나는 호리키타에게 목표가 어디까지인지 물었다.

"물어볼 것도 없이 1위를 따는 거. 아니, 반드시 1위 할 거야, 해야만 해."

앞을 바라보는 호리키타의 옆모습에서 자신감이 엿보였다.

"목표를 높게 설정하는 건 나쁘지 않아. 우리 반의 인재들은 어디에 내놓아도 지지 않을 거고. 그렇지만 전략은 세웠어? 전 학년 대결도 포함되어 있지만, 기본적으로는 같은 학년끼리 종합 점수를 놓고 겨루는 데 초점이 맞춰져 있어. 사카야나기와 류엔은 네가 생각하지도 못한 전략을 내세울 수도 있다고."

"다섯 종목 미만으로 끝났을 경우 모든 점수를 몰수한다는 규칙이 있으니까. 류엔이라면 경기 중에 사고를 가장해 다치게 만들어 퇴장시키는 수를 써도 전혀 이상하지 않지."

작년에 바로 호리키타가 표적이 되었던 것처럼 류엔이라면 그런 비겁한 수법을 얼마든지 쓸 수 있다. 그리고 사카야나기는 경기 참가자를 보고 반 아이들을 적재적소에 배치하겠지.

"모든 가능성에 대해서 넌 어떤 방법을 쓸 생각이지?"

"기본적으로는 정공법을 택할 거야. 스도랑 오노데라가 점수를 쓸어모으고, 나와 쿠시다 같은 애들은 착실하게 점수를 쌓고. 이기는 데 필요한 걸 할 뿐."

"그렇게 해서 이긴다면 고생할 사람은 아무도 없지 않나. 게다가 우리 반은 38명이라는 핸디캡도 있고."

호리키타가 바로 고개를 끄덕였다. 그런 내 말을 처음부터 예상한 듯하다.

"그래서 딱 하나 위험을 감수해 보기로 했어. 지금 준비 중이고."

"위험?"

"그렇지 않아도 구체적으로 의논하고 싶어서 그러는데, 내일 방과 후에 같이 좀 가 줄 수 있어?"

"내 도움이 필요한 일이 있는 건가?"

"아니. 그냥 같이 가서 이야기만 들어주면 돼. 그리고 다 들은 후에 위험을 감수할 가치가 있는지 객관적으로 말해 주면 좋겠어."

"정말 그거면 돼?"

"저번처럼 너한테만 기댈 수는 없으니까."

이미 어느 정도 생각이 있으니, 조언이나 충고는 필요 없다는 뜻이다.

그렇다면 호리키타가 준비 중이라는 체육대회의 전략이

뭔지 기대하면서 기다려보자.

"알았어. 내일 방과 후에 들어보지."

이윽고 카페에 도착하자 아야노코지 그룹의 세 사람이 자리를 잡고 기다리고 있었다.

딱히 잡담을 나누는 모습은 아니었고, 음료 셋만 덩그러니 놓여 있었다.

카페를 이용하려면 일 인당 한 잔은 주문해야 한다. 그래서 우리는 대충 음료를 고르고 자리로 향했다.

"앉아."

도착하자마자 하루카가 비어 있는 두 자리를 가리키며 말했다.

"내가 쉬는 동안 몇 번인가 나랑 얘기하고 싶어 했던 것 같아서, 무슨 내용인지 들어보려고."

하루카는 나와 호리키타, 어느 쪽도 쳐다보지 않고 담담히 말을 꺼냈다.

물어본 대상이 둘 다인 것처럼도 느껴지지만, 지금은 틀림없이 호리키타가 주체겠지.

"그래서, 내게 할 말이 뭐야?"

"네가 나온 시점에서 그 문제는 어떤 의미론 해결됐어. 네가 학교를 며칠이나 쉬는 게 걸렸던 거니까."

"걱정했다는 거네. 반의 평가가 내려갈지도 몰라서."

"물론 그게 다는 아니야. 일주일 쉬었으면 그럴 만한 이유가 있었겠지. 안 그래?"

"몸이 안 좋아서. 학교에 그렇게 알렸으니 문제없을 텐데? 미얏치가 일주일 넘기면 페널티 받을지도 모른다고 해서 오늘은 이렇게 등교한 거야."

뭐가 문제야? 하루카는 아무런 감정도 담기지 않은 얼굴로 그렇게 대답했다.

"그래. 하지만 네가 쉰 진짜 이유는 몸이 안 좋아서가 아니잖아."

"왜 그렇게 단언해? 정말 순수하게 아팠을 수도 있지."

호리키타는 부정하지 않고 컵에 입을 댔다.

아파서인지 쉬었는지 아닌지. 그런 건 문제의 전 단계에 지나지 않는다.

호리키타가 뭐라고 대답해도 하루카는 만족하지 않으리라.

"의심하나 본데, 내가 아팠던 건 사실이야. 하지만 병에 걸렸거나 다쳐서가 아니야. 정신적 타격 때문에 몸도 못 일으키겠고, 잠도 못 자고, 학교에 갈 수 없어서 쉰 것뿐이라고."

아키토와 케세이는 냉정하게 귀를 기울이는 것처럼 보이기도 했지만, 아마 아니겠지.

똑같이 힘들지만, 그 고통은 하루카에게 절대 미치지 못한다는 것을 이해하고 있다.

그래서 묵묵히 귀만 기울이고 있을 수밖에 없다.

"시답잖은 말장난은 이제 그만했으면 좋겠는데?"

호리키타는 저자세로 나오기는커녕 오히려 세게 나갔다.

그런 태도에 역효과가 나야 정상인데, 하루카는 꿈쩍도 하지 않았다.

마치 감정을 마음속 깊이 봉인한 듯한 인상을 강하게 받았다.

옆에 있는 호리키타도 똑같은 느낌을 받아서 더 과격한 표현을 쓴 것일까?

"특별시험으로 반 포인트가 늘어나서 만족하니?"

"만족 안 해. 아직 A반과의 차이가 500포인트 이상 나는 걸. 그리고 가능하다면 아무도 빠지지 않고 A반을 노리는 것이 이상, 전망이었어⋯⋯. 하지만 지금 와서 이런 이야기를 해봐야 의미 없겠지."

퇴학자를 한 명도 만들고 싶지 않았다.

그렇게 임하다가 어쩔 수 없이 아이리를 지목했을 뿐이다.

이미 그 검증은 끝났다.

"내 가장 친한 친구가 호리키타 네 독단적 판단에 희생되었어. 자각은 있어?"

오늘 처음으로, 하루카가 정말 하고 싶었을 말이 쏟아졌다.

"그렇지."

특별시험이 끝나고 일주일 넘게 호리키타는 자신이 했던 판단을 마주하며 싸워왔다.

그런 건 굳이 얼굴 보고 물어보지 않아도, 매일 지켜보면 알 수 있다.

하지만 그런 건 하루카가 알 바 아니다.

열심히 했다고 해서 용서할 수는 없다. 결과를 낸다고 해서 용서할 수는 없다.

"리더로서는 훌륭하네. 반의 승리를 위해 수단을 안 가리니까."

"아직 멀었어."

"좋은 뜻으로 한 말이 아닌 건 알지?"

"물론 알지."

"원래 계속 찬성에 투표하던 학생들에게, 배신자만 제거하겠다고 했던 약속은 다 뭐였니?"

"그 부분은 내 예측이 너무 안이했다고 생각해. 하지만 지난 특별시험을 없던 일로 돌릴 수는 없으니, 다음 시험을 위한 타산지석으로 삼을 수밖에."

"용서할 수 없는 실책이라는 것도 있어."

"그것도 부정하지는 않을게. 네 말이 맞아."

"쿄짱…… 쿠시다를 남긴 게 정답이었다는 거야?"

"난 정답이라고 생각했으니까 반감을 살 각오로 그 애를 남긴 거야. 이야기가 되풀이되는 것 같네."

"아, 그래."

호리키타가 당당하게 나오자, 하루카의 말투가 살짝 거칠어졌다.

"쉽게 사과할 생각 없어. 아무리 말을 장황하게 늘어놓아 봐야, 내가 쿠시다를 남겨야 한다고 판단해서 의견을

바꾼 건 사실인걸. 네가 원망하는 것도 당연하고, 언젠가 뼈아픈 앙갚음을 당할지도 모르지. 하지만 난 반에 전력이 될 수 있는 인물은 쿠시다라고 판단했어. 그게 조금씩 확신으로 변했고."

"설령 쿠시다가 우수하다고 해도, 무능한 애는 그 밖에도 있었어. 꼭 그 애여야 할 필요는 없었다고."

배제할 인물은 달리 또 있었다.

그런 결론에는 다다르지 않았던 호리키타를 앞에 두고 하루카가 말을 이었다.

"나는 인정 못 해. 앞으로 아무리 많은 사람이 호리키타를 인정한다고 해도 난 절대 인정하지 않을 거야."

감정을 최대한 죽이고 있는 하루카는 용서하려는 모습을 조금도 보이지 않았다.

"인정해 줄 때까지 노력하는 수밖에."

"인정 안 할 거라니까?"

"사쿠라가 퇴학당한 책임은 나에게 있어. 그래, 부정 안 할게. 부정 못 하지. 하지만 그럼 내가 뭘 어떻게 하면 돼? 나더러 학교라도 그만두라는 거니?"

그런다고 해서 아이리가 돌아오는 것은 아니다. 반을 위해 자신을 희생하고 남겼던 100포인트도, 그 행동에 모두 물거품이 되어 사라진다.

"아니면 무릎이라도 꿇었으면 좋겠니? 그러면 마음이 좀 풀리겠어?"

강하게 나온다. 질 생각이 없다. 그런 식으로도 보였지
만 사실은 그게 아니다.

　호리키타는 괴로워하고 있었다. 괴로워하면서도 허세
부리며 하루카를 대하고 있었다.

　옆에 앉은 나는 그 흔들리는 눈동자의 진의를 알아볼 수
있었다.

　"아이리를 제자리로 돌려놔."

　"……불가능한 일은 아무리 요구해도 응할 수 없어."

　"내가 바라는 건 그것뿐이야. 반이 어떻게 되든 상관없어,
아무래도 상관없다고."

　자기 머리카락을 몇 가닥 잡더니 있는 힘껏 당겼다.

　"그때 한 판단은 틀렸어."

　"불만이 있었으면 그때 나와서 싸우지 그랬니?"

　그 도발에 가까운 말을 내뱉은 직후, 더 몰아붙이는 호
리키타.

　"하지만 다 쓸데없는 이야기야. 싸웠어도 넌 이길 재간
이 없었을 테니."

　"그래. 네 말대로 나 따위는 뭘 해도 소용없었을 거야.
키요뽕은 아이리의 마음을 이용해서 그 애를 매몰차게 코
너로 몰았어. 그런 짓, 평범한 사람은 절대로 못 하지."

　이때 처음으로 나에게, 모멸을 담은 시선을 던졌다.

　하지만 나와 말할 생각은 없는지 다시 호리키타에게로
시선을 되돌렸다.

"쿠시다는 정말 앞으로 반을 위해 행동한대? 배신할 수도 있잖아."

"앞으로 쿠시다가 반에 걸림돌이 된다면 난 후회하겠지."

물론 쿠시다가 반드시 반에 도움이 된다는 보장은 없다.

언젠가 호리키타가 잘못 지휘해서, 아이리를 배제했던 선택을 후회할 날이 올지도 모른다.

"하지만 만약 내가 지금 기억 그대로 다시 과거로 돌아간다고 해도 분명 행동에 큰 변화는 없을 거야. 또 쿠시다를 구제하고 사쿠라를 퇴학자로 선택하겠지. 달라지는 게 있다면 경솔한 약속 따위는 하지 않는다는 차이뿐."

결론은 바뀌지 않는다고 다시 한번 단언했다.

"어째서. 어째서 아이리인 건데……."

가만히 있어도 호리키타가 대답하겠지만, 이쯤 해서 나도 내 생각을 말하기로 했다.

"사고방식의 문제야. 이번 일은 OAA에서 하위에 이름이 줄지어 있던 학생들에게 강한 자극이 되었어. 이대로 저공비행을 계속한다면 다음에는 자기가 퇴학당할지도 모른다. 그런 위기의식을 강하게 가지게 된 것만으로도 플러스였다고 생각해."

그것이 아이리를 지목한 내 역할이기도 했으니까.

"꼭 류엔 반 같네. 실력이 없는 사람은 쳐낸다?"

"그래. 류엔이 지금 어떤 방침을 취하고 있는지는 모르겠지만, 일종의 공포 정치에 가까웠던 것도 사실이야. 지금까지는 반의 방침이 너무 모호했고 느슨한 면이 있었지."

"왠지 입학 초기가 생각나네. 뭐 하나 단합되는 게 없었던, 다들 자기 마음대로 굴던 그때랑 똑같아."

비슷하다고 말할 수도 있겠지만, 사실은 비슷한 듯 전혀 다르다.

"그때와는 상황이 달라. 나오지 않아도 될 피해를 미리 방지하는 것은 당연하겠지만, 나올 수밖에 없는 피해를 최소한으로 수습한 것이 이번 일이었어."

"하지만──!"

여기서 처음으로 하루카가 언성을 높였다.

"쿠시다가 같은 편이 되었을 때 얻을 수 있는 효과가 아이리보다 훨씬 클 가능성을 봤기 때문에 호리키타가 그런 결론을 내린 거야. 그리고 나도 그런 미래가 보여서 호리키타의 의견을 존중해 도운 거고."

확정된 미래 따위는 기본적으로 어디에도 없다. 상상으로 그림이 그려진 미래를 정말로 거머쥐기 위해 행동할 뿐이다. 사람은 완벽하지 않다.

"아이리가 없어졌는데도 어느새 반은 평소대로 돌아왔어."

"불만스러운 마음은 알겠는데, 야마우치 때도 똑같은 감정이었니?"

"그 애는 자업자득이었지. 이번이랑은 경우가 다르다고."

"다르지 않아. 그러니까 넌 그냥 너와 친한 사람이 희생되어서 화내고 있는 것뿐이야."

"그게 뭐가 나빠."

이 대화에 명확한 목표 지점은 없다.

엄밀히 말하면 하루카가 마음을 꺾는 것 말고는 해결의 실마리가 없다.

"난 이 현실을 받아들일 수 없어. 도저히 못 받아들인다고."

그리고 하루카가 꺾이지 않는다면 그 앞에 기다리고 있는 것은 커다란 문제다.

"그야 쿠시다는 위협적일지도 몰라. 지금은 마음을 고쳐 먹은 척하면서 앞으로 반을 위해 행동하려고 들지도 몰라. 하지만 내가 그걸 보고 진지하게 협력할 것 같아?"

"그래. 일주일 쉰 시점에서 누구보다도 문제를 길게 끌고 갈 것 같다고 생각하긴 했어."

쿠시다는 빨리 대응할 필요가 있었지만, 하루카의 경우는 장기전을 각오했다는 호리키타.

시험으로 아이리를 잃은 하루카는 지금 무서울 게 없었다.

"하지만 넌 학교에 왔어. 군이 우리랑 대화하기 위해서 온 것뿐이면 딱히 등교 거부를 계속해도 얼마든지 할 수 있는 일인데. 안 그래?"

희미한 기대, 하루카가 스스로 승화시키고 학교에 온 것이라면 고마운 이야기.

하지만 세상은 그리 호락호락하지 않다.

"아직 답이 나오지 않아서 여기 와봤을 뿐이야."

"답?"

"방에 틀어박혀 있어도 보이지 않던 답을 찾기 위해 학교에 온 거야."

그 말을 들은 아키토가 눈을 감았다.

"어떻게 하면 호리키타와 키요뽕에게 복수할 수 있을까, 난 그 답을 찾고 있어."

지금까지 중에 가장 싸늘한 목소리로 말을 내뱉은 하루카.

조금 마른 입술 사이에서 새어 나온 말은 협박이라든지 허세 같은 종류와는 성질이 달랐다.

"……진심, 이구나."

호리키타도 그 말의 무게를 알아차렸다.

"오늘은 그 말을 전하고 싶어서. 아이리를 퇴학시킨 거, 반드시 후회하게 만들어 줄게."

하루카는 자기 음료에 손도 대지 않고 자리에서 일어났다.

그런 그녀를 쫓듯 아키토도 뒤를 따랐다.

아연한 눈으로 그들의 뒷모습을 지켜본 건 호리키타만이 아니다. 케세이도 마찬가지였다.

"난 호리키타도 하루카도 틀렸다고는 생각하지 않아. 비겁하게 들리겠지만 그게 내 진심이야. 결국 자기만 살면 그만이라는 생각이 바닥에 있는 거지."

케세이가 그런 자신이 창피하다는 듯, 그러면서도 솔직한 마음을 털어놓았다.

"누구나 그래. 자기가 살고 싶다고 생각하는 건 이상한 일이 아니야."

"그래서 하루카의 저 마음을 이해할 수 없어. 하지만 이제 그만하라고 말할 권리도 없는 것 같아서. 그게 반에 민폐를 끼치는 일이라고 해도."

테이블을 힘없이 때린 후 케세이도 자리에서 일어났다.

"이제 그룹은 돌이킬 수 없게 되었구나. 그래도 난 나대로 반에 도움이 되도록 할게. 체육대회 때 활약 못 하는 만큼 더 열심히 공부해서 반에 공헌하겠어. 그렇게 안 하면…… 내가 버려질 가능성도 전혀 없지는 않으니."

공부는 잘하지만 운동, 사회 공헌성 부분에서 케세이는 반의 발목을 잡고 있다.

친구의 숫자로 승부를 보게 된다면 특히 불리한 싸움을 강요받을 것이 불 보듯 뻔했다.

○협정

어제에 이어서 이야기를 듣기 위해 찾아간 곳은 케야키 몰에 있는 노래방이었다.

과연 이곳은 기숙사를 제외하고 가장 사적인 공간을 확보할 수 있는 최적의 장소 중 하나다.

들어간 실내에는 나와 호리키타 말고 아무도 없었다.

"이야기만 나눌 거면 굳이 노래방까지 올 필요 없지 않나?"

서로의 방에 가 본 적 있으니, 둘 중 한 사람의 방에 가서 의논하는 것에 별문제는 없었다.

다시 말해, 이런 장소를 골랐다는 것은 우리 이외에도 올 사람이 있다는 뜻이다.

깊이 따지지 말고, 어디까지나 호리키타의 주체성에 몸을 맡기기로 한다.

"약속 시각까지 아직 좀 남았으니까…… 뭐라도 부를래?"

호리키타가 테이블 위에 놓여 있던 마이크를 들더니 내게 내밀었다.

"아니, 사양할게. 네가 부르지 그래? 장단 정도는 맞춰 줄게."

"싫어."

바로 거절. 넌 그 싫은 걸 남한테 권했냐…….

"그럼 난 공부하고 있을게."

그렇게 말한 호리키타는 조용히 노트와 참고서를 꺼내 공부하기 시작했다.

학교 수업 때는 거의 태블릿 같은 기기를 이용하지만, 자습은 역시 직접 책과 노트를 펼치고 하는 게 편하지.

노래가 흐르지 않으니 실내가 쥐 죽은 듯 조용했다. 기이한 대화를 나눈 바람에 괜히 분위기가 이상해졌는데, 나는 얌전히 소파에 앉아 때가 되기만을 기다리기로 했다.

그렇게 오후 5시 10분이 지나고.

5시 전부터 몇 분마다 한 번씩 스마트폰으로 시간을 확인하던 호리키타가 한숨을 내쉬며 고개를 들었다.

"미안. 생각보다 장기전이 될지도 모르겠어."

누구와 약속했는지 듣지는 못했지만, 약속한 시각이 5시였으니 늦는 게 확실하다고 봐도 되겠지. 연락도 없는 것을 보아 어쩔 수 없는 사정이 생겼거나 시간 개념이 별로 없는 사람이거나, 아니면 일부러 늦게 오는 것일까.

여러 학생을 떠올렸다 지우기를 반복하면서 더 기다리기를 15분.

미동도 없던 방문을 바깥쪽에서 누군가가 천천히 손으로 열었다.

그리고 모습을 드러낸 것은…… 내가 예상하지 못했던 인물.

2학년 D반 카츠라기 코헤이였다.

시간 약속에 철저할 듯한 이미지인데 의외로군.

"늦어서 미안."

"아니, 괜찮아. 너도 많이 고생했지? 카츠라기."

"……다소."

그렇게 중얼거린 카츠라기는 자기 등 뒤에 있던 인물에게 들어오라고 재촉했다.

또 한 사람이 모습을 드러냈다.

"스즈네, 나와의 데이트를 희망하는 건 좋지만 쓸데없는 인간이 너무 많아."

일찍이 A반의 리더였던 카츠라기를 자기 반으로 스카우트한 남자, 류엔 카케루였다.

"너랑 단둘이 만나봐야 건설적인 대화를 나누긴 어려울 테니까."

기분 나쁘게 웃으면서도 류엔은 호리키타를 향한 날카로운 관찰을 거두지 않았다.

쿠시다 문제가 해결되면서 잡념을 떨쳐낸 호리키타는 원래의 차분함을 되찾은 상태였다. 류엔은 2학년으로 올라온 뒤로 직접 대화할 기회가 거의 없었기에 이 단계에서 벌써 호리키타의 변화를 알아차렸어도 이상하지 않다.

"의도적으로 늦게 와서 정신적 우위성을 차지하려고 한 거니?"

"글쎄, 어떨까?"

합류하기 전부터 이미 서로를 탐색하고 견제하는 싸움이 시작되어 있었다.

추측하건대 여기 부른 이유를 류엔 측도 아직 듣지 못했다고 봐도 되겠지.

"우리에게 할 얘기가 있다던데…… 자세히 풀어보실까?"

"일단 앉아줄래? 1, 2분으로 끝날 이야기였으면 굳이 이렇게 불러내지 않아."

류엔은 나를 흘깃 보면서 위풍당당한 자세로 소파에 앉은 후, 충전 중인 태블릿을 들고 익숙한 솜씨로 주문을 마치고는 다시 테이블에 아무렇게나 던졌다. 그 모습을 본 호리키타가 태블릿으로 손을 뻗었다.

"카츠라기, 너는?"

"우롱차로 할까."

그 말을 듣고 태블릿으로 주문을 마친 후 충전 위치에 조심스레 되돌려놓았다.

"너희를 여기 부른 이유를 말할게——."

곧바로 본론을 꺼내려는데, 기선을 제압하듯 류엔이 손을 들어 막았다.

"그전에 너한테 물어보고 싶은 게 있어. 걸리적거리는 걸 버리고 반 포인트를 딴 소감이 어때? 역시 남다른가?"

우리 쪽에 타격이 될 법한 이야기를 태연한 얼굴로 잘도 물었다.

아직 무슨 이야기가 나올지 모르는 상황에서 우위를 점하려는 의도라도 있겠지.

류엔 나름대로 반 아이들을 이용해 상황 파악 중인 것은 틀림없으리라.

반 내부 문제가 정리되지 않았다고 판단하고 슬쩍 던져 본 말이겠지만, 내 옆에 있는 호리키타는 꿈쩍도 하지 않았다.

"물론 문제가 나오지 않았던 건 아니야. 하지만 유감이네, 네가 바라는 전개는 되지 않아서. 큰 문제는 이미 거의 다 해결했어."

그건 거짓말이다. 적어도 하루카 문제는 아직 손도 대지 못한 상태이고 언제 폭탄이 터질지 불투명하다.

"거짓말하는 것치고는 당당하네?"

속을 떠본다는 의미에서 류엔도 거짓말이라고 단정했지만, 호리키타는 개의치 않았다.

"거짓말이라고 생각하고 싶으면 하든지. 어차피 내가 뭐라고 하든 쉽게 믿는 사람도 아니잖아?"

"글쎄다. 의외로 믿고 있을지도 모르지 않나?"

"진심이든 농담이든 재미없어."

그렇게 도발을 피했다.

카츠라기가 그런 호리키타를 분석하듯 보면서 천천히 팔짱을 꼈다.

"그러는 너야말로 무슨 생각이야? 분명 누군가를 퇴학시킬 줄 알았는데."

"동지가 없어서 불안하나? 너만 선택이 틀렸다는 얘기일 테니."

네 반 중에 세 반이 반 학생을 지켰다.

무도, 과오를 범한 것은 호리키타뿐이라는 인상을 심으려 하고 있다.

"정답을 고른 게 나뿐이라 유감이네. A반 경합에서 한 발짝도 앞으로 나아가지 못했으니."

"일단 거기까지만 해."

카츠라기가 그만 말렸을 때 누가 방문을 가볍게 노크했다. 모습을 드러낸 직원이 가져온 것은 카츠라기가 주문한 우롱차 그리고 오렌지 주스. 어울리지 않는 음료가 류엔 앞에 놓였다. 조합에서 느껴지는 위화감에 호리키타와 카츠라기도 순간 시선을 빼앗겼다.

참고로 나도 마찬가지다. 류엔과 오렌지 주스라니……. 이보다 더 안 어울리는 게 있을까.

"마실 것도 다 왔으니 본론으로 들어가 볼까. 이 소집, 무슨 의미야."

속으로 다들 묻고 있었을 텐데, 카츠라기가 호리키타에게 이야기를 시작하라고 재촉했다.

호리키타는 고개를 끄덕이더니 류엔과 카츠라기를 보며 입을 뗐다.

"사카야나기의 반을 끌어내리기 위해 이번 체육대회에서 협력 관계를 제안할게."

카츠라기가 입술을 살짝 떨며 놀라움을 드러냈다.

그러더니 곧 다시 평소대로 돌아와 되물었다.

"……협력 관계라는 게 무슨 의미지?"

한마디로 협력이라고 해도 그 정도는 어떻게 받아들이느냐에 따라 크게 달라진다.

상세한 내용을 알고 싶은 것은 당연한데, 머리로 부정할 생각은 없는 듯했다.

한편 류엔은 놀라지도 감탄하지도 않았다.

그저 히죽거리며 관찰만 하고 있다고 할까.

"이번 특별시험, 전 학년 경합과 학년별 경합이라는 두 가지 측면을 가지고 있잖아. 여러 명이 경기하는 단체전에서 이겨 균등하게 점수를 쌓는 시스템을 최대한으로 활용하고 싶어."

"그런데 왜 우리 반을? 그 이유를 물어봐도 상관없나?"

반의 리더 류엔은 일절 끼어들지 않고 경청하는 자세로 일관했다.

"우선 A반이 대상에서 제외인 건 말할 필요도 없겠지? 따라잡아야 할 대상에게 점수를 주는 건 본말전도니까. 그럼 남은 두 선택지는 이치노세의 반 아니면 류엔과 카츠라기의 반. 그런데 이치노세 쪽은 신뢰야 할 수 있겠지만 신체 능력이 뛰어난 학생이 많다고 말하기 어렵다는 게 내 분석이야."

"그럼 소거법으로 우리를 선택했다는 뜻인가."

"만약 단순한 소거법을 썼다면 애당초 아무 반과도 손잡지 않아. 사카야나기의 반 이상으로 신뢰할 수 없는 게 너희 리더 류엔이니까."

손잡기 쉬운 상대가 아님은 분명하지.

공감한다는 듯 카츠라기도 고개를 끄덕였다.

"하긴. 한편이 된 나조차 그렇게 생각하니까, 등을 맡기기에 이렇게 무서운 상대는 없다고 말이야. 그런데 그럼 왜 그런 위험을 무릅쓰면서까지 협력 관계를 제안한 거야?"

"물론 이기기 위해서. A반의 독주 태세를 막지 않고 이기기란 불가능하니까."

"하지만 그 기대를 배신당한다면 아무 의미가 없잖아? 이 남자는 어떤 수단이든 쓰는 사람이야. 나도 당해봐서 잘 알아. 추천은 못 하겠다."

류엔 측 참모라고는 생각할 수 없을 정도로 자기 편에 대해 신랄하게 말했다.

잘못 손잡으면 A반을 이기기는커녕 류엔 반에 잡아먹힐 수 있다.

그 위험성을 경고했다.

"오늘 이 만남에서, 사실 난 바로 본론으로 들어갈 생각이 없었어. 류엔과는 이런 식으로 얘기해 본지도 좀 됐고, 아무렇지 않게 지각하는 사람은 역시 믿을 수 없어서. 하지만 지각한 걸 사과한 카츠라기를 보고 생각을 바꿨어. 적어도 넌 믿을 수 있어."

"아주 단순하구나. 내 이런 태도도 류엔의 책략이라고는 생각하지 않아?"

"믿을 수 있는 상대인지 아닌지도 못 알아볼 정도면 어차피 잡아먹히는 건 시간문제 아니겠어?"

이건 호리키타가 하는 도박이기도 하리라.

류엔과 카츠라기가 나란히 있으면 상대적으로 카츠라기가 양식이 있고 선한 사람으로 보이고 마는 법.

그렇지만 각오했다는 자세를 보인다면 카츠라기도 받아들이는 수밖에 없다.

"예전과 좀 달라진 것 같군, 호리키타. 너도 또 성장했다는 건가."

카츠라기가 호리키타의 변화, 그것을 성장으로 느끼고 다시 대화의 장에 서는 자세를 보였다.

"그쪽 사정은 알았어. 이제부터는 내 개인적인 견해를 말하지."

굳이 개인적인, 이라고 덧붙인 것은 류엔의 의사와 생각은 일절 고려하지 않았음을 전제로 한다는 충고겠지.

"나도 이번에 호리키타의 반과 손잡고 A반을 끌어내리는 플랜을 생각했었어."

"너도……?"

"그래. 너희 반에는 스도와 코엔지와 같이 학년을 넘어서는 실력자가 있지. 2학년 네 반 중에서 신체 능력이 상위이고, 선수층의 폭도 가장 두꺼워. 같은 편이 된다고 해서 걸림돌이 될 염려가 없어. 무조건 신뢰할 수 있는 상대는 아니지만, 쉽게 배신할 반도 아니라는 것은 나쁘지 않은 요소고."

그렇게 말하는 카츠라기의 옆에서 류엔의 눈이 나를 향했다.

하지만 입은 계속 닫혀 있었다.

지금까지 류엔의 반은 달리 교섭의 장에 내보낼 수 있는 사람이 없어 늘 류엔이 앞장서서 대화를 이끌어왔다. 하지만 카츠라기가 들어오면서 그럴 필요성이 줄어들었고, 그만큼 상황을 지켜보는 선택지가 생겼다. 이는 무척 큰 플러스 요소라고 할 수 있다.

류엔이 무엇을 생각하고 무엇을 어느 타이밍에 제안할지 모른다는 게 꺼림칙하다.

카츠라기와는 대화하기 편하지만, 대신 그런 두려움을 호리키타도 의식하기 시작했으리라.

하지만 앞으로 남은 1년 반 동안 정기적으로 대화를 나눠야 한다면 피할 수 없는 일이다.

"그런데 실제로 협력 제안을 류엔이 받아들일지 어떨지 반반이었거든."

체육대회에 대한 상세한 내용이 발표된 지도 일주일이 넘었다. 만약 협력을 전제로 움직였다면 그런 이야기가 이미 호리키타의 귀에 들어왔어도 이상하지 않다. 즉 카츠라기로서는 나머지 절반의 선택지인 손잡지 않는다는 쪽을 우선했다는 것.

"협력 관계를 맺으면 당연히 1위와 2위를 우리가 확보해야 해. 그렇게 됐을 때 승패를 결정짓는 건 필연적으로 반의 종합 능력이고. 단순한 확률만 놓고 말한다면 호리키타의 반이 1위, 우리 반이 2위인 결과가 되는 가능성을 감수하고 받아들이는 셈이 되지."

서로 협력해서 사카야나기와 이치노세의 반을 앞지른다는 것은 실질적으로 호리키타 반 대 류엔 반이라는 도식을 만드는 것이기도 하다.

그것을 예상했기에 반반이라고 말한 것이리라.

말이 통하는 카츠라기라지만 단칼에 협력 관계에 찬성할 리는 없다.

눈앞에 놓인 장애물을 넘지 않으면 류엔과의 교섭도 시작될 수 없는데……

어떻게 할래, 호리키타.

"우리 반이 너한테 위협적이라는 거구나."

"물론이지. 1년 전과는 상황이 많이 달라졌어. 불량품 집단이라고 야유받았을 때와 달리 지금의 너희는 B반. 심지어 한때는 반 포인트가 0까지 떨어졌는데도 말이야. 최근에는 무인도 시험에서 코엔지의 단독 승리가 더해졌고, 만장일치 특별시험 때는 반의 일원을 버리는 힘든 선택지를 골라가며 100포인트를 획득했어. 틀림없는 강적임은 의심할 여지가 없지."

"내 공적은 아니지만 그렇게 평가해주니 기분이 나쁘진 않네. 하지만 협력 관계를 맺지 않고 각자 체육대회를 맞이한다면 사카야나기 반이 1위를 획득하는 최악의 경우가 일어날 수 있지 않을까? 중요한 건 사카야나기 반을 끌어내리는 것. 아니야?"

"그렇지. 그 또한 진리야. 류엔, 넌 어떻게 생각해?"

여기서 처음으로 카츠라기가 류엔에게 의견을 구했다.

"도움을 청한다면 그에 상응하는 대가도 있는 거겠지?"

"뭔가 착각하는 거 아니니? 물론 먼저 제안한 사람은 나지만, 그렇다고 내가 양보해야 하는 건 아니지. 오히려 너희가 1위 후보 반과 협력 관계를 맺는 입장이라는 걸 이해하는 게 좋겠어."

"웃기고 있네. 난 협력 따위 안 해도 이길 수 있지만 네가 부탁한다면 어쩔 수 없이 도와줘도 좋다는 입장이라. 싫으면 이만 돌아가도 되겠지?"

"돌아가는 길은 아니? 저 문을 나가서 왼쪽으로 꺾으면 밖으로 나갈 수 있어."

어떤 식으로든 양보를 검토하지 않고, 류엔과 카츠라기에게 이만 돌아가라고 말했다.

이런 호리키타의 태도는 신경전의 본질이면서 동시에 이 전략에 모든 것을 걸고 있는 건 아니라는 분위기를 풍겼다. 즉 류엔이 테이블에서 벗어난 시점에서 교섭 결렬. 함께 사카야나기를 쓰러트리자는 제안은 없던 일이 되겠지.

그 후에 류엔이 손을 잡아도 좋다고 다시 말을 꺼내면 입장은 역전된다.

"허세에 담력도 커졌잖아?"

"무슨 소리야. 카츠라기가 말했듯이 우리 쪽은 체육대회에서 상응의 실력을 갖춘 반이야. 정식으로 붙었을 때 네가 스도나 코엔지보다 높은 순위에 오를 수 있을까?"

"솔직히 정정당당하게 붙으면 힘들지도 모르지. 하지만 방법은 얼마든지 있다고. 작년 일을 잊은 건 아니겠지?"

그렇지 않아도 염려하고 있는, 사고를 가장한 류엔의 꼼수.

그런 의미를 내포한 발언임은 명백했다.

"올해는 내빈도 오는 모양이고, 체육대회의 규칙, 그 성질상 감시의 눈도 삼엄할 것 같던데. 네가 어디까지 비열한 수법을 쓸 수 있을지 궁금하네."

"사각지대는 얼마든지 있다고. 꼭 경기 중에 한다는 보장도 없지 않나?"

그 말은 탈의실이나 화장실처럼 감시의 눈이 닿지 않는 장소를 가리킨다.

"여전하구나. 하긴 그렇다면 위협적이지만……. 그만하자."

호리키타는 낙담하지도 않고 노트를 탁 덮었다.

"아야노코지. 오늘 따라와 줘서 고마워. 너한테 객관적으로 물어볼 것까지도 없이 이번 일은 리스크가 너무 높은 것 같아. 여기서 이만 접어야겠어."

"네가 그걸로 좋다면."

그래, 하고 대답하고는 노트를 정리하는 호리키타.

그 모습을 본 류엔은 아무런 대답도 하지 않았지만 카츠라기가 움직였다.

"류엔. 보니까 우리가 상상하는 것 이상으로 호리키타가 지금까지와는 다른 듯해. 제대로 교섭 테이블에 서지 않으면 잘려 나가는 건 우리 쪽이야."

상황을 냉정하게 분석한 카츠라기는 다시 호리키타를 쳐다보았다.

"너는 협력했을 때 생길 단점을 우선했기 때문에 나한테 말하지 않았던 거 아닌가?"

"내가 먼저 제안할 생각은 없었지. 하지만 호리키타가 먼저 말하면 사정이 달라져. 게다가 내 상상을 웃돌 거라는 예감이 들었어."

가진 데이터를 갱신함으로써 호리키타 반의 평가가 조금 더 올라갔다.

즉 협력하기에 알맞은 반이라고 재평가했다.

"허세 부리고 있는데, 그딴 거 내가 보기에는 페이크야. 자기한테 유리한 쪽으로 일을 잘 끌고 가려는 건 자연스러운 행동이지. 이야기는 그럴싸했지만, 그게 유효하게 작용할 것처럼 느껴지는 이유는 아야노코지가 옆에 붙어 있기 때문이라고."

그렇게 말한 류엔은 앞에 놓인 오렌지 주스가 가득 담긴 컵을 들더니, 망설임 없이 나를 향해 확 뿌렸다. 나는 곧바로 옆으로 미끄러지듯 피해 봉변을 면했다. 직전까지 앉아 있던 곳에 노란 자국이 단번에 번지며 냄새를 풍겼다.

"이제 슬슬 이 녀석이 보통이 아니라는 걸 깨닫는 게 어때? 너라면 방금 그걸 피할 수 있었겠냐?"

"……무리야."

"그래. 일반인이라면 반응하기도 전에 흠뻑 젖었을 거다. 평범한 놈들은 못 피하는 걸 이 녀석은 아무렇지도 않은 얼굴로 피한다고."

"그야 엄청난 반사 신경이긴 하지만……. 그거랑 이 이야기랑 무슨 상관이 있지?"

"모르겠냐? 내 말은, 아야노코지는 스즈네한테 리설 웨폰 같은 존재라고. 아무 무기도 없는 사람한테 권총을 자랑하면 그야 큰소리가 나오는 게 자연스럽잖아?"

"그걸 시험하려고 일부러 오렌지 주스를 시킨 거야……? 왜 그러냐, 정말."

이상하다고 생각하긴 했는데, 여전히 엄청난 짓을 잘도 저지르는 녀석이로군.

어울리지도 않는 음료를 언제 마실까 하고 계속 의식하길 잘했다.

"왜 피했어? 그냥 맞았으면 쟤가 저렇게 나오는 걸 막을 수 있었을 텐데."

"무지막지한 소리 하지 마. 나도 주스를 그대로 덮어쓰기는 싫다고."

냄새도 나고, 찐득찐득하고, 빨아도 얼룩이 안 질 거고. 무조건 맞기에는 허들이 너무 높단 말이지.

우롱차였으면 그래도 참아볼 여지가 있었겠지만.

상대를 괴롭히려는 목적으로 뿌리기에 오렌지 주스는 가장 좋은 음료 중 하나다.

"정상적으로 교섭하고 싶으면 일단 여기서 아야노코지를 빼. 이야기는 그때 시작할 수 있다."

여기서 나의 배제를 조건으로 교섭을 계속할 의사가 있다고 나왔다.

"너답네. 하지만 거절할게. 이 애는 우리 반이야. 여기 동석할 권리가 있고, 나도 같이 있어 달라고 부탁할 권리가 있어. 가진 무기를 써서 교섭하는 게 뭐가 잘못인지 알 수가 없네."

정말 간이 많이 커졌구나. 무엇보다도 지금까지는 못 하던 발상도 할 수 있게 되었다.

그리고 또 하나 든 생각은 호리키타가 나와 류엔에 관해서, 나도 모르는 사이에 정보를 입수했다는 점이다. 류엔도 그것을 눈치챘다.

어느 정도까지인지는 모르겠지만, 케이가 얽혀 있는 옥상 사건을 알고 있어도 이상하지 않다.

호리키타는 도와줄 필요는 없다고, 애초부터 동석하기만 하면 된다고 내게 말했었다. 약속을 지키면서 이용하고 있을 뿐이라 나도 불평할 수 없다.

"우위에 서 있는 우리 반이 먼저 나서서 협력 관계를 맺어도 좋다고 말했어. 그걸 못 받아들이겠다면 이번 일은 정말 없었던 걸로 해도 상관없어."

류엔이 사카야나기와 협력할 일은 절대 없다. 이치노세에게 제안한다 해도 도움이 될 전력을 얼마나 얻을 수 있을지는 불투명하다.

여기서 판단을 까딱 잘못하면 분명 류엔에게도 영향이 미친다.

가능성은 적지만 호리키타 사카야나기 연합이 이루어질 수도 있겠지.

호리키타 반이 1위, 사카야나기 반이 2위인 결과가 된다면 나쁜 형태가 아니니까.

그렇지만 그것을 허용해버리면 사카야나기를 따라잡기란 더 어려워진다.

"논의하기에 따라서 난 너희 반과 손을 잡아도 괜찮다고 생각해. 자, 받아들일지 말지 대답해줄래?"

다음 대답은 카츠라기가 아니라 리더인 류엔에게 맡겨졌다.

몇 초의 침묵이 흐른 후, 류엔이 결정을 내렸다.

"좋아, 그 제안, 받아들이지."

대답은 그렇게 했지만 류엔은 말을 아직 끝내지 않았다.

"단, 조건이 있어. 협력 관계를 맺는 이상에는 더 견고하고 더 대등한 관계가 되어야 하니까. 나와 너의 반이 순서와 무관하게 1위, 2위라는 목표에 도달하게 되면 획득하는 반 포인트에 100포인트라는 차이가 발생하지. 그 차이를 메우기 위해서 1위 하는 쪽이 졸업 전인 3월 1일까지 지급받는 프라이빗 포인트를 넘기는 거야. 그 조건을 추가해."

작년 무인도 시험에서 류엔이 카츠라기와 계약했던 내용과 똑같은 조건을 내걸었다.

한쪽이 반 포인트를 많이 얻으면 그 차액을 프라이빗 포인트로 메우자는 것.

류엔도 자신들 쪽이 불리한 입장임을 충분히 알고 있다. 그렇기에 생억지로 플러스알파를 얻으려고 하는 것인데 호리키타도 다 읽고 있었다.

"물론 그 조건 자체는 대등한 성격을 띠지. 하지만 거절할게. 둘 중 어느 쪽이 1, 2위를 차지할지는 정정당당하게 승부로 가려야 해. 공정한 대결로 결착을 지으면 그만인 거야."

조건을 붙이나 안 붙이나 대등하다면 승산이 높다고 판단한 이상 조건을 달 리도 없다.

"크큭. 그리 쉽게 단물을 빨 수는 없다는 얘기인가. 하지만 이러면 우리가 얻는 게 별로 없는데."

"호리키타한테서 양보를 끌어내기는 어려울걸. 그러지 말고 탄탄하게 손을 잡아 둬야 한다고 생각하는데."

아직 정식 계약을 맺으려고 하지 않는 류엔에게 유연한 자세를 보이는 카츠라기.

"부족하단 말이야. 나에게 협력을 부탁할 거면 좀 더 성의를 보여야지."

"성의? 그건 나 역시 마찬가지인걸? 만약 작전대로 잘 돼서 사카야나기의 A반을 최하위까지 끌어내린다면 마이너스 150포인트. 협력하는 이 전략을 검토할 여지가 충분히 있어. 하지만 위험을 무릅쓰는 건 우리 쪽도 마찬가지야."

반론하듯 호리키타가 말을 이었다.

"계속 의심이 소용돌이치고 있거든. 너희를 믿어도 될까 하고. 팀을 꾸린다고 주력 멤버들을 단체전에 집중시키다 보면 개인전에 소홀해지는 건 피할 수 없으니."

류엔이 배신하라고 지시해서 경기를 대충 뛰거나 아니면 애초에 약속한 경기에 모습을 드러내지 않는 경우도 충분히 생각해 볼 수 있겠지. 당일에는 호리키타 등의 리더도 경기를 치러야 하니 모든 종목에 감시의 눈이 다 미칠지는 의심스러운 부분이다.

스마트폰 등도 지참할 수 없어서 멀리서 연대하기도 어렵다.

"신뢰가 가지 않는 너를 믿어보는 것. 그 리스크를 짊어지는 거야말로 내가 너에게 할 수 있는 최대한의 양보이자 협력이야. 그 이상은 1mm도 양보 못 해."

이것만은 류엔으로서도 뼈아픈 이야기다.

매력적인 전력이 반에 있어도 류엔을 믿을 수 없다는 것이 대전제에 깔려 있다.

호리키타는 그것을 감수할 테니 잠자코 협력하라고 말하고 있었다.

"맞는 말이야. 네 방식은 신뢰할 수 없긴 하잖아. 지금은 그냥 받아들이는 수밖에 없어."

"신뢰받을 생각 따위는 처음부터 없었다고."

웃어넘기면서도 류엔은 호리키타의 말에 납득했는지 어깨에 힘을 뺐다.

"정말 나를 믿을 수 있겠냐?"

"적의 적은 동지. 옛날 사람이 만든 이 편리한 말을 믿어 보기로 할게."

의심을 품은 채 연합해 봐야 본래의 실력을 발휘하기란 어렵다.

경우에 따라서는 적으로 싸울 수도 있는 이상 언제나 등 뒤를 의식해버리겠지.

"네 말을 전부 인정하는 건 아니지만 한 가지 분명한 사실은 이대로 사카야나기의 반이 계속 선두를 달리게 하는 건 좋지 않다는 거야."

그런 류엔의 대답에는 카츠라기도 호리키타도 동의해서 망설임 없이 고개를 끄덕였다.

A반이 계속 이기는 것. 그것만은 다른 일을 제쳐두고서라도 막아야 했다.

"녀석과의 직접 대결이 학년말에 기다리고 있다지만 그거 하나로 반 포인트가 뒤집히지는 않을 테니."

그때까지 사정권 내에 붙잡아두고 싶다. 그런 생각은 믿어도 될 듯하다.

"조용히 들어주기만 했는데, 이제 슬슬 네 의견도 말해줘, 아야노코지."

호리키타의 생각, 그 위험도.

객관적으로 보고 이 전략을 받아들일지 말지.

"이해관계로 협력하는 건 나쁜 이야기가 아니야. 이의를 제기하는 애들도 다소 나오겠지만 쓰러트려야 할 목표가 사카야나기라는 건 누구나 이해하고 있어. 요스케와 케이도 힘을 실어줄 거고."

다시금 자기 생각에 자신감을 가진 호리키타. 그런데 류엔이 제동을 걸었다.

"계약을 성사시키고 싶겠지만 아직이야."

"아직? 이것 이상의 양보를 끌어내겠다는 거니?"

"마지막으로 하나만 더 확인하자. 이 제안을 생각한 사람, 스즈네 너야? 아니면 모르겠다는 얼굴로 상황을 관찰하고 있는 아야노코지냐? 어느 쪽이야?"

류엔 반과의 공조. 그 발안자가 누구인지를 강하게 확인하려 들었다.

"아야노코지의 발안이 아니면 이 제안을 안 받아들일 거니? 너랑 아야노코지 사이에 다른 사람들이 모르는 속사정도 있는 모양이던데."

그렇게 호리키타가 의미심장하게 말했다.

"적이지만 서로의 실력을 인정하고 있다는 건 피부로 느끼고 있어. 내가 거기에 어울리지 않는다는 것도."

"내가 그런 말을 한마디라도 했던가? 그냥 누군지 대답하라고 했을 뿐인데."

살짝 짜증난 류엔이 호리키타를 노려보며 대답을 재촉했다.

"나야. 이번에 아야노코지에게는 동석을 부탁했을 뿐이고, 여기서 얘기하기 전까지 이 애한테도 말하지 않았어."

자신이 주도했다는 것을 알면 류엔이 거절할지도 모른다.

그것을 각오한 호리키타가 솔직하게 말하자 류엔이 웃었다.

"그렇군. 그 말을 들으니 안심이다. 그럼 네 제안, 받아들이지."

그 말이 결정적이었다는 듯, 류엔이 정식으로 협력 관계를 받아들였다.

"……어째서?"

"어째서냐고? 글쎄다. 그 이유는 네가 생각해봐라."

그렇게 말하면서 대답하기를 거부했다.

"혹시 모르니까 정식 계약서를 준비하는 게 서로에게 좋겠지. 아니, 특히 너희를 위해서."

"물론 그렇게 할게. 증인으로 차바시라 선생님과 사카가미 선생님도 오시게 할 생각이야."

교사까지 끌어들여서 하는 계약. 거기에는 당연히 위약

조항도 담겨 있겠지. 아무리 류엔이라도 깰 수 없는 규칙에 묶여 버리면 어떻게 해볼 도리가 없다.

"서류 작성은 호리키타한테 맡긴다. 그럼 되겠지."

"그래. 너랑 몇 번 정도 의견을 조율해도 될까, 카츠라기."

카츠라기가 류엔에게 눈으로 확인을 구하자, 알아서 하라는 반응이 돌아왔다.

영리한 데다 신뢰가 가며 류엔에게도 거리낌 없이 의견을 말할 수 있다.

그런 카츠라기에게 일을 맡기는 류엔의 도량과 뛰어난 선구안은 훌륭하다고밖에 말할 길이 없다.

그야말로 목돈 들여가면서까지 영입할 가치가 있었다는 뜻.

"좋아. 정식으로 계약서를 교환한 후 체육대회에 도전하자고."

이리하여 체육대회에서 호리키타의 반과 류엔의 반의 공조가 결정되었다.

어디까지나 반의 승리를 최우선으로 하면서 그 안에서 연대하는 것이다.

그런데 여기서 이만 마무리하지 않고, 카츠라기가 화제를 바꾸었다.

"서로 협력하는 방향으로 이야기가 정리된 건 좋은데, 그러려면 생각해둬야 할 부분이 있어. 사카야나기와 이치노세가 협력할 가능성도 충분히 있는데 그건 어쩔 셈이야."

연합에는 연합으로 응수한다. 그런 전개야 충분히 일어날 수 있겠지.

"걱정할 거 없어. 이번 체육대회에서 이치노세가 사카야나기와 협력해봐야 우리가 유리해. 그리고 사카야나기는 3위조차 못 하게 되겠지. 네가 스즈네와 손잡을 경우 2위를 걱정했듯이 그 녀석들도 이치노세 쪽이 유리해. 사카야나기의 반은 토츠카의 퇴학과 카츠라기의 이적으로 38명. 거기에 사카야나기의 불참도 확정이니까 37명. 반면 이치노세의 반은 40명. 세 명이라는 차이는 의외로 크다고."

반의 운동 능력은 거의 호각을 다툰다.

그렇다면 3명이라는 인원 차이에 승패가 결정 날 수 있는 것이다.

"하지만 다른 사람도 아니고 사카야나기잖아. 모자라는 인원을 커버할 전략을 세울걸."

"이번에 규칙 못 봤어? 체육대회에 참가하지 못하는 시점에서 기숙사 대기라고. 스마트폰도 못 쓰니까 A반의 브레인은 제 기능을 아예 못 한다는 소리지."

"네놈이야말로 규칙을 제대로 파악하고 있긴 하냐? 물론 사카야나기는 몸이 그래서 만족스러운 운동은 못 해. 하지만 형식적으로 참가해서 기본 점수 5점이랑 참가상 5점까지 총 10점을 획득할 수는 있어. 최소 조건만 잘 만족한다면 밖에서 계속 지시만 내리는 건 가능하다고."

"그렇게 자존심 센 사카야나기가 아무것도 못 하는 속수

무책인 모습을 보여줄까?"

어떤 경기든 제대로 뛰지 못하는 이상 사카야나기만 뛰는 것을 피할 수 없다.

"그렇게 일이 술술 풀리지는 않을걸. 경기에서 기권하는 것도 엄연한 권리야. 형식상으로 참가한 다음에 기권하면 창피당할 일도 없지."

"그게 어쩔 수 없는 이유에 해당하나? 자기 몸 상태를 알고도 참가하게 되면 정당성이 요구되잖아. 모두 경기를 마친 100m 달리기에서 지팡이를 짚어가며 마지막 골인 지점까지 들어와야만 하지. 녀석이 그런 구경거리가 되겠냐고."

"하긴 평소 같으면 성격상 참가하지 않겠지. 하지만 우리가 손잡았다는 걸 알면 사카야나기도 패배할 위험을 고려할 거야. 100%라고 단정 짓는 게 문제라는 이야기야. 가볍게 말하고 있는데, 참가하지 않을 확률을 몇 %로 보고 있어? 진지하게 대답해."

"90%는 가볍게 넘지."

"네 근거 없는 자유로운 견해로 90%라. 그럼 적정치는 좀 더 낮겠군. 많아 봐야 70%~80% 정도 될까."

"그 숫자로 만족해라."

"그럴 순 없지. 확실성을 따지고 싶다면 95%는 목표로 삼으란 말이야."

우리를 내버려 두고 류엔과 카츠라기 사이에 설전이 벌

어졌다.

"시답잖기는. 하지만 더 확실하게 하라는 거면 방법은 있어. 체육대회 전까지 철저하게 사카야나기를 괴롭혀주는 거야. 참가했다간 반이 총출동해서 경기 도중에 구경거리로 만들어 주겠다고 말이야. 그러면 네가 말하는 95%에 도달하겠지."

개인의 존엄성을 짓밟겠다고 협박하며 굴복할 거라고 류엔이 말했다.

"윤리적인 관점에서 받아들일 수 없는 이야기네."

"동감이야. 학교 측도 가만히 보고 있지만은 않을걸."

하지만 호리키타도 카츠라기도 그 행위를 받아들일 수 없다며 부정했다.

"만에 하나 사카야나기가 참가한다면 밟아버리면 그만이지."

"그걸 못 해서 우리가 하위 반으로 내려갔다는 걸 잊지 마라."

만약 사령탑으로서 사카야나기가 기능할 경우, 과연 무슨 수법을 쓸지 알 수 없다.

그녀의 참가 여부가 이 체육대회의 승패에도 큰 영향을 미친다.

"호리키타. 반의 승리를 위해 나도 공헌해야 해?"

"기본적으로 그 생각은 안 하고 있어. 너만은 특수한 입장 그대로야."

"그거 다행이군. 그렇다면 말인데, 사카야나기의 참가 여부가 이 협력 관계에 그늘을 드리우고 있는 거라면 내가 도움이 될 수 있을지도 몰라."

"무슨 소리야?"

흥미를 드러낸 카츠라기가 류엔과 하던 이야기를 멈추고 뒤돌아보았다.

"나에게 맡겨준다면 사카야나기가 체육대회에 참가하지 않게 할 수 있어."

"뭐……?"

"호오?"

놀라는 호리키타와 감탄하는 류엔. 그리고 아무 말 없이 귀를 기울이는 카츠라기.

"단, 사카야나기를 참가하지 않게 만드는 대신에 체육대회에서 내 점수는 1점도 기대하지 마. 그건 호리키타뿐 아니라 류엔, 너도 마찬가지야."

"처음부터 네놈은 계산에 넣지도 않았어. 사카야나기의 발을 묶어준다면 수고를 덜 수 있지."

"무슨 방법을 쓸지 상상이 잘 안 가지만, 류엔과 호리키타가 아야노코지의 말을 믿고 맡기겠다면 나도 더 뭐라고 말할 생각은 없어. 사카야나기가 참가하지 않으면 A반을 꼴찌까지 끌어내리는 것도 어렵지 않겠지."

"하지만 정말 그게 가능해?"

"그래. 사실 내가 가만히 있어도 쉴 확률이 높지만, 나한테 한번 맡겨봐. 그리고 이야기를 듣다가 생각났는데, 이런 식으로 호리키타와 류엔이 모여서 힘을 합할 기회도 그리 많지 않으니까. 제안하고 싶은 다른 일이 있는데 해도 될까?"

논의하는 내내 나는 세 사람과 다른 것을 생각하고 있었다.

"그게 뭔데?"

내가 제안을 들려주자 호리키타와 카츠라기는 서로의 눈을 바라보았고 류엔은 묵묵히 귀를 기울였다.

설명을 마침과 동시에 카츠라기의 잔에 담긴 얼음이 녹아 딸그락 소리를 냈다.

"흥미로운 아이디어이긴 한데……."

받아들여질지는 잘 모르겠어, 하고 호리키타가 당혹스러워하며 류엔을 보았다.

"그야 규칙상으로는 불가능하지 않지. 하지만──."

"내 제안이 마음에 안 들어?"

체육대회의 협정도 내가 제안했다면 거절했을 가능성도 있다.

그런 투로 말했으니까.

"그래, 마음에 안 든다. 거절이야."

류엔이 거부하자 카츠라기가 끼어들었다.

"네 개인적인 감정은 일단 제쳐. 솔직히 나쁘지 않은 아이디어잖아. 자세한 이야기랑 규칙은 다시 확인해야 하겠지만, 아니, 다른 사람도 아니고 아야노코지니까. 이미 꼼꼼히 확인했겠지."

"규칙상 문제는 없어. 우리 반만 하는 것보다 너희 반 애들도 협력하면 더 강력한 전개가 펼쳐질 수 있지. 안 그래?"

"그래, 그러네. 과연……."

호리키타도 우리가 지금 문제를 가지고 있다는 것 역시 잘 알고 있다.

그 문제 해결을 도와줄 존재를 다른 곳에서 조달할 수 있다면 불안이 어느 정도 완화될지도 모른다.

"받아들여, 류엔. 언젠가 사카야나기와 직접 대결할 생각이면 지금은 그 준비를 해야지."

"내 말 잘 들어라, 아야노코지. 사카야나기를 무너뜨리고 나면 다음 차례는 너야."

"위로 올라가려면 필연적으로 그렇게 되겠지."

그 말이 결정적이었는지 류엔도 내 제안을 받아들였다.

"카츠라기, 그쪽도 챙겨둬."

"그렇게 하지."

"그야말로 A반 포위망……이네."

"하지만 일단은 사카야나기를 체육대회에 참가 못 하게 하는 게 최우선이야. 체육대회에서의 협력도 아야노코지의 아이디어도, 이 전 단계부터 클리어해야 시작할 수 있으니."

"알아. 그 부분은 맡겨둬."

류엔도 카츠라기도, 그리고 호리키타도 불가능한 사카

야나기 봉쇄 전략이, 나에게는 있다.

1

　오후 7시 전, 케야키 몰 내의 카페에 집합한 것은 2학년 A반 사카야나기, 카무로, 하시모토까지 세 사람이었다.

　"갑자기 불러내는 거야 늘 있는 일이라 놀랍지도 않지만, 오늘은 무슨 용건이실까, 공주님."

　"다음 체육대회에서 일어날 일. 우리가 해야 할 일에 대해서예요."

　"방침은 이미 다 정한 것 아니었어?"

　"상황은 시시각각 변해요. 그리고 오늘 또 새로운 변화가 생겨났답니다."

　사카야나기가 계속해서 말을 이었다.

　"류엔 군의 반과 호리키타 씨의 반이 접촉했어요."

　그 말을 들은 하시모토의 눈빛이 달라졌다.

　"누가 먼저 접근한 거야? 류엔 쪽인가?"

　"그건 몰라요. 하지만 어느 쪽이 됐든 둘이 이어졌다고 봐도 틀림없겠죠."

　"잠깐만. 그리 쉽게 될 것 같지는 않은데. 호리키타가 류엔을 간단히 믿을 거란 생각이 안 들어. 결탁 같은 게 될 상대가 아니잖아, 그 녀석은."

"적의 적은 동지라는 말도 있잖아요? 우리는 견고한 독주 태세에 있어요. 신뢰 관계는 없어도 목표가 같으면 잘 연대할 수 있는 법이죠."

두 반이 손을 잡으면 일이 성가셔진다는 것은 두 사람도 쉽게 추측할 수 있었다.

결코 반가운 소식이 아니었기에 표정이 굳었다.

"이대로라면 위험하겠어요."

"우리만으로는 질 거라는 말인가?"

"져요. 세 반이 각자 싸운다는 전제에서는 어떤 순위여도 가능성이 있었지만 말이죠. 의외의 곳에서 연합이 생겨버렸네요."

딱 잘라 말하며 하시모토를 보는 사카야나기.

"나라면 류엔과 손잡지 않을 텐데. 언제 뒤통수 때릴지 모르잖아."

"오히려 뒤통수 때려주면 고맙죠. 류엔 군의 반이 1위, 호리키타 씨의 반이 2위. 그렇게 알기 쉬운 결과가 되어준다면 환영이지만, 그 반대가 되어 버리면 살짝 골치 아파져요."

사카야나기는 류엔보다 호리키타의 반을 경계하고 있다.

그런 식으로 들리는 사카야나기의 발언에 하시모토에게서 옅은 미소가 사라졌다.

"지금 상승세를 탄 게 틀림없긴 하지. 하찮은 잔챙이를 버리고 100포인트를 차지하는 건 류엔의 반이 아니면 불가능할 줄 알았어. 호리키타가 성장한 걸까…… 아니면 아야노코지도 뒤에서 움직인 건가?"

아야노코지라는 이름을 강조하며 사카야나기를 보았다. 뭔가를 확인하듯이.

하지만 그렇게 떠보는 것이 통할 상대가 아닌 사카야나기는 담담히 말을 이었다.

"최근 들어서 그도 주가가 꽤 상승했네요. 무슨 일이 있었나요?"

"……아니, 그런 건 아니고. OAA 이상의 실력을 감추고 있다고는 생각하지만. 뭐, 그런 학생이 아야노코지만 있는 건 아니겠지."

서로를 떠보는 식이 되면 자신이 불리해지므로 하시모토는 바로 물러났다.

괜히 자극했다가 찍히는 건 현명하지 않다고 판단했기 때문이다.

"하지만 어쩔 셈인데? 너 없으면 질 거라고 했는데, 너 결석하잖아."

승부를 내팽개치겠다는 건가? 하고 카무로가 물었다.

웃고 있던 하시모토도 그 점은 마음에 걸리는지 표정이 다시 굳었다. 단 150포인트. A반이 꼴찌로 전락한다고 해도 큰 타격까지는 아니다.

하지만 여기까지 견고하게 쌓아온 만큼 패배는 환영할 수 없었다.

"답은 하나밖에 없어요."

사카야나기가 웃으며 이렇게 말을 이었다.

"체육대회 때 저도 참가할 겁니다. 그들이 정말로 손을 잡았다고 해도 저의 불참을 전제로 깔고 겨우 이기는 쪽으로 계산했을 거예요. 그게 환상이었음을 깨닫게 해줘야죠."

"진짜야? 괜찮겠어?"

"의욕이 있는 건 좋지만── 괜찮아?"

사카야나기가 참가하겠다고 선언하자 동요하는 세 사람.

"구경거리가 되는 거 말인가요? 그 부분은 얼마든지 잘 대처할 수 있답니다."

"뭐, 너라면 그렇겠지. 네가 참가해준다면야 이야기는 빠른가."

"다만 그렇게 해도 종합적인 운동 능력이 올라가는 것은 아니에요. 어디까지나 뜻밖에 질 수도 있는 경기를 놓치지 않는 선에서만 가능해요. 요컨대 제가 참가하더라도 1위를 차지하기는 힘든 싸움이 되겠지요."

"난 꼴찌가 아닌 것만으로도 충분하다고 생각해."

"호리키타 씨와 류엔 군, 그 유리 같은 관계성에 금이 가게 만드는 것쯤이야 식은 죽 먹기예요. 당일이 되어 필사적으로 연대를 유지하려고 할 때 옆을 확 치고 들어가야지요."

절대적 자신감을 내비치는 사카야나기에게 신뢰를 보내는 하시모토와 카무로.

지금까지도 수없이 높은 성과를 내왔다.

"일단 안심이 된달까. 그나저나 빨리도 정보를 입수했군, 공주님. 설마 그 다리로 한 건 아니겠지?"

평소 정보 수집은 하시모토와 카무로에게 시킬 때가 많다.

하지만 이번에 두 사람은 지금 처음 듣는 이야기여서 하시모토가 의아하다는 듯 물었다.

"이래 봬도 A반 대표를 맡고 있으니까요. 1학년 중에도 아는 사람이 늘어났고요."

당황하지 않고, 위기를 오히려 즐긴다는 투로 사카야나기가 부드럽게 미소 지었다.

2

드디어 10월에 접어들어 체육대회도 코앞까지 다가온 방과 후 케야키 몰.

케이와의 데이트를 위해 나는 이곳을 찾았다.

3학년들의 압박감이 느껴지는 시선은 여전했지만, 케이는 자신까지 휘말렸음에도 불구하고 전혀 개의치 않았다.

『이제 적응됐어.』그렇게 말한 게 그냥 한 소리가 아니었나 보다.

오늘은 케이가 몇 군데 가고 싶은 가게가 있다고 했는데, 우선 전자제품점부터 들렀다.

"뭐 사려고?"

"응? 딱히 없는데? 아, 내가 사고 싶은 건 없고, 오늘은 나 때문에 온 것도 아니야."

자신을 위해서가 아니라는 말은 그 반대. 그러니까 누군가를 위해 왔다는 뜻.

"이제 곧 키요타카의 생일이잖아? 깜짝 선물을 해줄까도 생각했지만, 본인이 원하는 선물을 주는 게 좋을 것 같아서."

그러고 보니 곧 내 생일이었나.

"같이 둘러보면서 키요타카가 갖고 싶은 걸 찾아볼까 해서."

"그렇군."

최근 들어 케이가 뭐 갖고 싶은 것이나 뭔가 살 계획이 없는지 계속 물어봤던 게 떠올랐다. 깊이 생각하지 않고 대충 말했었기에, 내가 원하는 걸 직접 찾아 선물하려고 생각한 모양이다.

"프라이빗 포인트를 써야 하는데?"

케이가 돈을 많이 모아뒀을 리는 없다.

"무슨 말이 하고 싶은 건지는 알겠는데 생일 정도는 괜찮잖아. 사양하지 말고 말해."

본인은 뭐든 사줄 생각으로 가득해 보이지만, 그럴 수는 없다.

그렇다고 해서 이 상황에 필요 없다고 말하는 것도 오답임을 잘 알고, 극단적으로 싼 것을 말해봐야 받아들이지 않을 게 뻔하다.

케이의 지갑 사정을 고려해서 골라야 한다.

그런 전개가 요구되고 있다.

"방금 무슨 생각 했는지 다 알겠거든~?"

들러붙을 것만 같은 눈빛으로 빤히 바라보더니 억지로 팔짱을 꼈다.

"키요타카가 갖고 싶은 걸 사는 거야! 알겠어?"

"……그래."

적어도 부담 주지 않으려고 필요도 없는 걸 사는 것만은 안 된다는 뜻이다.

팔짱을 낀 채 걸으면서 케이가 내 팔에 뺨을 갖다 댔다.

"에헤헤. 행복해."

그렇게 말하더니 감은 팔에 힘을 실었다.

"나 이제 키요타카에게 숨기는 거 하나도 없어. 전부, 전부, 키요타카한테 다 말했어. 아빠 엄마보다 더 소중한 존재가 생기다니, 정말 생각도 못 해본 일이야."

얼굴을 붉히면서도 몹시 행복하다는 표정을 지었다.

"키요타카도 나한테 숨기는 거 있으면 안 돼."

"응."

숨기는 것. 무엇을 말하는 걸까.

내 가족에 대해. 화이트 룸에 대해. 학교에서 하려는 일에 대해.

친구 관계, 연애 사정.

만약 이 중에 하나라도 해당하는 게 있다면 그게 바로 숨기는 것이겠지. 그러니까 달리 말하면 나는 케이에게 그 어떤 진실도 알려 주지 않은 셈이다.

"아——."

이것도 아니다 저것도 아니다 하고 상품에 관해 얘기하면서 가게를 구경하다가, 혼자 가게에 들어 온 사토와 딱 마주쳤다.

만나자마자 사토의 눈이 나와 케이의 팔짱에 쏠렸다.

"러, 러브러브네. 바, 방해해서 미안~."

"앗, 잠, 잠깐만?!"

케이가 붙잡으려는데 얼른 달려 나가버린 사토.

"……으아……."

망했다, 하고 케이가 이마에 손을 얹었다.

"아직도 사토를 의식하는 거야?"

"그런 건 아니지만, 그래도 마음이 편하지는 않네……."

"그럼 앞으로 밖에서 팔짱 끼는 건 자제하는 수밖에."

"그건 싫어."

친구에게 미안해하면서도 그걸 양보할 생각은 없는 모양이다.

"어라? 여어, 아야노코지!"

밥솥과 전기 포트 코너를 돌다가 이번에는 이시자키, 알베르트를 맞닥뜨렸다.

순간 팔짱을 끼고 있던 케이의 팔에 힘이 살짝 실리는

게 느껴졌다.

"카루이자와랑 데이트 중이냐. 심지어 팔짱까지 끼고……
리얼충이구만……."

이시자키가 부러운 듯한 시선을 보내왔는데, 그보다도
옆에 서 있는 알베르트의 손에 신경이 쏠렸다. 그는 큼직
한 전기 포트 제품을 들고 있었다.

알베르트의 덩치가 커서 그 정도로 커 보이지 않는 게
신기하지만.

"아아, 이거? 이번 달 20일에 류엔 씨 생일이거든. 그래
서 선물 고르는 중이었어."

"뭐? 20일이라니…… 생일이 같잖아?"

깜짝 놀란 케이가 살짝 경계하며 나를 올려다보았다.

"나도 처음 들었어."

"또 누구 생일이냐?"

이시자키가 아무 생각 없이 카루이자와에게 시선을 던
지자, 케이가 노려보며 살짝 내 뒤로 몸을 감췄다.

"뭐야, 알려주지──."

그 순간 알베르트가 이시자키의 어깨에 슬쩍 손을 얹었다.

그제야 카루이자와가 경계하는 이유를 짐작한 듯했다.

"……아, 그런, 건가……."

아차. 그렇게 중얼거리는 소리가 들렸다.

아무리 류엔의 지시였다지만, 어쨌든 이시자키는 케이
를 옥상으로 불러내 괴롭히는 행위에 가담했었다.

그런 이시자키를 케이가 좋게 생각하지 않는 것은 당연했다.

둔감한 자신에게 화가 났을까. 혀를 차더니 주먹으로 자기 머리를 때렸다.

"미안했어……, 먼저 사과했어야 했는데……. 나, 옥상에서 너를──."

"여기서 그 얘기 꺼내지 마."

사과하려고 하는 이시자키였는데, 여전히 배려가 부족한 것도 사실이다.

이곳은 케야키 몰. 언제 아는 사람이 나타나도 이상하지 않은 곳이다.

이런 데서 옥상 사건을 꺼내 봐야 케이는 좋아하지 않겠지.

이대로 두 사람이 지나가기만 하면 일단 문제는 해결되는데, 앞으로도 나와 케이의 관계가 계속되는 한 이런 식으로 이시자키와 얽힐 기회도 적지 않겠지.

"장소를 바꿀까."

사람들이 많이 오고 가는 케야키 몰이라도 사각지대는 적지 않다.

케이는 불만스러워하면서도 끼어들지 않고, 내 팔을 붙잡은 채 따라왔다.

알베르트도 일단 상품을 진열대에 도로 내려놓고 이시자키와 함께했다.

자신들도 미안한 마음이 컸기에 사과하고 싶은 것이다.

가게에서 먼 비상구 근처까지 가면, 사람들 눈에 우리의 모습은 보일지 몰라도 말소리까지 들리지는 않을 만큼의 거리를 유지할 수 있다.

설령 아는 사람이 나타나도 거기서 말을 끊으면 문제없을 위치.

"정말 미안했다! 여태 사과도 안 하고, 진짜 미안!"

"……됐어. 사과해도 곤란하다고. 오히려 괜히 더 열받는데."

"어……?"

"너희는 키요타카한테 혼쭐이 났지. 져서 어쩔 수 없이 사과하는 것뿐 아니야?"

"아, 아니 그건──."

"만약 옥상에서 키요타카가 도와주지 않았다면…… 혹은 너희한테 졌다면 이렇게 나한테 사과했을까? 내 말이 틀렸어? 한마디로 민폐라는 얘기야."

무서운 표정으로 케이가 민폐라고 딱 잘라 말했는데, 과연 일리가 있었다.

지금이야 나도 이시자키와 알베르트와 잘 지내고 있지만, 그것도 다 옥상 일이 있었기 때문이다. 케이가 말하는 IF가 정말이라도 전혀 이상하지 않다.

"비난받아도 싸다고 생각하지만, 그래도……."

"딱히 비난하는 건 아니야. 강한 사람이 높은 건 당연해.

나도 밑에 있는 게 싫어서 기어코 위로 올라가 고압적으로 굴었으니까. 그렇잖아?"

정도의 차이야 있지만, 케이와 이시자키의 본질은 같다. 강자 앞에서는 굴복하라, 그런 가치관이다.

"네가 하고 싶은 말이 뭔지는 알겠어. 하지만 나도 이시자키를 대하면서 조금이나마 알게 된 게 있어. 분명 그때의 이시자키로부터 좋은 방향으로 성장했다는 거야."

"좋은 방향이란 게 뭐야. 내 눈에는 하나도 안 변한 것 같은데?"

"이건 어디까지나 내가 그렇게 느낀 것뿐이지만 만약 지금 류엔이 케이에게 한 짓을 다른 누군가에게 또 저지르려고 한다면 이시자키는 쉽게 따르지 않을 거야."

"그래? 아무리 봐도 류엔한테는 반항 못 할 것 같지만."

정곡을 찔렀겠지. 이시자키가 말끝을 흐렸다.

차마 대답하지 못하고, 분한지 손바닥으로 자기 무릎을 세게 때렸다.

그 모습을 본 케이가 한숨을 내쉬었다.

"이제 됐어. 어쨌든 지금은 키요타카의 친구잖아? 용서는 못 하지만 더는 원망하지 않을게."

"저, 정말?"

"그렇다고 말했잖아. 이제 끝, 됐지?"

"으, 응응!"

기뻐하며 고개를 드는 이시자키.

"으음…… 그래서 말인데. 아까는 누구 생일을 말하는 거였어?"

다시 케이에게 묻는 이시자키. 아직 미덥지 않아 하면서도 케이는 검지로 나를 가리켰다.

"뭐? 진짜? 아야노코지도 10월 20일이라고?!"

믿어지지 않는지 이시자키가 깜짝 놀랐다.

"운명 아닌가?!"

"뭐가 운명이야. 학교에 학생이 400명도 넘는데, 생일이 같은 사람이 있을 수도 있지."

"하지만 하필이면 그게 아야노코지와 류엔 씨인 건 좀 굉장하지 않아?"

단순한 우연일 뿐인데 기뻐했다. 케이 말처럼 그리 이상한 일도 아니건만, 무슨 영문인지 알베르트마저 약간 기뻐 보였다.

"우리는 이만 가게로 돌아가도 될까?"

"아! 그렇지! 잠깐만!"

목소리가 시끄러웠는지 케이가 짜증 내며 손으로 귀를 막았다.

"제안이 있는데. 괜찮으면 20일에 두 사람의 생일을 같이 축하해주는 거 어때? 류엔 씨랑 아야노코지의 더블 생일 파티, 최고지?"

아니, 그 제안을 들은 순간, 최고라는 생각은 안 들었는데…….

상상해보려고 해도 그림이 잘 그려지지 않는다.

"사과하겠다면 그래도 되지만?"

"뭐?"

"그 애가, 류엔이 나한테 고개 숙여 사과한다면 받아줄 수도 있다는 뜻이야."

거절할 구실로 안성맞춤인 대답이로군.

입을 쩍 벌리던 이시자키는 그 후 그것이 얼마나 힘든 일인지 깨닫고 표정이 시무룩하게 바뀌었다.

"류엔은 나한테 사과 안 하겠지?"

"어? 뭐, 그럴 일은 절대 없겠지……."

사과하라고 류엔에게 조언하는 것조차도 이시자키로서는 불가능하리라.

이시자키가 굳어 있다가 결심을 굳힌 듯 입을 앙다물었다.

"만약 두 사람이 괜찮다면 내가 한번 말해볼게!"

"하지 마."

그랬다가는 이시자키에게 주먹이 날아가는 제재가 기다리고 있을지도 모른다. 류엔을 잘 아는 같은 학년들이기에 이미지가 쉽게 그려졌다.

"어떻게든 해볼게! 만약 사과한다는 약속을 받아내면 생일파티 하는 거다!"

"뭐…… 정말로 실현 가능하다면 생각해볼 수도 있지만……."

열의가 넘치는 이시자키였는데, 경솔하게 굴었다가 괜히

신세만 망칠 수 있다.

이 이야기는 나도 분명하게 거절해야 할 것이다.

그야 최근 들어 이시자키가 자기 의사를 강하게 표현하게 된 것은 사실이다. 또 만장일치 특별시험에서 퇴학자가 나오지 않았듯, 류엔에게도 어떤 생각의 변화가 일어나기 시작한 것도 분명하고.

하지만 그것을 본능, 본심이라고 해석하기는 어렵다.

바뀌려고 해도 사람은 그리 쉽게 바뀌지 않는 법이다.

류엔은 변하려고 하는 것이 아니라 스스로 진화하려 하고 있다.

지금까지는 악만을 무기로 사용했던 남자가 선도 쓰기 시작한 것뿐.

동전의 양면을 자유자재로 컨트롤하기 시작했다.

"하지 말래도."

케이가 말렸지만, 이시자키의 결심은 흔들리지 않았다.

"만약 류엔 씨가 사과하겠다고 하면 받아들이는 거지?"

"하지만―."

"알았어! 그리고 플러스로 나도 다시 정식으로 미안한 마음을 표시할게. 류엔 씨에게 줄 선물 이상으로 신경 써서 준비할 테니까!"

열량이 높은 이시자키에게 졌는지, 알았다면서 마지못해 받아들이는 케이.

"예스, 결정된 거야! 그럼 일단 류엔 씨의 생일 선물부터 고르러 가자고!"

고개를 끄덕인 알베르트와 함께 이시자키는 먼저 전자
제품점으로 돌아갔다.

아무래도 우리와 같이 갈 수 없다는 것쯤은 이해한 모양
이다.

"왜 이시자키의 제안을 받아들인 거야? 딱 잘라 거절할
줄 알았는데."

솔직한 마음을 듣고 사과를 받아주기는 했지만, 설마 생
일에 이시자키와 만나는 선택지까지 고를 줄은 몰랐다.

"물론 나야 키요타카와 단둘이 생일을 보내는 게 좋지
만······."

"류엔이 사과할 가능성에 걸어본 거야?"

"무리지, 그건. 그런 게 아니라······."

케이가 뒤돌아보더니, 즐겁다는 듯 알베르트와 대화를
나누는 이시자키의 뒷모습을 바라보았다.

"이시자키가 너를 친구로서 좋아하는 마음이 느껴졌거든.
키요타카한테도 친구는 필요하고."

아야노코지 그룹의 와해를 가리키는 말인 걸 바로 알았다.

내가 눈치챘다는 것을 알아차린 케이가 얼굴을 붉히며
시선을 피했다.

"그리고, 이시자키가 나한테 정식으로 사과하고 싶다 하
니까. 받아줘도 되지 않을까 생각했을 뿐이야."

솔직하지 않은 구석이 너무나 케이답다.

다만, 역시 실현은 어렵겠지.

이시자키의 제안은 절반만 기억해두는 편이 좋으리라.

이렇게 해서 체육대회 전까지의 나날이 지나갔다.

3

전자제품점에서 먼저 뛰쳐나간 사토는 여자 화장실 앞에서 숨을 골랐다.

"아~ 내가 왜 도망친 거야."

소중한 친구가 가장 좋아하는 사람과 사귄다. 그건 별로 나쁜 일이 아니다.

알고 있으면서도 막상 두 사람이 팔짱 끼고 있는 모습을 보니 뭐라고 설명할 수 없는 충동에 휩싸이고 말았다.

그대로 그 자리에 계속 있었다면 자신이 어떤 태도를 보였을지 알 수 없었다.

그런 생각에 돌발적으로 뛰쳐나오고 말았는데, 지금은 그 행동에 강한 죄책감을 느꼈다.

사토는 그 자리에 주저앉아 무릎을 감쌌다.

"다음부터는 당황하지 말자……."

이러니까 케이 짱이 교실에서도 아야노코지와 거리를 유지하는 것이다, 분명. 사실은 훨씬 더 많이 붙어 있고 싶을 텐데.

그렇게 생각한 후 일어서려는 사토에게 그림자가 드리워졌다.

"갑작스럽겠지만 실례할게요. 사토 마야 선배 맞죠?"

낯선 학생이 말을 걸어서 순간 당황한 사토.

"그렇기는 한데…… 그, 누구? 1학년, 맞지?"

"제가 누구인지는 지금 중요하지 않아요. 실은 사토 선배에게 급하게 전할 이야기가 있어서요. 괜찮으시면 시간 좀 내주시겠어요?"

"어? 무슨 일이야?"

모르는 후배가 갑자기 할 얘기가 있다고 하니 혼란스러웠다.

아직 아야노코지와 카루이자와가 밀착한 모습을 뇌리에서 지우지 못해 마음이 진정되지 않았다.

"아야노코지 선배에 관한 정보예요."

하지만 그 말을 듣고 사토의 움직임이 멈추었다.

"……아야노코지?"

"네. 그 선배 그리고 여자친구인 카루이자와 선배에 관한 일이에요."

지금 마침 자신의 머릿속 90% 넘게 지배하고 있는 두 사람의 이름이 나오자 사토도 무심코 시선을 돌렸다.

점점 거리가 좁혀지자, 사토는 조금 긴장했다.

"어디 둘만 있을 수 있는 곳에 가서 천천히 얘기를 나눌 수 있을까요?"

"그건……."

1학년이 가벼운 몸놀림으로 사토의 귀에 입술이 닿을 만큼 가까운 거리까지 다가왔다.

"만약 카루이자와 선배가 퇴학당하면── 사토 선배에게도 기회가 찾아오지 않을까요?"

자신의 가장 친한 친구인 카루이자와 그리고 마음에 품은 남자 아야노코지.

그 두 사람의 관계 그리고 자신의 처지를 바꿀 기회라고 얘기하고 있었다.

여러 가지 감정이 올라왔다.

"무, 무슨 소리를 하는 거야?"

"이야기를 들을지 말지는 사토 선배의 판단에 맡길게요. 하지만 듣지 않으면 분명 앞으로 후회하게 될 거예요. 남들 눈에 띄는 게 싫으면 기숙사의 제 방에 가도 상관없어요."

방 번호를 말하고 만족했는지 1학년은 이만 뒤돌아 떠났다.

그 자리에 혼자 남겨진 사토는 이 상황이 받아들여지지 않아 혼란스럽기만 했다.

하지만 딱 하나, 잊지 못할 한마디.

『자신에게도 기회가 찾아올 수 있다.』

아야노코지와 사귈 가능성을 암시하는 말.

가슴이 조여오면서도 동시에 알고 싶지 않은 감정이 스멀스멀 기어 올라왔다.

"나는——."

4

일부 과제를 남겨두고서도, 반은 체육대회에 열심히 대비하고 있었다.

류엔과의 공조에 반대하는 학생도 있었지만, 막상 뚜껑을 열고 연습을 시작하니 큰 갈등 없이 단체전 연습도 원활하게 진행되었다. 처음에는 부정적이던 학생들도 이기기 위해 협력을 아끼지 않게 되었고 밤낮으로 연습에 매진했다.

그리고 드디어 체육대회 전날 밤이 되었다.

밤 9시 반이 되었을 때 나는 호리키타에게 전화를 걸었다.

『꽤 늦은 시간에 전화했네. 이제 자려던 참이었어.』

귓가에 드라이기 소리가 들려왔다.

"체육대회에 관한 중요한 이야기가 있어서."

『네가 먼저 중요한 이야기를? 진지하게 듣는 게 좋겠네.』

그렇게 말하고는 곧바로 전원을 껐는지 조용해졌다.

『아, 그전에 나도 얘기할 게 있어. 사카야나기, 여전히 내일 체육대회에 참가하려는 것 같던데? 네가 막겠다고 하지 않았어?』

"그것과도 관련된 얘기야. 내일 체육대회 때 나는 결석하려고 해."

『……결석? 잠깐만, 그게 무슨 소리야?』

갑작스러운 보고에 전화기 너머로 당황하는 모습이 눈에 선하게 그려졌다.

꽈당, 하는 소리와 함께 비명이 살짝 들렸다.

"괜찮아?"

『미안, 드라이기를 떨어트려서…….』

스마트폰을 어딘가에 두는 소리가 들렸다. 허둥지둥 드라이기를 줍는 모양이었다.

『결석이라니 무슨 소리야? 어디 아픈 건 아니지?』

일단 목소리는 생생하게 들릴 테니 당황스러운 것도 무리는 아니다.

"그래, 건강 상태는 문제없어. 오히려 평소보다도 좋을 정도야."

『그럼 왜? 결석하면 기본 점수 10점을 잃는데? 아무리 네가 이겨서 점수 따는 걸 계산하지 않았다지만, 이 10점을 잃는 건 타격이 있어.』

반의 인원이 38명으로 적은 편이니, 불평하고 싶은 심정도 이해한다.

"10점을 무시하는 건 아니야. 하지만 이게 내 전략이야."

『네 전략……?』

물론 아버지 쪽 자객이 내빈으로 섞여 들어온다거나 하는 문제 때문은 아니다.

나는 지금까지 말하지 않았던 것을 여기서 언급했다.

"A반을 최하위로 만드는 데 있어서, 피해서는 먹히지 않을 사카야나기 공략의 실마리로 이어지는 거야."

『……사카야나기 공략 말이지.』

"말했잖아. 사카야나기를 체육대회에 참가하지 않게 할 방법이 있다고."

『왜 네 결석이 사카야나기 공략으로 이어지는 건지 잘 모르겠는데…….』

호리키타는 이유를 물어보려다가 바로 생각을 정리했다.

『네가 무슨 생각을 하는지 지금의 나는 이해할 수 없겠지. 그리고 설득해봐야 체육대회에 빠지겠다는 생각은 달라지지 않겠지?』

"그래. 내일 아침에 일어나면 몸이 안 좋다고 학교에 연락할 거야."

『그럼 지금은 너를 믿는 것 이외에 다른 선택지는 없을 것 같네.』

황당해하면서도 호리키타는 받아들였다.

『일단 개인 목표로 1위를 최소 세 개 차지할 계획이었는데, 이렇게 되면 10점을 더 추가로 모아야겠구나.』

"잘 부탁한다."

통화를 마친 나는 스마트폰을 충전기에 꽂았다.

잠자리에 들려고 했을 호리키타는 점수 계산을 새로 하는 등의 일로 잠이 확 달아나고 말았겠지.

조금 미안한 짓을 했지만, 필요 경비로 여겨 주기를.

또 한 통, 전화해둬야 할 사람이 있다.

그에게 필요 사항을 전달하고 나면 모든 준비는 끝난다.

○두 번째 체육대회

아침. 운동장에 모인 전교생들을, 나는 교직원 측에 서서 지켜보았다. 설치된 단상 위에 나구모 학생회장이 올라 개회사를 하고 있었다. 그 모습을 지켜보고 있는 사람들은 초대받아 온 외부 손님들. 수십 명으로 그렇게까지 많지는 않은 숫자였다. 그래도 낯선 외부인들 때문에 학생들은 어딘지 불안해 보였다. 침착을 잃은 채 체육대회 무대에 몸을 던지려 하고 있었다.

학생회로부터 내빈이 있을 것이라는 이야기를 미리 듣긴 했지만, 그래도 예상했던 것보다 인원이 많아 부담스럽다. 이 학교의 설립과 관련된 정계 등의 관계자들. 텔레비전에서 본 적 있는 정치인은 없어도 그리 멀지 않은 인물들임은 틀림없다. 다들 정장을 입고, 굳은 표정으로 지켜보고 있었다. 마치 죄인을 감시하는 것 같다. 그런 분위기 속에서도 나구모 학생회장은 눈 하나 깜빡하지 않고 당당하게 개회사를 이어나갔다. 오빠가 학생들 앞에서 보여주었던 멋진 모습과도 견줄 수 있을 만큼, 자신이 맡은 역할을 잘 해내고 있다. 학생회장의 인사가 끝나고 학생들이 박수를 보내자 선생님들이 배통을 이어받아 체육대회의 주의 사항 등을 다시 한번 전달했다. 그리고 개회 시각을 맞이했다.

이제부터 학생들은 자유롭게 행동할 수 있다. 규칙만 잘 지키면 등록한 경기에 나가도 좋고, 2점이 들긴 하지만 대전 상대를 보고 불리하다는 판단이 들면 바로 기권하고 다른 경기에 출전해도 된다. 그리고 모든 경기를 마치고 더는 참가할 예정이 없는 학생들은 지정된 구역에 가서 응원하는 것이 의무임을 잊어서는 안 된다. 아무 상관도 없는 장소에서 잡담하거나 휴식을 취하는 등 농땡이 치는 모습을 보였다가는 참가 자격을 박탈당하는 것도 모자라 기본 점수까지 빼앗기고 만다.

　한편 협력 관계를 맺은 류엔의 반과는 개인전에서 최대한 상대하지 않도록 분산하고, 단체전은 각자 반에서 이길 수 있는 학생을 균등한 숫자로 아낌없이 선발해서 이기든 지든 두 반이 똑같은 점수를 받는 구조를 채택했다.

　그리고 아무리 우수한 학생이 있다고 해도 참가할 수 있는 단체전의 상한을 정해두었다.

　이는 스도와 야마다 알베르트처럼 뛰어난 인재만 장시간 구속하지 않도록 하는 조치로, 한 사람당 최대 단체전 세 종목까지 나갈 수 있게 했다. 이상의 결정은 『사전 등록 가능한 종목』에 한정한다는 것도 계약에 명시했다.

　체육대회 당일에 이걸 협력해라 저걸 협력해라 하면서 옥신각신하는 것은 난센스니까. 또 이치노세와 사카야나기 반의 학생과는 일절 손잡으면 안 된다, 뭐 그런 엄격한 규칙도 만들지는 않았다. 잘 이용할 수 있는 경기가 있다면 상황에 따라 한 팀이 되는 것도 인정된다.

문제가 일어나지 않게 몇 번이나 카츠라기와 조정했으니까 걱정은 없다.

개막 처음에는 예약한 경기가 다수여서 별로 걱정은 되지 않지만, 그래도 반 아이들과 한 시간마다 논의해서 문제가 생기지 않았는지 수시로 확인하며 세세하게 조정해 나가는 것도 잊어서는 안 된다.

내가 처음에 출전하는 종목은 100m 달리기. 체육대회가 시작하고 15분 후에 시작해서 서두를 필요는 없지만, 일찍 도착해서 참가자들을 미리 확인해두고 싶─.

"자, 호리키타! 나랑 승부를 겨루자!"

저마다 흩어지며 자유의 몸이 된 직후, 전속력으로 내게 다가온 사람은 이부키였다.

숨을 헐떡거리며 나를 노려보았다.

"너 바보니?"

"뭐?! 대뜸 뭐라는 거야? 나한테 지는 게 무섭냐? 그런 거야?"

"아니."

1초 만에 부인했다.

"넌 이제부터 무슨 경기에 나가는데? 호흡을 가다듬은 다음에 대답해."

"……뭐? 그야 당연히 100m 달리기지. 너랑 정한 건데 까먹을 리가 있냐고."

"그래, 100m 달리기. 그리고 첫 레이스에 등록하기. 그렇게 정했지. 다시 말해서 이제 곧 달리게 될 거야. 그런데 시작하기도 전부터 전속력으로 질주해서 어쩌려는 거야? 대결은 성사됐으니 정해진 장소에 가서 대기해야 한다는 건 굳이 설명할 것까지도 없는데."

그제야 자신의 상황을 이해하고는 망했다, 하고 말을 흘렸다.

"아, 아무튼 승부야!"

"안심해. 네가 그렇게 말 안 해도 할 거니까."

이부키는 쉬운 상대가 아니다. 작년 100m 달리기 때는 근소한 차이로 이겼었다.

원래라면 피하고 싶은 상대지만, 너한테는 고마운 것도 있으니까.

이부키의 도움이 없었더라면 쿠시다는 아직도 학교에 나오지 않고 있을지도 모르니까. 하지만 져줄 수는 없다. 너도 그걸 바라지는 않을 테니, 정정당당하게 이겨줄게. 이부키는 나와 나란히 걷는 게 싫은지 약간 거리를 두었고, 그렇게 우리는 첫 경기에 등록하러 갔다. 기분 좋은 긴장감이 올라가고 있었다.

우선은 2학년 여학생들의 대결. 예약한 상황에 큰 변화는 없었고, 라이벌이 될 듯한 사람은 이부키뿐이었다. 하지만 행운으로 받아들이는 것은 어리석은 생각이다. 내가 편한 대결을 한다는 건 다시 말해 다른 경기에서 누군가는 강적과 싸워야 한다는 뜻이니까.

1

개회식 직후에 치러진 100m 달리기. 이부키와의 첫 번째 대결 종목. 결과는 나의 진땀승. 기묘하게도 작년과 거의 똑같이 근소한 차이로 이룬 승리였다. 골인 지점을 통과한 이부키는 분하다는 듯 땅을 박찼고, 승부를 펼치기 직전에 전력 질주한 탓이라는 변명을 늘어놓았다.

그녀와의 다음 대결은 네 번째 종목인 멀리 뛰기. 그 사이의 두 종목은 개별 싸움이었다.

두 번째 종목은 허들 경주로 1위, 세 번째 종목은 단체전인 줄다리기로 3위에 입상했다.

여기까지 내가 개인적으로 획득한 점수는 시작할 때의 5점과 개인전 1위 두 번으로 10점, 단체전에서 3위를 차지한 줄다리기로 3점, 참가상 3점까지 총 21점. 상위에 올라있다고 말해도 되리라.

그리고 오전 10시가 지났을 무렵 이부키와의 2회전, 멀리 뛰기가 시작되었다.

지금 막 나의 첫 번째 시도가 끝났다.

내 기록은 5m 79cm.

나쁘지 않다. 실수가 용납되지 않는 상황에서 거의 개인

최고 기록이 나왔다. 나보다 세 번째 뒤 순서인 이부키는 기록을 확인하며 호흡을 가다듬었다. 남은 선수는 세 명. 나는 잠정 1위로 이 경기에서의 점수 획득이 성큼 다가온 상태였다.

"스즈네! 찾았다!"

다음 주자를 지켜보고 있는데 뒤에서 나를 부르는 소리가 들렸다.

뒤돌아보니 스도가 달려오고 있었고, 그 뒤에서 오노데라가 걸어왔다.

이번 체육대회에서 포인트 게터로 큰 기대를 모으고 있는 콤비다.

"잘 되고 있나 봐."

"스도는 개막한 뒤로 3연승이야. 심지어 다 여유로웠다고, 역시."

"뭐, 그렇지. 그러는 오노데라도 두 경기에 나가서 다 1위를 차지했잖아. 안 그래?"

"나야 운도 좀 작용했지만."

수영에 적수가 없는 오노데라는 육상에서도 재능을 여지없이 발휘했다.

"입학 초기에는 그렇게까지 빠른 인상이 없었는데. 언제 각성한 거야?"

늘 체육 수업 때 그녀를 봐왔던 만큼 궁금했다.

"달리는 건 썩 좋아하지 않고 수영 말고는 흥미도 없어서 그동안 대충 뛰었달까."

"장거리는 절대 안 한다고 했지?"

"완전 지치기만 하고, 그렇게 오래 달릴 수도 없고 좋을 게 없으니까."

파트너로 결정된 이후로 매일같이 함께 연습했나 본데, 상상했던 것보다 꽤 자연스러운 조합이 된 듯하다.

"단지, 사실은 말이야. 가능하다면 코엔지랑 붙어보고 싶었거든. 그 녀석도 세 종목 참가해서 다 1위하고, 아직 더 연승을 할 수 있을 것 같단 말이지."

"그건 안 돼. 같은 반끼리 대결하는 건 좋은 생각이 아니야. 너도 잘 알잖아?"

스도도 코엔지도 충분히 1위를 차지할 수 있는 능력이 있다.

같은 레이스에서 겨뤄보고 싶은 마음도 이해하지만, 지금은 반을 우선해야 한다.

"아, 알지. 농담한 거야."

"걱정하지 마. 내가 지켜보고 있으니까 안심해."

"그래. 오노데라한테 맡겼으니, 괜한 걱정을 할 필요가 없네."

"나는 못 믿냐⋯⋯."

불만스러워 보였지만 내가 똑바로 보니 마음이 불편한지 곧바로 시선을 회피했다.

"이제 너희는 페어 경기에 연속 출전할 예정이지? 힘내."

"그래. 연승 기록을 쭉쭉 늘려갈게."

민음직스러운 말이다. 그때, 마지막 주자가 출발선에 섰다.

나는 일단 이야기를 중단하고 이부키 쪽을 쳐다보았다.

"우리가 방해되면 안 되니까. 다음 경기나 정찰하러 가자."

"그래. 그럼 또 봐, 호리키타."

"응."

그들을 곁눈질로 가볍게 배웅하면서, 달리기 시작하는 이부키를 바라보았다.

그녀의 실력이 나와 비슷하다는 사실은 잘 알고 있다.

즉, 내 기록을 넘을 가능성도 다분하다.

실패하길 바라는 마음과 전력을 다하는 그녀와 멋진 승부를 펼쳐보고 싶다는 마음이 마구 요동쳤다.

강한 부담을 안고 있을 그녀의 몸놀림은 기민하고 우아했다.

땅을 박차고 도약한 그녀가 앞으로 고꾸라졌다.

얼굴에 흙을 뒤집어쓰면서도 그 눈은 바로 기록을 확인했다. 5m 81cm. 고작 2cm, 그러나 2cm나 모자란 나의 패배가 확정되었다.

"이겼다─!"

승리의 브이를 그리며 아이처럼 뛸 듯이 기뻐하는 이부키. 물러설 곳 없는 1패의 상황에서 멋지게 도약했다.

"봤지?! 나의 승리! 너의 패배!"

집요하게 굴 정도로 기쁜 건 알겠는데, 아무리 그래도 이번엔 좀 열받네.

"역시 공기 저항이 적은 만큼 네가 유리했나 봐……."

나와 이부키의 실력이 비슷하다면 이 차이는 그 정도밖에……

"뭐? 공기 저항?"

"아무것도 아니야."

"이상한 트집 잡지 말고 순순히 패배를 인정하시지."

"으스대지 마. 이걸로 1승 1패. 상황은 원점으로 돌아갔을 뿐이야."

호들갑 떨지 말라고 주의를 시켜도 이부키는 시종일관 거들먹거리는 얼굴이었다.

나로서는 1위를 놓친 것이 분하지만, 이 정도까지 기뻐하니 어쩔 수 없다고 생각하고…….

"나의 승리! 나의 승리! 나의 승리!"

……역시 그렇게 생각 못 하겠네.

오히려 정신적 스트레스가 확 늘어난 기분이다. 이걸로 1승 1패. 당장이라도 세 번째 대결로 달려가고 싶은 마음이 굴뚝 같지만, 이후에는 배점이 높은 단체전 몇 개가 기다리고 있으니 그녀와의 결착은 오후에 있을 평균대 경기까지 잠시 보류다.

2

아야노코지 없이 시작한 체육대회. 운동장에 전광판이 설치되어 있어서, 어느 반이 어떤 성적을 거뒀는지 수시로 확인할 수 있었다.

처음에는 류엔 반이 학년 1등을 차지했지만 얼마 지나지 않아 우리 B반이 1위가 된 이후부터는 그 순위를 굳건히 지키고 있다. 2위는 D반, 3위는 C반, 4위는 A반으로 이상적인 순위다.

이대로 끝까지 파란 없이 이어진다면 좋겠는데.

다음 경기까지 시간이 조금 남은 나는 응원석으로 자리를 옮겼다.

"고생 많으십니다, 호리키타 선배."

그곳으로 1학년 B반 야가미가 말을 걸며 다가왔다.

"야가미의 반도 꽤 선전 중이던데. 근소한 차이로 2위지?"

"선배는 1위 아니신가요. 작년에 D반으로 시작했다는 게 도저히 믿기지 않습니다."

"그거 칭찬이니? 아니면 약간 비꼬는 거니?"

"설마요. 순수하게 존경합니다. 나구모 학생회장만큼은 아니지만요."

그의 시선의 끝에서 마침 나구모 학생회장이 결승 테이프를 끊고 있었다.

"아까 3학년 선배들이 얘기하시던데, 이걸로 다섯 경기

연속 1위라더라고요."

여학생들의 환호성과 동시에 학생회장에게 시선이 쏠리는 내빈들.

하지만 정작 나구모 학생회장은 무표정으로 자리에서 벗어났고, 말을 거는 여학생들에게 대꾸도 하는 둥 마는 둥 혼자 있고 싶다며 거리를 뒀다.

"그라면 립서비스해 줄 것 같은데, 하나도 기뻐 보이지 않네."

"이기든 지든 A반 졸업은 정해져 있는 듯하니, 의욕이 없는 게 아닐까요?"

하긴 탄탄한 위치에 있는 학생회장에게 있어서 체육대회의 순위는 별로 의미가 없을 터였다. 1위를 노리는 이유는 재학생과 내빈 앞에서 성의 없는 모습을 보일 수 없어서일까.

"학생회장이랑 잠깐 얘기 좀 나누고 올게."

"그래요? 그럼 전 다음 경기가 있어서 이만 실례하겠습니다."

야가미와 가벼운 대화를 나눈 나는 학생회장에게 향했다.

학생회장의 옆에는 이미 3학년 여학생 한 명이 붙어 있었다.

3학년 B반 키류인 선배. 3학년과 이따금 얘기를 나눌 때 소문으로 들은 적 있는 사람이다. 게다가 OAA 상으로 무척 우수한 성적을 남기고 있다는 것 정도는 나도 알고 있었다.

대화에 방해가 되면 안 되기에 일단 눈인사만 하고 기다리기로 했다.

"5연승 축하해, 나구모."

"왜 왔지?"

"그리 매정하게 굴지 않아도 되잖아. 이겼는데 하나도 안 기뻐 보이는 게 마음에 걸려서. 너를 응원하는 사람이 한둘이 아닐 텐데."

"웃기지 마. 그런 시합에 이긴 것 좀 가지고 활약이라고 말할 수 있나?"

"너라면 오합지졸들을 모아놓고 강제로 1위를 빼앗는 것도 가능하겠지. 하지만 아까 같이 시합한 애들은 그런 집합이 아니었잖아."

대충하지 않았다고 지적하는 키류인 선배.

"풍문으로 아야노코지가 결석했다고 들었는데. 그게 네 그 뚱한 얼굴의 원인인가?"

아야노코지. 여기서 또 그의 이름이 튀어나오다니.

나구모 학생회장은 단 한 번도 키류인 선배를 쳐다보지 않고 조용히 숨을 토했다.

"그 녀석이라면 내 갈증을 해소해 줄 줄 알았는데 착각이었던 것 같다."

"저런, 가여워라. 나라도 상대해줄까?"

그런 도발로도 들리는 말에 나구모 학생회장이 처음으로

키류인 선배를 흘깃 쳐다보았다.

하지만 기분 나쁘게 웃는 그 얼굴을 보더니 다시 눈을 피했다.

"입에 침이나 발라. 내가 그럴 생각이어도 승부를 받아들이지 않을 거면서. 안 그래?"

"후후후. 들켰나 보네?"

어깨를 으쓱하며 나구모 학생회장에게 가까이 다가간 키류인 선배가 순순히 자백했다.

"앞으로 남은 한 종목에서 내 최소한의 의무를 다하면 끝. 그다음부터는 느긋하게 구경할 생각."

"그러시겠지."

"너도 이제 후배한테 연연할 때가 아니야. 적어도 3학년을 지배하고 A반을 확정 지었잖아. 또 학생회장으로서 쌓은 실적도 있고. 그만하면 충분하지 않아? 얌전히 졸업하는 걸 추천할게."

마치 충고하듯 키류인 선배가 말했다.

"지금 나한테 조언해주는 거야? 무슨 심경의 변화지? 아야노코지랑 엮이기 전까지 보낸 2년보다 그 이후 반년 동안 말한 횟수가 더 많은 것 같은데."

"그럴지도 모르겠네."

"안심해, 키류인. 네가 그렇게 말하지 않아도 아야노코지와의 놀이는 이제 끝났어. 그 녀석은 나와 싸우지 않는 쪽을 선택했어. 그러니 더는 끈질기게 쫓아다녀도 의미가

없지."

"학생회장이랑 대결했다가 지면 아야노코지도 지금까지처럼 새침 떨 수 없잖아. 그러니까 피하고 싶은 마음을 헤아려줘라. 보니까 귀여운 구석도 있던데."

나구모 학생회장과 대결을? 아야노코지가? 그럼 설마 저번에 학생회실로 그를 불러낸 것도 그걸 말하려고? 그가 부탁했던 전언과도 맞아떨어진다.

키류인 선배는 나를 슬쩍 쳐다보긴 했지만, 특별히 아무 말도 남기지 않고 가버렸다.

"오래 기다렸지, 스즈네. 나한테 무슨 일로?"

"아니, 그게 키류인 선배와 같은 질문을 드리려고 했었어요. 나구모 학생회장이 1위 하시는 걸 봤는데, 하나도 기뻐 보이지 않아서. 그리고…… 아야노코지와는 체육대회 때 승부를 겨루기로 약속하셨나 보네요."

"결국 성사되지 못했지만. 녀석은 결석했으니. 그걸로 끝이지."

아야노코지가 결석하는 것은 몸이 안 좋아서가 아니라 사카야나기를 쉽게 만드는 전략이라고 했었다.

그 사실을 나구모 학생회장은 모르는 눈치였지만 쓸데없이 알리지 않는 편이 좋겠다.

"그보다도 점심시간에 잠깐 나 좀 보자. 만날 장소는——."

되는지 안 되는지 물어보지도 않고 말해서 나는 차마 거절하지 못하고 받아들였다.

잠시 후 점심시간이 되자 나는 운동장에서 나눠주는 도시락을 구경했다. 쭉 진열된 메뉴 가운데 원하는 것을 고를 수 있다. 샌드위치 등 가벼운 메뉴에서부터 가츠동 같은 보양식, 체력이 회복될 것 같은 메뉴까지 라인업이 다양했다.

이 학교의 주도면밀함, 철저함이 감탄스러우면서 동시에 질린다.

또, 남기지 않는 것을 전제 조건으로 깔고 여러 개의 메뉴를 고를 수도 있다.

학생 대부분은 하나만 골랐지만, 자세히 관찰해보니 그 중에는 여러 개를 들고 가는 남학생도 드문드문 눈에 띄었다. 덩치가 산만 한 학생이 좋다고 서너 개씩 껴안고 가는 모습도 보였다. 1학년 중에서 본 적 있는 학생인데⋯⋯ 저걸 다 먹고 오후 경기를 치를 생각이라니 이 학교가 아직 쉬워 보이거나 아니면 상당한 대물이거나 둘 중 하나다.

"기다렸지."

가벼운 메뉴 쪽으로 손을 뻗고 있는데, 나구모 학생회장이 말을 걸었다.

"무슨 일이시죠? 회의도 있으니 가능하다면 짧게 부탁드리고 싶어요."

"그래. 내가 알고 싶은 건 아야노코지에 대해서야. 병결 같던데 갑자기 어디가 아픈 거야?"

아까는 지적하지 않았었는데, 아무래도 나구모 학생회

장은 그를 의심하고 있는 듯했다.

"네. 아침에 미안하다면서 결석하겠다고 연락이 왔어요. 한 명만 결석해도 10점을 잃으니까요. 하지만 아프다고 하니까 억지로 강요할 수도 없었죠."

그가 다른 이유로 쉰다는 걸 아는 사람은 나뿐. 당연히 여기서는 그렇게 대답했다.

"정말로 아픈 거면 좋겠군."

"무슨 뜻으로 하는 말씀이세요?"

내 태도를 보고 눈치챘다고 보기는 어렵다.

그런 생각이 드는 이유가 학생회장에게 있는 걸까.

"아까 키류인과 한 얘기 들었을 거 아냐? 창피당하기 싫어서 방에 틀어박힌 걸지도 모른다고."

"네. 아니라고 단언할 수는 없다고 생각해요."

지금은 자극하지 않도록, 무난한 답변을 골랐다.

"너희 학년에 민폐를 끼치게 될지도 모르지."

"그건 또 무슨 의미로 하신 말씀이시죠?"

"달아난 대가는 다른 놈이 치르는 수밖에 없어. 안 그래?"

내 질문에 대답하는 게 아니라 혼잣말처럼 중얼거렸다. 그러더니 이만 가겠다며 손을 흔든 후, 도시락을 골라 유유히 사라졌다.

"대가……? 우리 학년에 민폐? 무슨 뜻이야……. 그나저나──."

정말 여기저기서 그를 높이 평가하고 있네. 나 역시 오늘 체육대회에서 다시금 그에게 탄복했다. 처음에 쉬겠다고 했을 때는 일이 어떻게 될지 조마조마했는데, 막상 뚜껑을 여니까 과연 사카야나기도 오늘 결석했다.

틀림없이 아야노코지가 뭔가 수를 써서 사카야나기를 묶어둔 것이다.

그리고 그 성과는 현재 A반의 점수와 순위를 보면 명확하게 드러난다.

갑자기 지휘관이 현장에 오지 않으면 연대가 제대로 이루어지지 않는 것도 무리가 아니니까.

조금 가엾긴 해도 이 또한 진검승부.

이길 수 있을 때 확실하게 승리를 쌓아두어야 한다.

3

정오의 휴식을 거친 후, 체육대회는 후반전으로 돌입했다. 이미 최소 참가 수인 다섯 종목 경기를 전교생의 절반 이상이 완료했고, 운동 신경에 자신감을 내비치는 학생들은 여섯 번째 종목, 일곱 번째 종목으로 나아갔다. 분 단위로 경기 참가 상황과 참가자를 확인하고 있는 호리키타와 이치노세를 상대로, A반의 마토바와 시미즈가 리더 없이 고군분투하고 있었다.

"다음은 체육관에서 탁구 복식 경기가 있어. 아까 사토

나카한테 보고가 들어왔는데 강해 보이는 라이벌은 없다나 봐. 빈자리는 이제 두 개. 충분히 늦지 않을 가능성이 있어."

"많이 이겨놔서 적어도 꼴찌만은 면하도록 해야지."

사카야나기의 결석은 2학년 A반에 어두운 그림자를 드리웠고 의욕이 떨어진 학생도 많았지만, 반대로 그것이 동기부여로 이어진 학생도 적지 않았다.

이제 10분이 지나면 등록 마감되는 탁구 복식 경기가 다소 만만할 거라는 소식에, 그들은 원래 참가하려던 PK전을 버리고 허둥지둥 이동을 시작했다. 때마침 두 사람의 진행 방향에서 이시자키가 살짝 고개를 숙여 앞을 보지 않고 걸어오고 있었다. 길을 가로막은 형태가 되어버려서 시미즈가 그를 피하려고 오른쪽으로 움직였는데 거의 같은 타이밍에 이시자키도 왼쪽으로 몸을 비켰다.

순간 시미즈가 피하지 못하고 어깨를 부딪치고 말았다.

충격이 생각보다 많이 컸는데, 우연히 부딪쳐서는 일어나지 않을 수준이었다.

일부러 그랬다고 판단한 시미즈가 소리를 지르려는데──.

"야……! 눈 똑바로 뜨고 안 다녀?!"

이시자키가 먼저 화를 냈다.

"너야말로 앞을 보고 걸은 거 맞냐? 다칠 뻔했잖아!"

A반 시미즈와 D반 이시자키가 서로를 잡아먹을 듯 노려보았다.

"앞을 안 본 건 너겠지!"

"뭐? 무슨 피해자인 척하고 있어? ……일부러 부딪친 건 아니겠지?"

"뭐? 누가 봐도 네가 일부러 부딪친 거지. 안 그래?"

시미즈가 마토바에게 도움을 청했다.

"맞아. 너 앞을 제대로 보지도 않았잖아?"

"한눈 안 팔았거든. 둘이서 한 사람을 몰아붙이네. 야비하게."

"뭐가 야비해. 아무리 생각해도 네가 잘못했는데."

"뭐어어? 내가? 너희가 이야기에 푹 빠져서 앞도 제대로 안 본 주제에."

서로에게 계속 책임을 떠넘기기만 했고, 이시자키에게 사과할 생각이 전혀 없어 보여서 시간만 계속 흘러갔다. 마토바는 길을 서두르기 위해, 자신들이 옳다고 확신하면서도 시미즈를 진정시켰다.

"그냥 내버려 두자. 저딴 놈."

"납득이 안 간다고."

"네 심정 잘 알아. 나도 그러니까. 하지만 지금은 우선해야 할 게 있잖아."

"……그렇지."

시미즈의 감정을 헤아려주면서도 경기에 출전해 이겨야 하는 것을 잊지 말라고 못 박았다.

시미즈는 마지못한 얼굴이었지만 고개를 끄덕인 후, 이

시자키를 노려보며 다시 걸음을 떼기 시작했다.

"다음부터는 조심하라고."

"······으으윽."

"뭐야?"

스쳐 지나가려는데, 이시자키가 갑자기 왼쪽 어깨를 누르면서 끙끙 앓았다.

"흥분해서 몰랐는데····· 방금 부딪치면서 다친 것 같아."

순간 무슨 소리인지 이해하지 못한 두 사람은 금세 모든 것을 깨달았다.

역시 이건 이시자키의 시답잖은 덫이었다는 것을.

서로 마주 보며 코웃음 치는 두 사람. 하지만 사태는 그 직후 급변했다.

"뭐가 이렇게 시끄럽냐. 무슨 일이야, 이시자키."

"류엔 씨! 제 말 좀 들어보세요! 이놈들이 저한테 시비를 걸었어요!"

류엔이 마침 근처에 있었던 것이다.

"류엔····· 젠장, 골치 아픈 녀석이 끼어들었네······. 이렇게 뻔한 수법을 쓸 줄이야."

"뭐? 무슨 말이야. 난 시끄러운 소리가 나서 와본 것뿐인데."

"농담 좀 하지 마라. 전과가 있잖아, 너희는."

"전과? 전과라. 하긴 우리한테 비슷한 전과가 있을지도 모르지."

"알긴 아냐?"

"하지만, 전과가 있다고 해도 이번 일과는 전혀 상관이 없지. 애지중지하는 내 동생이 A반의 얍삽한 수법에 당해서 다치기까지 했다면 아주 큰 문제 아닌가?"

"뭐가 귀여운 동생이야? 네가 시킨 거지? 자꾸 이러면 선생님을 부른다……!"

"큭큭. 하긴 곤란할 때는 선생의 힘을 빌리는 수밖에 없 겠지. 아주 훌륭하네. 뭐, 우리가 피해자니까. 철저하게 해 줄 테니 안심해. 그렇지? 이시자키."

"네. 제가 피해자예요."

"뭐가 피해자야. 진지하게 체육대회에 임할 생각도 없는 놈들……. 그럼 선생님 불러도 되는 거지?"

마토바가 어쩔 수 없다고 판단하고 시미즈에게 귓속말을 하더니 어딘가로 달려가게 했다.

잠시 후 교사를 부르러 갔던 시미즈가 탐탁지 않은 표정으로 돌아왔다.

"왜 그래? 선생님은?"

"아니, 그게──."

시미즈가 데려온 것은 교사가 아니라 같은 반 하시모토 마사요시였다.

"혈색을 바꾸고 달려가는 시미즈를 봐서 자초지종을 전해 들었어. 경솔하게 선생님을 불렀다가는 일만 커져. 시시비 비를 가리다가 경기도 출전 못 하게 될 가능성도 있다고."

"하지만!"

"알아. 하지만 일을 키우는 거야말로 류엔이 원하는 바야. 그 수에 놀아나지 마."

힘을 빼라고 지시한 하시모토가 시미즈의 어깨에 손을 올렸다.

"내가 한번 얘기해볼게."

"······알았어. 그럼 빨리 좀 부탁할게."

어쩔 수 없이 하시모토에게 사태 수습을 맡긴 마토바는 약간 거리를 두고 지켜보았다.

"원만하게 끝냈으면 좋겠다, 류엔."

상황을 파악한 하시모토가 소란한 분위기 속에서도 차분한 발걸음으로 다가왔다.

"뭐라는 거야? 수작 부린 건 너희 쪽인데. 우린 걸어온 시비를 받아준 것뿐이고."

"알아. 그렇지만 슬슬 물러나 주지 않으면 우리도 곤란해. 우리는 체육대회에서 점수를 모아줄 주력 멤버의 발이 지금 묶이고 있어. 이렇게 말하면 미안하지만, 이시자키야 그저 그런 성적밖에 못 남기잖아. 그렇지?"

누가 봐도 류엔 측이 트집 잡는 것은 분명했다.

그 점을 하시모토가 지적하면서 류엔이 세게 나오지 못하도록 눌렀다.

"사람 무시하지 마라. 이시자키는 오늘을 위해 매일 피나는 노력을 해왔어. 네가 말하는 그, 점수를 모아줄 주력 멤버와 대등하게 싸울 수 있다는 걸 보여주기 위해서 말이야. 그렇지?"

"그럼요."

평소에 놀러 다니기만 하던 이시자키를 몇 번이나 본 하시모토가 황당해했다.

"진짜. 여전히 아슬아슬할 때 치는 놈이네."

제대로 된 대화를 해봐야 계란으로 바위 치기라는 것을 알고 있었지만, 그래도 하시모토는 참을 수 없었는지 머리를 긁었다.

"이걸로 분명해졌네. 이 체육대회에서 진심으로 우리를 끌어내릴 생각이라는 걸 말이야. 1학년 정예들이 기분 나쁘게 계속 달라붙는 것도 다 네가 시킨 거지?"

2학년 A반의 실력자가 출전하는 경기에 딱 맞춰서, 신체 능력이 우수한 1학년이 따라다니고 있다는 것은 일찌감치 눈치채고 있었다. 하지만 알아차린다고 해도 등록을 막을 방법은 없었기 때문에 지금까지는 예상을 밑도는 성과밖에 내지 못했다.

"공주님이 당일 결석한 바람에 우리는 꼴찌를 면하려고 아주 필사적이라. 너까지 적으로 돌리게 되면 승산이 더 없어져. 좋은 게 좋은 거라고, 이번에는 무승부로 치고 끝내자."

"무승부?"

지금까지 비교적 우호적이던 류엔의 태도가 급변하면서

웃음기가 사라졌다.

"A반 사정 따위 내 알 바 아니야. 우리는 D반이라고. 제일 밑에서 기어오르려고 전력을 다하고 있다는 말씀이지. 그걸 방해한 주제에 간단히 화해하고 넘어갈 수 있다고 생각한다면 큰 오산이라고."

금방이라도 덤빌 것만 같자, 지금까지 옅은 미소를 띠고 있던 하시모토의 표정이 순간 얼어붙었다.

"그럼—— 어떻게 하길 바라는데? 일방적으로 사과라도 하라고?"

"잘 알고 있네? 우린 딱히 돈을 바라는 게 아니야. 그저 진심 어린 사과를 받고 싶을 뿐이지. 안 그래? 이시자키."

"그럼요. 팔에 통증도 좀 가셨고, 저는 그거면 충분합니다."

무엇보다 뼈아픈 것은 더 이상의 시간 낭비. 딱히 돈을 요구하는 것이 아님을 확인하자 하시모토는 받아들이기로 했다.

"잠깐 설득해볼 테니까 시간을 좀 줘."

"서둘러. 우리도 다음 경기가 기다리고 있으니."

이미 다툼이 일어난 지 5분 가까이 흘렀다.

지금 당장 사과하고 체육관으로 뛰어가도 아슬아슬하게 등록이 될지 말지 불안한 시간이다.

"들었지? 납득하긴 힘들겠지만, 지금은 그냥 사과하는 게 나아."

"웃기지 마. 네가 어떻게든 해보겠다고 해서 잠자코 들고만 있었는데. 뭐야, 일방적으로 저 자식들이 하라는 대로 사과하라고? 내가 왜 사과하냐."

"그럼 이대로 질 거야? 여기서 오기 부려서 맞서면 자존심만은 지킬 수 있겠지. 하지만 이 일 때문에 5점, 10점 차이로 지면, 넌 납득할 수 있어?

"그, 그건……."

"지금 중요한 건 우리 반이 이기는 거야. 그렇잖아? 우린 그냥 어쩌다가 개똥 밟아서 기분이 더러워진 거야. 그뿐인 거야."

사과 한마디만 하면 바로 경기에 갈 수 있다. 그렇게 설득했다.

"젠장……! 왜 내가……."

시미즈가 짜증을 냈지만, 곧 마음을 가라앉히고는 내키지 않아 하면서도 제안을 받아들였다.

그리고 이시자키에게 사과하기 위해 앞으로 나섰다.

"잠깐, 시미즈. 거기 있는 마토바도 똑같이 잘못했잖아. 내가 한눈팔았다고 단정했었지."

"……마토바."

"알았다고……."

두 사람은 별수 없이 나란히 서서 이시자키에게 살짝 머리를 숙였다.

"우리가 잘못했다. ……됐지?"

곧바로 고개를 들고 자리를 뜨려는데, 이시자키가 붙잡

았다.

"류엔 씨…… 저 조금도 받아들일 수가 없는데, 왜 그런 걸까요?"

"그야 당연하지. 숙이고 싶지도 않은 머리를 억지로 살짝 숙이고, 속으로는 너한테 침을 뱉었겠지. 그러니까 사과받았다는 생각이 안 드는 거지. 성의가 부족하다고."

"제정신이냐, 류엔. 아무리 그래도 더는 우리도 양보 못 해."

마토바와 시미즈를 말린 체면상 하시모토도 이제 한계라고 판단했다.

이제는 교사의 개입 이외에는 방법이 없다고 판단한 하시모토가 교사들이 있는 곳으로 달려갔다.

그리고 1분 남짓 지나서 교사와 함께 돌아왔다.

"도대체 이게 다 무슨 소리냐."

"실은——."

"사과를 받아들일게요."

하시모토가 자초지종을 설명하려는데, 그 직전에 이시자키가 선언했다.

"죄송해요, 류엔 씨. 저 따위를 위해 이런저런 조언을 해 주셨는데, 어깨 좀 부딪친 것 정도로 어른스럽지 못했다고 할까……. 그러니까 아까 이 두 사람이 사과했으니 이만 없던 일로 하고 싶어요. 안 될까요?"

"괜찮지 않을까? 네가 그걸로 납득한다면 당사자도 아닌 내가 뭐라고 할 말은 없지."

여기서 이만 끝내려는 류엔 일행을 보고 교사가 상황을 파악하려고 했다.

대를 위해 소를 희생하겠다고 교사를 데리고 왔던 하시모토도 이 상황이 이해되지 않아 곤혹스러워했다.

이 상황만 본 교사가 결론을 내렸다.

"너희 두 사람이 이시자키에게 부딪혀서 사과했다. 그리고 그 사과를 받아주었다. 그렇게 이해하면 되겠지?"

"그게……!"

문제가 다 해결됐다는 듯한 흐름에 시미즈가 소리치려는데 하시모토가 말렸다.

"그런 것 같네요. 다 해결됐습니다."

"그럼 됐다. 여하튼 체육대회 도중에는 문제가 생기지 않게 주의하도록. 알겠나."

화가 폭발하려는 두 사람에게 하시모토가 이 자리를 얼른 뜨라고 손짓했다.

"선생님이 보실 때 빨리 가. 응?"

몇 번인가 뒤돌아보며 이시자키와 류엔을 노려본 두 사람은 결국 체육관으로 가는 인파에 섞였다. 류엔 일행도 그 타이밍에 해산했다.

이제 아무도 남지 않자 하시모토는 한숨을 푹 내쉬었다.

"이 중인환시(衆人環視)에서 그렇게 나온단 말이지? 정말…… 적으로 돌리고 싶지 않은 상대라니까."

하시모토는 진땀을 흘리면서도 마치 기쁘다는 듯 혼자 웃었다.

4

오후 3시. 이제 한 시간 후면 체육대회가 대단원의 막을 내린다.

우리는 1위를 지켜내면서 최종 국면으로 접어들었다. 2위를 달리고 있는 2학년 D반과의 점수 차이는 고작 17점. 상상 이상으로 끈질기게 따라붙는 것을 보아, 류엔의 보이지 않는 전략이 펼쳐지고 있다고 보는 게 좋을 듯하다. 그래도 우리 2학년들은 특별히 문제가 생기지도 않았고 동맹도 잘 기능하고 있었다.

다만 만약 남은 한 시간 동안 득점하지 못한다면 역전당할 위험도 충분히 있다…….

체육관 한쪽 구석에 선 나는 남은 경기의 규칙과 스케줄을 살펴보았다.

그때 이부키가 짜증을 감추지도 않고 다가와 나를 몰아붙였다.

"대결하자고, 대결!"

"무슨 이상한 소리를 하는 거야? 2승 1패로 내 승리, 그렇게 결과가 나왔잖아?"

"내가 출전 안 했잖아!"

"몰라. 네가 정해진 시간에 안 온 게 잘못 아니니?"

"으……! 시, 시간을 착각해서……."

그렇다. 오후 1시 20분에 선수 등록 마감인 평균대 경기로 운명의 세 번째 대결.

그런데 이부키가 시간에 맞춰오지 못해 경기에 불참하고 말았다.

물론 내 사전에 실수란 없기에, 비록 1위는 놓쳤지만 2위를 차지해 3점을 획득할 수 있었다.

"넌 납득 못 하나 본데, 세상은 그걸 두고 부전패라고 한단다."

"1승 1패야! 아직 승부 안 났다고!"

귀에 대고 계속 시끄럽게 구는 그녀는 물러날 생각이 없는 듯했다.

"내가 출전한 경기는 전부 아홉 종목. 남은 한 종목이 프리하다면 프리한데……."

"그거, 그거! 뭐에 나갈 건지 말해."

"울면서 대결을 부탁하고 싶다면 그에 걸맞은 태도를 보여줘야지."

"으……!"

"상대해주길 바라? 하지 말까?"

"부, 부탁…… 드려요. 대결…… 해, 주세……요……으윽!"

입에서 불을 토할 것만 같이 화나서 몸을 떨면서도 그렇게 부탁하는 이부키.

"이제 만족해?!"

"그래. 기분은 좀 좋아졌네."

상황은 시시각각 변했고, 남은 경기의 빈칸이 점점 채워지고 있었다.

원래 예정대로 갈 것인가, 아니면 더 높은 점수를 노릴 것인가.

"자, 이제 무슨 경기에 나갈 건지 대답해."

"좀 조용히 해줄 수 없을까?"

"무리야!"

바로 대답하고는 쭉 뻗은 손가락을 계속 까딱거리며 도발했다.

상대해주고 싶지 않지만, 무시하면 더 시끄럽게 굴겠지.

"셔틀 런에 참가할까 고민 중이긴 해."

"셔틀 런이라면 탈락할 때까지 계속 왕복해서 달리는 그거?"

"그래. 왕복 오래달리기라고도 하지."

"중학교 때 했던 기억이 있는 것 같기도 하고. 좋네, 최종 대결 종목으로 하자고."

만족한다며 고개를 끄덕이더니 당장이라도 등록하러 달려가려고 했다.

"안 가고 뭐해?"

"참가하려면 해."

"아니, 너도 해야지? 같은 그룹이 아니면 의미 없는데."

"난 검토 중일 뿐이야. 아직 확정지은 게 아니라."

"뭐?"

"솔직히 지금 내가 마지막으로 나가고 싶은 건 배구야."

"배구? 배구는 참가 인원이 여섯 명이잖아? 보니까 즉흥적으로 생각한 것 같고, 지금 멤버를 모으기도 무리 아닌가."

당일에 발표한 경기 중 하나로 전 학년 참가형 남녀별 경기. 실력 좋은 여섯 명이 필요하다는 점이 난관이라고 판단해서 우리 반은 그냥 넘길 방침이었지만, 다른 반도 같은 생각인지 현재까지 배구에 참가하기로 한 팀은 생각보다 약한 인상이었다.

"선수 등록까지 남은 시간 10분인 시점에서 세 팀이나 공석이야. 참가한다는 팀도 딱 봤을 때 강적이 별로 없는 것 같고. 이길 수만 있다면 셔틀 런을 버릴 만한 가치가 있는 경기지. 즉석에서 팀을 꾸릴 수밖에 없는 단체전은 특출난 학생의 실력에 크게 좌우돼. 앞으로 한 명 또는 두 명, 실력 있는 학생이 와준다면 승산도 보이는데."

"그럼 내가 아까 필사적으로 부탁했던 건 어떻게 되는데?"

"유감이지만 단념해야겠지."

아연실색하는 이부키. 또 화낼까 싶었는데 낙담과 포기로 바뀌었다.

사실 자기가 접수 시간을 착각한 것이 잘못이니까.

"……아, 그래. 그럼 대결은 여기까지인가……."

"넌 배구 안 할 거니?"

"너랑 붙으려면 다섯 명이 더 있어야 하는데. 내가 어떻게 모으냐고. 패스."

"친구 없구나."

"지는."

"난 적어도 부르면 와줄 반 애들은 있거든."

"과연? 여하튼 이번에는 승부를 못 가렸지만, 다음을 기약하겠어."

일단 기록상 내 승리인데……. 뭐, 됐다.

"셔틀 런에는 참가 안 할 거니?"

"내가 관심 있는 건 너와의 결착뿐. 굳이 류엔에게 공헌해 줄 생각은 없어."

"그거 잘됐네. 네가 점수를 벌지 않는 한, 우리 반은 승리에 한 발짝 가까워지니까."

괜히 자극하지 않고 이대로 보내는 편이 좋겠어.

그렇게 생각했는데 무슨 영문인지 이부키가 자리를 떠나려고 하지 않았다.

"아직 뭐가 더 남았니?"

"배구 인원이 다 안 차면 셔틀 런에 참가할 거 아니야?"

배구 등록 마감은 2시 20분. 셔틀 런은 2시 25분.

일부러 말 안 한 건데, 이부키가 눈치챘다.

"괜히 말했네. 너도 머리가 돌아가는구나."

"시끄러워. 그래서 좀 더 너한테 붙어 있을 거야."

최악의 경우 배구 인원이 다 모이지 못하면 이부키와 서틀 런으로 대결해야 하는 흐름이다.

뭐, 그것도 나쁘지 않을지도 모르지만.

응원석에 있는 우리 반 여학생들을 둘러보며 쓸 만한 인재를 물색해 보았다. 하지만 그렇게 딱 내가 원하는 학생이 바로 나올 리 없어서, 시간만 재깍재깍 흘러갔다.

어느덧 옆에 있던 이부키가 그 자리에 앉아 하품해댔다.

그냥 포기하고 서틀 런으로 승부를 겨루자. 그런 눈으로 나를 보고 있었다.

"어라~? 호리키타 선배에 이부키 선배가 아니신가요오? 수고가 많으시네요오."

영입 멤버를 찾고 있는데 1학년 아마사와가 아는 체를 했다.

그 순간, 앉아 있던 이부키가 벌떡 일어나 그녀를 무섭게 노려보았다.

"어머나. 표정이 살벌하시네……. 혹시 그날이라거나?"

깐죽거리는 아마사와. 하지만 이부키의 귀에는 그 말이 절반밖에 들어오지 않는 듯했다.

"너, 나갈 거 있으면 한 번 더 붙어줘?"

"그러고 보니까 오늘은 마주친 적이 없네요. 학년이 다르면 대결할 기회가 많이 없으니 어쩔 수 없지만요. 그런데 대결은 안 하는 편이 낫지 않을까요? 질 텐데?"

"얕보지 마라. 나랑 안 마주친 걸 고맙게 생각하라고."

"여전히 세게 나오시네요. 그나저나 두 분, 여기서 뭐 하고 계셨어요? 경기에 출전 안 하면 응원하는 게 의무일 텐데?"

"너도 셔틀 런에 참가해라, 아마사와. 그럼 붙을 수 있 잖아."

"아, 선배들은 셔틀 런 하시려고요? 저는——."

"겨우 찾았네."

말하는 도중에 모습을 드러낸 것은 쿠시다였다. 나에게 볼일이 있나 싶었는데, 쿠시다는 내게는 눈길도 주지 않고 아마사와만 보았다.

"누가 쫓아오나 했더니 쿠시다 선배였네요. 뭐죠? 호리 키타 선배랑 이부키 선배도 같이 있어도 된다고 하면 얘기 들어 드릴게요."

"호리키타——? ……있었구나."

존재 자체를 몰랐을 만큼 아마사와에게 의식을 집중했 던 모양이다.

"아, 미안해요, 쿠시다 선배. 애들이 다 모인 것 같아서 전 이만 가봐야 할 것 같네요."

그렇게 말하며 손가락으로 가리킨 방향에, 같은 학년 나 나세와 처음 보는 여학생 네 명이 있었다.

"배구 때문에 체육관에 온 거라서요. 저, 배구는 처음이 에요~."

아무래도 아마사와는 배구에 출전하려는 모양이었다.

역시 약체들만 있는 상황을 보고 1학년도 움직인 거네.

"그럼 다음에 봬요. 셔틀 런 화이팅~."

멋대로 왔다가 멋대로 이야기를 늘어놓더니 그룹에 합류하러 가버렸다.

"저 녀석, 배구 한다네."

이부키가 그녀의 등을 노려보며 말했다.

"그러게."

"그럼 나도 나갈래. 어차피 너, 멤버 다섯 명 다 못 모을 거 아냐?"

"뭐라고?"

"나도 나가주겠다니까? 너랑 한 팀 먹는 건 질색이지만, 저 재수 없고 건방진 1학년을 눌러줄 기회야."

만약 이부키가 도와준다면 전력으로서는 과분하다.

하지만……

"네 마음대로 정하지 마. 아직 널 팀에 받아들이겠다고 말하지 않았어."

"뭐? 아직 한 명도 못 모아놓고?"

"단체전은 점수가 똑같이 분배돼. 다른 반 학생으로 채우기보다 자기 반끼리 하고 싶은 건 당연하잖아?"

모처럼 내가 점수를 벌어들인다고 해도 이부키는 2위 반.

즉 점수 차이가 전혀 벌어지지 않는 셈이다.

"그딴 거 모르겠고. 난 아마사와의 분하다는 표정만 보면 만족하니까."

"여하튼 다음 멤버가 누구냐에 따라 달라져. 우리 반의 비율이 높아야 하는 건 절대적 조건이고."

"그럼 나도 할까?"

똑같이 아마사와의 등을 응시하던 쿠시다가 시선을 계속 고정한 채 말했다.

"무슨 생각이야, 쿠시다. 네가 마음을 고쳐먹고 협력해 주게 되었다고는, 아직 생각하기 힘든데."

솔직하게 말하자 쿠시다도 부정하지는 않았다.

다만 그녀의 눈동자가 내가 아니라 아마사와에게 꽂혀 있는 것이 마음에 걸렸다.

"1학년 아마사와한테 갚을 게 좀 있어서."

"아마사와한테……?"

"너도?"

"이유를 말할 생각은 없지만, 그 빚을 갚기 위해 힘을 보탤 수 있어."

"그런 거라면 환영이야. 같은 반인데다 전력으로서도 과분해."

적의 적이란 자주 말했던 그것. 생각하지 못한 형태로 아군이 굴러 들어왔다.

"하지만 틀림없는 강적일 거야."

"그렇겠지."

이부키는 벌써 워밍업을 시작하면서 의욕을 활활 불태우고 있었다.

그런 모습을 아마사와가 멀리서 바라보며 재미있다는 듯 웃었다.

아마사와가 얼마나 굉장한지 나와 이부키는 직접 겪어 봐서 알지만, 나머지 사람들은 잘 모른다. OAA 수치만 보면 나나세가 신체 능력이 비교적 높았던 것으로 기억하는데, 다른 사람들은 인상에 없다. A에 가까운 성적인 학생의 이름은 기억하고 있는 만큼 높게 어림잡아도 B 이하라는 것만은 틀림없는데…….

그보다 문제는 아직 세 명이 부족하다는 것이다.

참가 조건을 만족하지도 못했는데 대전 상대 분석부터 한다니, 너무 성급했네.

"나머지 세 사람의 조건은? 류엔의 반은 피하고 싶다, 그것뿐?"

선수 선발에 관해 물어보는 쿠시다.

"그래. 물론 가능하다면 우리 반으로 꾸리고 싶긴 해. 그래도 시합 우선, 전력 우선이야."

"알았어. 그럼 잠시만 있어 봐."

그렇게 말한 쿠시다가 어디론가 향하기 시작했다.

"알았다니, 쟤 뭘 어쩌려는 걸까? 그렇게 쉽게 도와주겠냐고."

의심하는 이부키와 그 모습을 눈으로 좇고 있자니, 사카야나기 반의 로츠카쿠에게 말을 거는 게 보였다. 잠시 대화를 나눈 후 이번에는 둘이 함께 같은 반 후쿠야마에게

갔다. 그리고 마지막으로 체육관에서 다른 경기를 응원 중이던 학생에게로 향했다.

"쟤는 이치노세 반의 히메노 맞지?"

A반 두 명, C반 한 명까지 총 네 명이 대화를 나누기를 수십 초.

쿠시다는 세 사람을 데리고 우리가 있는 곳으로 돌아왔다.

"배구에 출전하겠대. 히메노는 배구를 잘하지 못한다고는 하지만, 우리 다섯 명이 잘 커버해주기로 하고 동의를 받아냈어. 경기는 우리한테 맡기면 돼."

나를 보지 않고, 평소 쿠시다 모드로 히메노에게 말했다.

특히 A반 두 명이 순순히 응한 것에 놀라움을 감출 수 없다.

"우리도 질 것 같아 조바심 나고, 최악의 경우 이기지 못하더라도 공헌했다는 기록은 남기고 싶으니까."

그렇지? 하고 두 사람이 서로의 얼굴을 마주 보며 고개를 끄덕였다.

최하위까지 가라앉은 A반인 만큼 공을 쌓기를 바라고 있다.

그 심리를 꿰뚫어 본 쿠시다는 능력 있는 학생을 곧바로 추려냈다.

OAA의 구체적인 성적을 일일이 기억하지 못해도 후쿠야마와 로츠카쿠의 친구로서 그들의 신체 능력이 어느 정도인지 잘 파악하고 있다는 뜻이다.

"너는 평생 흉내도 못 내겠지, 이부키."

"시끄러워. 그러는 너도 아무도 못 찾은 주제에."

"말 붙여볼 수 있는 애가 체육관에 대여섯 명 정도 있었지만……. 지금 이 정도가 제일 낫지 않을까 싶네."

좌우지간 출전조차 불투명하던 배구에서 선수 여섯 명을 다 모았다.

류엔 반과의 인원 차이는 한 명뿐. 하지만 이대로 셔틀런으로 경쟁해서 2점 3점의 차이밖에 나지 않는 것보다는 여기서 우승해 10점을 획득하는 것이 실리 면에서 압도적으로 크다. 져도 차이가 좁혀지지 않는다는 것 역시 우리한테는 유리한 점이고.

나와 이부키 투 톱에 쿠시다, 로츠카쿠, 후쿠야마까지 능력을 잘 발휘할 수 있는 학생들. 그리고 머릿수를 맞추려고 넣은 히메노는 다소 마이너스이긴 하지만 그래도 충분히 남는 것이 있는 전력이다.

5

우리는 1회전을 무난하게 이기고 아마사와 팀의 경기를 관전했다. 시합의 주도권을 쥔 사람은 나나세. 공격도 수비도, 남들과는 차원이 다른 몸놀림으로 적과 아군을 압도했다.

315

"나나세는 마크가 안 돼도, 저 애는 생각보다 별거 아닌데?"

"하긴 경계했던 것만큼 잘하는 느낌은 아니네. 배구가 처음이라던 말은 그냥 농담인 줄 알았는데……."

일부러 대충 하고 있을 가능성도 있지만, 이렇게 봐서는 그런 분위기도 아니다.

공격도 수비도 전혀 되지 않는 학생보다는 낫지만, 그리 위협적이지는 않은 듯했다.

하지만 시합도 중반을 지나자 상황이 조금씩 달라지기 시작했다.

어딘지 맥빠져 보이던 이부키의 눈빛도 진지하게 바뀌었다.

이제 10분도 채 남지 않았는데, 아마사와가 눈에 띄게 실력이 향상된 것이다.

단순히 신체 능력이 높다는 것만으로는 설명이 되지 않는 압도적인 적응력과 센스. 아마사와가 그 편린을 보여주기 시작하려고 했을 때, 나나세가 스파이크를 성공시키며 시합이 종료되었다.

"우리랑 붙는 건 다다음. 그때쯤에는 더 잘할지도 몰라."

"그렇다고 해도 고작 몇 경기 좀 한 것 정도로는 경험을 쌓았다고 하기도 뭣하지. 우리가 이겨, 이겨."

지나친 낙관은 위험하지만, 실제로 나나세가 견인하면서 아마사와는 공을 별로 만져볼 기회도 없이 승리를 거머쥐었다.

우리도 순조롭게 승리했고 3시 40분 무렵에 결승을 맞이했다.

체육대회는 일반 경기 규칙과 다른 점이 많다. 배구도 예외는 아니었다. 서브 로테이션 없이 임의의 사람이 서브하는 것도 그렇고, 10점 선득점 또는 10분 동안 더 많이 득점한 팀의 승리라는 것. 만약 시간을 다 썼는데 동점일 경우에는 따라잡힌 쪽이 서브권을 가져가고 1점 먼저 따는 쪽이 이기는 연장전 등.

"패배한 네 면상을 볼 날이 왔구나."

"배구의 승패만으로 만족하실 수 있겠어요? 이부키 선배?"

"일단은 배구로 잡고. 그리고 나서 싸움도 이길 거야."

"아하하. 그런 사고방식, 싫지 않네요."

서로 건투를 빌어줄 리도 없이, 타닥타닥 불꽃을 튀기며 시합이 시작되기만을 기다렸다. 아마사와의 존재는 꺼림칙하지만, 무엇보다도 경계해야 할 대상은 나나세다.

"지난 시합과 똑같이 내가 공격할게. 상대 코트에 전부 꽂아주겠어."

이부키가 지금까지보다 더 강한 의욕을 불태우며 그렇게 선언했다.

컨트롤을 다소 어려워하지만, 그녀가 때리는 스파이크의 파괴력은 과분할 정도라 이의는 없었다. 결승전을 시작하자마자 이부키가 바로 서브 득점으로 1점을 따냈다.

기세를 타나 싶었지만, 곧바로 나나세가 스파이크를 때

려 1점을 가져갔다.

접전일 줄 알았는데 초반에는 우리에게 다소 유리한 상황이 펼쳐지며 4 대 2로 조금 앞서 나갔다. 예상했던 대로 나나세는 나, 이부키와 호각을 다투었지만, 그 이외에는 우리가 좀 더 앞섰다.

상황에 변화가 찾아온 것은 중반. 종료까지 5분 남았을 무렵이었다.

3보 도움닫기 한 이부키가 날아올라 스파이크를 때렸다. 지금까지 많이 득점했던 그 일격을, 네트 맞은편에서 모습을 드러낸 아마사와가 막아냈다.

아니, 그 기세를 타고 아래로 공을 꽂았다.

우리 진영에 공이 떨어지면서 1학년 팀이 1점을 가져갔다.

"유감이네요~ 이부키 선배. 나나세 짱, 이런 플레이를 뭐라고 한댔지?"

"블로킹인가요. 저도 자세히는 모르지만."

"그렇다네요. 선배의 공격 패턴은 이미 다 파악했으니까 앞으로는 어떻게 될지 모른답니다?"

"뭐래! 다음에는 반드시 성공한다!"

"흥분하지 마. 어쩌다 한 번 막힌 것뿐이야."

"시끄러워. 다음에도 나한테 공 줘."

그리고 5 대 3이 되었을 때 우리에게 서브권이 왔다.

이 서브로 결정 지으면 편한데…….

아웃 되면 바로 상대에게 1점이 주어지는 규칙이라 무리한 코스는 노릴 수 없다.

그렇다고 받기 쉬운 위치에 때리면 당연히 공이 돌아온다.

어쨌든 지금은 잘 지켜서 이부키에게 공을 돌려야 한다.

"이번에야말로—— 꺼져!"

리듬을 바꿔서 2보 도움닫기 한 후 높이 날아오른 그녀가 오늘 가장 강한 스파이크를 때렸다. 블로킹하기 위해 점프한 1학년 두 사람은 공을 만져보지도 못했고 공은 코트 바닥에 일직선으로 떨어졌다. 그것을 막은 사람은 아마사와. 마치 그 지점에 공이 올 줄 알았다는 듯이 깔끔한 리시브로 기세를 죽여서, 공이 적진 쪽 허공으로 날아올랐다.

금발이 나부끼더니 높이 날아오른 나나세가 스파이크를 때리자 공이 히메노 쪽으로 날아갔다. 경직되어 움직이지 못하는 히메노의 앞으로 쿠시다가 무리하게 끼어들어 리시브를 시도했지만, 공을 제대로 컨트롤하지 못했다.

점점 따라잡기 시작한 1학년 팀과의 승부는 종반에 마침내 동점이 되었다.

6 대 6. 남은 시간도 2분 정도여서, 이대로 시합이 끝날 가능성도 다분했다.

"다음에도 내가 할 거니까!"

아마사와에게 두 번 막힌 이부키가 다음번에야말로 결정짓겠다며 씩씩거렸다.

나도 팀 메이트에게 공을 돌리라고 지시를 내렸고 시합이 재개되었다.

리시브 후 아마사와가 처음으로 스파이크 자세를 잡았다.

"너한테만은 허락 못 하지!"

블로킹하려고 날아오른 이부키. 하지만 그 직후 아마사와의 등 뒤로 나나세가 보였다.

"어쩌나~."

미소 짓는 아마사와는 페이크. 처음부터 나나세가 스파이크를 때릴 셈이었다.

허를 찔린 이부키가 팔을 뻗었지만, 공에 닿지 않았다.

날카로운 각도로 코트 바닥을 노리는 공을—— 쿠시다가 미끄러지며 리시브에 성공했다.

"이부키!"

모두의 의식이 이부키에게 집중되자 1학년이 당황하며 수비 태세에 들어갔다.

아마사와는 여유로운 표정으로 이부키의 공격을 기다렸다.

"까불지——?!"

힘든 상황에서도 억지로 스파이크를 시도하려고 했지만, 코스가 영 나오지 않았다.

원래는 그렇더라도 무조건 때리는 것이 이부키인데, 이번에는 입술을 깨물며 토스로 전환했다.

나는 그런 이부키의 결의를 헤아려 지금까지 아껴두었던 체력을 쓰기로 했다.

아마사와의 블로킹을 뚫은 스파이크가 대기 중이던 나

나세에게 일직선으로 날아갔다. 힘이 빠지기 시작한 나나세가 공을 제대로 받지 못해서 코스 아웃 해버렸다. 만약 만전의 상태였다면 깔끔하게 받아냈을지도 모른다.

여하튼 7 대 6. 남은 시간이 점점 줄어드는 가운데 1점을 앞섰다.

어찌 됐건 이제 1분만 지나면 시합이 끝나는 상황에서 우리에게 서브권이 왔다.

"이제 슬슬 진짜로 해볼까요오."

마치 지금까지는 건성으로 했다는 듯이 아마사와가 말했다.

이부키의 서브를 나나세가 열심히 쫓아가 받아냈다.

힘을 잃은 공이 허공으로 높이 떠올랐고 우리는 모두 공의 행적을 응시했다.

"노리는 곳은——!"

공이 굽이치며 맹렬한 속도로 나를 덮쳤다.

정신을 집중했는데도 불구하고 반응이 늦었고, 팔을 뻗었지만, 공과 거리가 있어 닿지 않았다. 공이 무서운 소리를 내며 부딪히는 소리가 들렸다.

"아웃!"

반응이 늦은 바람에 공에 손이 닿지 않았던 것은 오히려 불행 중 다행이었다. 공이 코트 안을 나타내는 흰색 선에서 반 정도밖에 떨어진 것이다.

"헷. 미안, 나나세 짱. 나가버렸네. 완벽한 컨트롤이라는 거 꽤 어렵구나."

"살았다……. 하지만 역시 저 애의 잠재 능력은 만만하게 볼 게 아니야……."

아마사와의 바닥이 보이지 않는 능력과 센스는 가히 놀라운 수준이었지만 어쨌든, 우리에게는 구사일생이었다. 1점 차이가 2점 차이로 벌어졌다. 그 직후 1점을 빼앗겼지만 여기서 휘슬이 울려, 토스한 나나세가 화들짝 놀랐다. 이쪽으로 공을 때리려던 아마사와가 손을 내리지 않은 상태로 바닥에 착지했다.

"시간 종료라네요. 막 재미있어지려던 참이었는데요."

아쉬움 따위는 조금도 없이, 그저 배구로 놀았을 뿐인 아마사와가 그렇게 우승을 축하했다.

그리고 나나세와 가볍게 대화를 나눈 후 코트에서 벗어났다.

지긴 했어도 그녀들 역시 배구에서 2위를 차지한 만큼 점수를 받는다.

그리고 우리는 당연히 1위로 큰 점수를 획득하는 데 성공했다.

"뭔가 마음이 개운하지 않아……. 이겼다는 느낌이 안 든달까."

"마지막에는 꽤 밀렸으니까. 시간제가 아니었다고 생각하면 소름 돋네."

이기고 사이다 마실 예정이었던 우리는 오히려 모호하

고 개운하지 않은 감정을 느꼈다.

그래도 이 승리는 컸고, 체육대회를 매듭짓기에 어울리는 격전이었다.

어느새 구경꾼들도 꽤 모여서, 드문드문이지만 박수를 쳐 주었다.

6

드디어 막바지로 접어든 체육대회. 체육관 여기저기에서는 단체전 결승전이 시작되어 분위기가 뜨겁게 달아올라 있었다.

"곧 출전이네, 스도. 준비는 다 됐어?"

이번 체육대회에서 콤비를 이뤄 많은 시합에 나갔던 스도와 오노데라는 열 번째 종목으로 테니스 남녀 혼합 복식에서 결승전을 앞두고 있었다.

"……어어."

어딘지 힘없는 대답에 위화감을 느끼면서도 오노데라는 말을 이었다.

"그나저나 우리 아주 훌륭한 콤비 같지 않아? 지금까지 페어 경기에서 4전 4승. 반 애들 다 놀라지 않을까?"

지금까지 두 번의 시합, 같은 학년 대결 한 번과 3학년과 대결이 한 번이 있었는데, 스도 오노데라 콤비는 별다른 위기 없이 승리를 거머쥐었고 지금은 단체전 5연승을 앞두고 있다.

게다가 스도로 말할 것 같으면 개인전까지 합해서 9연승. 이제 곧 10연승도 머지않은 상태.

오노데라도 비록 아홉 번의 경기 모두 1위를 차지하지는 못했지만, 전부 입상했다.

오노데라의 말에 맞장구치면서도 스도의 시선은 딴 곳을 향하고 있었다.

"저 1학년이 신경 쓰여? 계속 보네."

"뭐라고?"

"호우센……이랬나? 도저히 1학년으로 안 보일 만큼 덩치도 크고 분위기가 엄청나네. 그래도 뭐랄까, 스도가 주목하고 있는 이유가 그게 전부는 아닌 느낌인데. 무슨 일 있었어?"

"딱히 아무 일도. 걱정하지 마라."

그들이 보는 앞에서 경기를 치른 호우센 팀이 압승하면서 결승 상대가 정해졌다. 오노데라와 건성으로 잡담을 나누며 호우센을 지켜보고 있었는데, 오노데라는 그런 스도의 옆모습을 살폈다.

지금까지는 아무 생각 없이 경기에 임했었는데, 지금은 분명히 동요하고 있었다.

오늘뿐 아니라 이 체육대회를 준비하는 내내 같이 지내 왔다. 연습할 때며 점심 먹을 때, 아침 등교도 같이하면서 이것저것 의논하고 연습을 쌓아왔다.

그렇기에 어느새 스도의 표정 변화를 꿰뚫어 보는 능력을 갖추게 되었다.

운동 신경이 뛰어난 그에게도 몇 가지 단점은 있다.

덤벙거리고, 조금만 띄워줘도 곧바로 의기양양해진다. 게다가 쉽게 욱하는 성격이다.

이러한 단점은 같이 행동하면서 종종 걸림돌이 되는 결과로 이어졌다.

"이제 곧 결승전입니다. 준비해주세요."

앉아 쉬고 있는데 스태프 한 명이 와서 말했다.

"자, 후딱 우승해서 분위기를 끌어올려 보자고."

아무렇지 않은 척 그렇게 말하는 스도를 따라 오노데라도 머리를 비웠다.

호우센과 무슨 일이 있었더라도 그로 인해 성가신 일만 일어나지 않으면 된다.

"오케이."

스도 그리고 자신에게 들려주듯 대답한 오노데라가 라켓을 들었다.

같은 반 아이들도 스도 콤비를 응원하기 위해 속속 체육관에 모습을 드러냈다.

어른들도 결승에는 관심이 많은지 지나가던 사람들이 걸음을 멈췄다.

"뭔가 대회 같은 분위기네."

"그래. 기분 좋은 긴장감과 고양감이다."

동아리 대회까지 포함해 큰 무대에 강한 두 사람으로서는 위축될 염려가 없었다.

하지만⋯⋯.

"설마 결승전에서 만날 줄 몰랐네. 스도 슨배님?"

"호우센⋯⋯."

네트를 사이에 두고 호우센이 스도에게 말을 걸면서 공기가 달라졌다.

"테니스라면 나한테 이길 수 있다고 생각한 건 아니겠지? 처발라줄 테니까 기대하라고."

시간이 정해진 혼합 복식 경기가 시작되었다. 4포인트 1게임, 2게임을 득점하면 이기는 총 3세트 경기. 서브권은 한 게임씩 교대하는 것이 아니라 점수를 빼앗긴 쪽이 가져가는 단기 결전 특별 규칙을 채택했다. 또 팀 내에서 서브 교대를 할 필요 없이 임의의 선수가 계속할 수 있다.

경기는 호우센의 맹공으로 막을 열었다. 거구 호우센의 강렬한 서브에 농락당해 공이 너무도 쉽게 코트에 꽂혔다. 반면 스도의 서브는 제대로 힘을 발휘하지 못하고 계속 리턴되어 인에 꽂히면서, 1분도 채 지나지 않아 3(40) 대 0(러브)까지 내몰렸다.

"말도 안 돼⋯⋯ 너무 빨라⋯⋯. 해본 거 아냐?"

오노데라가 당황하는 것도 무리가 아니었는데, 호우센의 공이 무서울 만큼 빠른 속도로 코트를 넘어왔다.

"어떻게 된 일이야, 스도. 그래서는 상대가 안 되잖아?"

"이 자식이!"

스도가 손에 힘을 쥐더니 라켓을 높이 쳐들었다가 땅에 내리치려고 했다.

"스도, 안 돼."

"윽!"

"그렇게 열받을 때마다 항상 실패했던 거 기억 안 나?"

"하, 하지만!"

화를 풀 곳이 없자 급격하게 스트레스를 느끼는 스도. 네트 반대편에서 그 모습을 지켜보던 호우센이 비웃었다.

"나도 서브를 못 받아내는 처지에 할 소리는 아니지만, 지난 시합보다 몸놀림이 둔해진 것 같은데?"

앞에 있는 호우센에게 정신이 팔린 나머지 몸이 굳었다고 지적했다.

"지금의 스도에게는 서브를 맡길 수 없어."

공을 가져간 오노데라는 스도에게 수비하라고 지시하고 서브에 나섰다.

여학생, 더구나 테니스 미경험자라고는 생각할 수 없을 만큼 깔끔한 서브였지만 호우센이 재빨리 거리를 좁히더니 라켓을 자유자재로 놀리면서 멋진 기술을 선보였다.

스도가 팔을 뻗어보았지만, 라켓 끝에 공이 닿은 게 전부였고 1학년 팀이 1점도 빼앗기지 않고 첫 게임을 가져갔다.

"역시 별거 아니잖아, 스도. 넌 패배자가 딱이라니까."

시합을 진심으로 즐기는 호우센에 비해 파트너 여학생은 겁에 질린 표정을 감추지 않았다. 시합도 거의 호우센 혼자 해서 실질적으로는 2 대 1로 싸우는 것이나 마찬가지였다.

　물러설 곳 없는 두 번째 게임에서 호우센의 일방적인 맹공이 이어지나 싶었는데 의외의 전개를 맞이했다.

　호우센이 친 공이 지금까지와 달리 약해서 오노데라가 적응하며 앞으로 나와 받아낸 것이다.

　힘이 빠진 건가, 그렇게 생각한 순간. 호우센이 팔을 크게 휘둘렀다.

　그의 스매시는 총알처럼 빠르고 강했다. 앞쪽을 지키던 오노데라를 노리듯 빠른 속도로 직선으로 날아가는 공. 뺨을 스치고 지나가자 오노데라가 고통스러운 표정을 지었다.

　놀람과 공포로, 무심코 라켓을 바닥에 떨어트리고 말았다. 스도가 발끈해서 소리쳤다.

　"너 일부러 그랬지!"

　"뭐? 테니스는 원래 상대의 몸 가까운 데를 노리는 거 아닌가? 어설프게 멀리 떨어트렸다간 득점하지 못하고 공이 도로 돌아온다고. 그것도 모르냐? 고작 한 번 맞은 것 가지고 되게 시끄럽게 구네."

　"이 새끼가!"

　호우센은 당당하게 정당성을 주장했다. 오노데라가 허둥지둥 라켓을 주워들었다.

"괜찮아. 살짝 긁힌 것뿐이고……. 게다가 쟤 말처럼 테니스는 상대의 근처를 노리는 게 맞잖아?"

"그거야 테니스 하는 놈들한테나 해당하지. 이건 그냥 체육대회잖아?"

테니스 선수라면 모를까, 하고 스도가 짜증과 불평을 쏟아냈다.

스도에게 다시 서브권이 돌아왔지만, 첫 번째 시도는 코스 아웃.

두 번째는 성공해서 인을 노렸으나 호우센이 너무도 쉽게 받아쳤다.

그리 강력한 공은 아니어서 오노데라가 뛰어가 라켓으로 깔끔하게 받아쳤다. 두 번 세 번 랠리가 이어지다가 오노데라가 다시 앞으로 나와 공을 받으려고 한 그때.

거리를 좁힌 호우센이 팔을 휘둘러 공을 때렸다.

"으악?!"

직전에 공포를 느꼈던 강속구라서 그런지, 오노데라는 라켓을 휘두르지도 못하고 굳어버렸다. 공이 그녀의 옆구리를 스쳤다. 열받은 스도가 공을 받아 상대 코트로 받아넘겼지만, 그때부터 호우센의 집요한 공격이 오노데라의 주변에만 집중되었다. 호우센은 경기로 놀고 있는 것 같았다.

그렇게 스도 팀 3(40) 포인트, 호우센 팀 2(30) 포인트가 된 게임.

어떻게든 해보려고 발버둥 치는 오노데라였지만, 또 자

기 얼굴 근처로 공이 날아오자 동요하다가 왼발이 접질리며 그 자리에 쓰러졌다.

"오노데라!"

일어서지 못하는 오노데라를 보호하듯 스도가 호우센을 향해 힘껏 공을 넘겼다.

스도가 날린 공이 코트 가까이 떨어지면서 스도 팀이 2세트를 가져갔다.

하지만 그걸로 기뻐할 리도 없이, 스도의 화가 폭발했다.

"좀 작작 하라고! 페어플레이 모르냐?!"

"몇 번을 말하게 하는 거야? 거기 지지리도 못하는 여자가 잘못인 거지. 시답잖기는."

"안 돼, 스도. 또 반복하고 있어."

오노데라가 일어서지 못해서 그 자리에 주저앉은 채 스도를 달랬다.

"그딴 건 알지만! 저렇게 나오는데 용서가 되냐고!"

"분명 심판도 이상하게 여기고 있어. 하지만 스도의 심증이 그걸 방해하고 있어, 내 말 무슨 뜻인지 알지?"

이미 테니스 승부는 결정 났다는 듯이, 호우센은 승리보다도 스도를 괴롭히는 쪽으로 방침을 전환한 게 분명했다.

오노데라에게 공포심을 심고 한 번의 실수로 부상까지 유발하는 노림수라는 것.

"냉정해져야 해, 스도."

고통스러워하면서도 오노데라는 다정하고 든든한 말로

조언해주었다.

머리가 뜨거워진 스도는 참지 못하고 호우센을 노려보 았지만, 아파서 인상을 찌푸리는 오노데라를 보며 우선해 야 할 것을 떠올렸다.

발목을 다친 오노데라를 위해 곧바로 응급 처치에 들어 갔다.

"아쉽네. 게임을 넘겨줘서. 하지만 너희는 한 게임 더 치 러야 하지. 그게 더 지옥일지도?"

호우센이 입을 쩍 벌려 하품하며 두 사람을 힐끗 쳐다본 후, 파트너 1학년에게 말을 붙였다.

"저 자식…… 우리를 최대한 괴롭히려고 일부러 게임을 내준 거야……."

스도가 오노데라의 왼발을 살피며 걱정스럽게 물었다.

"괜찮아?"

"뭐, 어떻게든 되겠지. 하지만 한심하네, 나. 공이 무서 워서 피한 바람에 넘어져서 발목을 삐질 않나."

자조하듯 웃으며 테이핑한 다리를 가볍게 때렸다.

"무리도 아니야. 죽을 만큼 열받는 놈이지만 운동 신경 하나는 대단하니까."

과하게 월등한 육체로 계속 쳐대는 무서운 위력의 공에 는 스도마저 공포를 느꼈다. 테니스 경험자, 동아리 부원 도 아닌 이상 그 공포심은 쉽사리 사라지지 않는 법이다.

"나 말이야…… 입학하고 지금까지 스도를 꽤 높이 평가했었어.”

“어? 뭐야, 갑자기. 그냥 조용히 치료나 받지.”

“뭐 어때. 다친 덕에 잠시 냉정해질 시간을 얻은 거지.”

“강심장이네……. 아니, 그러니까 옛날의 나를 높이 평가했다는 말이냐?”

“응. 하지만 엮이고 싶지 않은 사람 0순위이기도 했었지. 삐죽삐죽 모났었으니까.”

“우씨…….”

“불량한 태도라든지 공부를 못 한다는 점 때문에 주변 애들한테 얻어맞았지만, 동아리 활동 열심히 하는 사람, 난 응원해. 스도는 실력도 있고 열심히 노력하고 있잖아?”

“네가 알아주네.”

“알지. 내가 늦게까지 동아리 활동을 하고 돌아갈 때 말이야, 가끔 체육관을 지나치거든. 더는 아무도 안 남아 있을 줄 알고 들여다보면 늘 네가 혼자 끝까지 남아 연습하고 있더라고. 뒷정리까지 깔끔하게 하고, 성실하게 하고 있었어.”

“뭐, 뭐야, 그런 걸 보다니. ……창피하네.”

“하지만── 그래도 이대로라면 진정한 의미로는 스도를 높이 평가할 수 없어.”

“……뭐?”

“너는 나를 위해 애써줬지. 그 사실이 싫지는 않지만, 그래도 너무 쉽게 발끈하는 성격인 건 똑같잖아. 그대로라면 언젠가 이보다 더 큰 문제가 일어날 거야."

"……그건……."

"쉽게 욱하는 버릇, 이제 고치는 게 어떨까?"

"아, 알고는 있지만……."

"스포츠도, 짜증 나기 시작하면 실패하는 경우가 많지 않아?"

"뭐…… 그렇긴 하지. 슛 성공률이라든지 극단적으로 떨어지는 것 같기는……."

"나도 그래. 열 확 받으면 이판사판이라는 심정으로 기록을 늘리겠다고 생각하지만, 오히려 평소보다 더 느려지기만 하고 좋은 게 별로 없었어."

"오노데라도 그래?"

"중요한 시합에서 졌을 때 참을 수 없을 정도로 분해서, 라커룸에서 옷 갈아입는 것도 잊고 난리 치다가……. 손을 다쳐서. 그 이후로 꽤 고생했었지."

옛날의 자신을 회상하면서 창피하다는 듯 혀를 쏙 내밀었다.

"아아, 화내봐야 좋은 일이 없구나, 나에게 다 돌아오는구나 하고 그때 깨달았어."

"어떻게 해서 화내는 걸 극복했냐?"

"그게 말이야, 선배한테 마법 하나를 배웠지."

"마, 마법?"

"응. 스도한테도 가르쳐 줄게. 화를 억누르는 마법."

"어, 어떻게 하는 거야?"

"화가 머리 꼭대기까지 치솟는 순간이라는 건 사실 의외로 짧아. 기껏해야 몇 초에 불과해. 그러니 화가 나면 마음속으로 소리를 한 번 지른 다음에 심호흡하면서 10까지 세는 거야."

"그러니까…… 화내는 타이밍을 10초 뒤로 미루라는 건가? 그게 다야?"

"응. 그것만 해도 달라진다고 생각하니까 한번 시도해봐."

"……그렇군."

반신반의하면서도 스도는 그 말을 가슴에 새겼다.

"난 스도를 높이 평가해서 한 팀이 되고 싶었어. 그 기대를 저버리지 말아줘."

"오노데라……."

처치가 끝나자, 오노데라는 자신의 상태를 확인하면서 몸을 일으켰다.

"괜찮은 것 같아. 죽이 되든 밥이 되든 이 한 게임에 승패가 결정 나. 못 따내면 우리의 패배. 따내면 우리의 승리."

"──그래."

세 번째 게임이 시작되었다. 왼발을 다쳐 몸놀림이 둔해진 오노데라를 집요하게 노리는 호우센. 그것이 지나쳐 도리어 자신들이 포인트를 잃어도 전혀 그만둘 기색이 없었다.

3(40) 대 1(15)로 앞서가는 스도 팀.

그러나 이번 경기를 내주면 패배할 처지에 놓인 호우센

이 또 오노데라를 향해 강속구를 날렸다.

이번에는 피하지 못해 오른쪽 팔을 맞았다. 고통에 몸을 웅크리는 오노데라.

"이딴 건 시합도 아니야…… 까불지 말라고——!"

피 끓는 분노를 느끼면서도 조금 전 오노데라에게 배운 마법의 말을 떠올렸다. 계속 도발하는 호우센을 노려보면서 마음속으로만 악을 썼다.

화내는 것을 10초. 단 10초만 참아본다.

1, 2, 3 하고 숫자를 세면서, 심호흡하며 화를 가라앉힌다.

8…… 9…… 10……. 호우센에게 쏟아부었을 욕이 목구멍 아래로 도로 들어간다.

물론 화가 완전히 다 가신 것은 아니지만, 냉정하고도 객관적으로 상황을 보는 데 성공했다. 심판들의 수상쩍어하는 눈빛. 오노데라의 시선. 반드시 이겨야만 하는 시합. 남은 시간. 여기서 또 호우센에게 덤비면 분명 시합이 중단될 것이다.

"오노데라, 내 능력을 믿어줄 거냐?"

"……물론이지. 믿으니까 같이 시합 뛰는 거잖아."

호흡을 가다듬은 스도는 공을 하늘 높이 던져 올려 오늘 최고의 서브를 날렸다. 물러설 곳 없는 호우센도 잡아먹을 듯이 받아쳤고 그때부터 스도와 호우센, 두 사람만의 랠리가 시작되었다. 둘 다 한 발짝도 물러서지 않고 강렬한 일격을 반복하는 싸움에 돌입했지만, 끈기에서 진 호우센이 다소 안일하게 받아넘긴 리턴을 놓치지 않은 스도가 상대 코트에 스매시를 꽂았다.

"예에에에에스!"

스도가 라켓을 쥔 채 체육관이 떠나갈 듯 포효했다.

"해냈다, 해냈어!"

압도적 우위에 있었으면서도 끝까지 상대를 얕본 호우센은 게임에서 진 것이 화가 났는지 코트에 라켓을 내동댕이쳐 부러뜨리고 말았다.

"이겼어, 오노데라! 다 네 덕분이야!"

흥분한 스도가 오노데라에게 달려가 힘껏 껴안으며 감격의 순간을 공유했다.

"야, 야야야?!"

순간 무슨 일이 일어났는지 몰라 패닉에 빠진 오노데라.

"야, 아파, 아프다고, 스도!"

두꺼운 팔에 조여 괴로워하자 그제야 스도도 냉정을 되찾았다.

"아, 미안, 미안!"

승리한 것도 그렇지만 분노를 다스린 것이 기뻤는지, 스도가 오늘 최고의 미소를 선보였다.

"전승 축하해, 스도."

"그래, 고맙다, 오노데라. 네 도움이 아니었으면 이번엔 분명히 졌을 거야."

"그렇지 않아. 오히려 내가 걸림돌이 돼서……."

"다친 덕분이라고 말하긴 그렇지만, 네가 다쳐서 열받았던 순간에 난 한 번 졌다고 생각해. 그걸 네가 일깨워줬어."

"그래? 그럼 우리…… 좋은 파트너, 였을까?"

"그럼. 엄청 하기 편했고, 의지가 됐어. 진짜로 최고였다, 오노데라. 아, 이 활약을 어디선가 스즈네도 보고 있다면 좋겠는데."

내빈도 학생도 많아서 곧바로 호리키타를 찾아내기란 어려웠다.

"스즈네……인가."

"어? 어디? 어디 있어?!"

"아~ 아니~, 미안해, 사람 잘못 봤네."

"젠장. 그래, 혹시 운동장에 있나……."

"다음에 동아리 마치고 돌아갈 때 밥이나 한번 먹자."

"응? 어어, 뭐, 상관없지. 그보다 스즈네 좀 같이 찾아주라. 어디 있냐, 스즈네."

"아하하, 완전 싫거든."

"어이, 스도! 이런 애들 장난 같은 거 좀 이겼다고 으스대지 마라. 내가 진짜 진지하게 상대했으면 네놈이 졌다는 거 잘 알지?"

시합이 다 끝났는데도 호우센은 받아들이지 못하고 다가왔다.

"이따가 뒤에서 놀아줄 테니까 나오시지."

"야, 너——."

시비 거는 호우센에게 오노데라가 한마디 하려는데 스도가 조용히 말렸다.

"이 녀석이랑은 얼마 전에 일이 좀 있었거든. 뭐, 이런 식으로 시비 걸어도 어쩔 수 없어."

"하, 하지만!"

문제에 휘말리지 않게 지켜주려는 오노데라의 마음을 알아차린 스도가 피식 웃었다.

그리고 호우센을 똑바로 보고 섰다.

"미안하지만 네 도발에 응할 생각 없어."

"뭐? 응할지 말지 고를 입장이 아닐 텐데. 앞으로 네놈은 내 샌드백이야."

"안 한다고."

거부하는 스도의 어깨를 꽉 누른 호우센이 오른쪽 주먹을 배에 꽂았다. 휘두르지 않고 들어온 강력한 일격에 스도가 무릎을 꿇었다.

"스도!"

하지만 스도는 손으로 오노데라를 제지한 후 천천히 몸을 일으켰다.

교사가 달려왔지만, 스도는 아무 일도 아니라며 도로 돌려보냈다.

"아프네. 아…… 네가 싸움에 강하다는 건 이미 잘 안다니까 그러네. 그때는 나도 잘못한 게 있으니 뭐라고 말하지 않겠지만. 더 나가면 선생님이 개입할 거다."

"한심하기는, 엉? 차라리 덤벼들던 예전이 훨씬 낫거든?"

"그럴지도 모르지. 오노데라, 이만 가자."

"으, 으응."

"시시한 놈. 두 번 다시는 내 눈에 띄지 마라."

눈에 띄지 말라는 말에 스도는 오히려 마음이 놓였다.

자기가 먼저 덤비지 않으면 더 이상 문제가 커지지 않는다는 뜻이니.

분노에 몸을 맡기지 않기만 해도 상황이 크게 좋아진다는 것을 깨달았다.

"호우센한테 고마운 것도 다 있군. 저런 식으로 주위에 살기를 풍기면서 다니는 걸 보니까 나도 정말 한심했었다는 걸 뼈저리게 느낀다고 해야 할까. 말로 잘 표현 못 하겠지만 말이지⋯⋯. 너한테 배운 방법을 시험했을 때 뭔가가 쿵 떨어지는 듯한 느낌이 들었어. 지금까지 난 왜 그렇게 화를 냈던 걸까? 하고. 붙어 있던 귀신이 떨어져 나간 건가?"

스도는 자신이 이뤄낸 10연승에 감사하면서 이번 체육대회와 오노데라에게도 똑같은 크기의 고마운 마음을 가졌다.

○손님

오전 11시 무렵, 닫은 창문 밖으로 환호성이 어렴풋이 들려왔다. 체육대회의 분위기가 꽤 달아오른 모양이군.

모든 일이 순조로웠던 것은 아니지만, 그래도 반은 이기기 위해 노력해왔다.

다른 반, 다른 학년과도 충분히 잘 싸울 수 있다.

그렇게 판단했기에 나도 망설이지 않고 체육대회 결석을 선택했다.

그쪽으로 준비는 전부 마쳐뒀기에 이제 남은 것은 사카야나기 이사장에게 맡긴다.

이사장이라고 해서 반드시 전폭적인 신뢰를 보낼 수 있는 것은 아니지만, 그가 배신하면 나는 실질적으로 이 학교에 남기가 불가능하니 체념하는 게 편하다.

이제 체육대회에서 2학년들이 어떤 대결을 펼쳐 결과를 남길 것인가.

그중에서도 승패를 크게 좌우할 사카야나기의 참가 여부는 어떻게 되었을까.

나는 현관을 한번 쳐다보았다.

묶어 두는 전략을 썼는데……. 효과가 좀 늦게 나오는 듯하다.

이것저것 신경 쓰이긴 했지만, 체육대회 상황까지 포함해 지금은 기다리는 수밖에 없나.

슬슬 점심 먹을 준비나 하자. 그렇게 생각했을 때, 드디어 초인종이 울렸다.

자, 내가 환영할 손님일까 아닐까.

이것만은 직접 맞이해보지 않으면 알 수 없다.

"안녕하세요, 아야노코지 군."

현관으로부터 거리를 둔 채 상황을 지켜보고 있으니, 내가 경계하는 것을 다 꿰뚫어 보았는지 그런 목소리가 들려왔다.

나는 경계를 살짝 늦추고 현관문으로 손을 뻗었다.

온갖 상황을 가정해보긴 했지만, 그들이 기숙사에 들어온 시점에서 이미 내 패배나 다름없다.

문 너머에는 사복 차림의 사카야나기만이 미소를 지으며 올려다보고 있었다.

"괜찮으면 잠깐 들어가도 될까요? 기숙사 밖으로 나가는 것도 금지지만 체육대회 중에 남자 방을 찾는 것 역시 좀 문제니까요."

"안으로 들어오면 더 문제가 될 텐데."

그렇게 말하면서도 나는 사카야나기를 보내지 않고 들이기로 했다.

"그럼 실례하겠습니다."

몸이 불편한 사카야나기는 느린 동작으로 신발을 벗고 방에 들어왔다.

"그러고 보니 사카야나기가 내 방에 온 건 이번이 처음이네."

"평소 같으면 올 수 없죠. 점심은 드셨나요?"

"이제 차리려고 하던 참이야."

"그래요? 그럼 잘됐어요. 이거, 선물이에요."

그렇게 말하며 작은 비닐봉지를 내밀었다.

"오늘 아침에 편의점에서 샀어요. 신상품이라고 하던데, 모처럼이니 같이 먹고 싶어서요."

비닐봉지 안을 들여다보니 작은 몽블랑 두 개가 들어 있었다.

몽블랑이면 커피를 끓이는 게 좋겠군.

"바닥보다는 침대에 앉는 게 낫겠지? 편한 대로 해."

"배려 감사합니다."

사카야나기를 침대에 앉힌 후 주방으로 간 나는 싱크대 수도꼭지를 틀어 전기 포트에 물을 받기 시작했다.

"갑자기 생각나서 온 건 아닌가 보네."

아무렇지 않은 얼굴로 그렇게 말하자 등 뒤의 사카야나기가 재미있다는 듯 조용히 웃었다.

"평소 같으면 어떤 분이 기숙사에 계신지 모르니까요. A반 리더인 제가 아야노코지 군의 방에 혼자 찾아오는 그림은 쉽게 그려지지 않겠죠."

누가 됐든 그런 사카야나기를 보면 깜짝 놀라며 오해할 것이다.

그래서 지금까지 사카야나기가 기숙사에서 접촉을 시도한 적은 없었다.

오늘 이 순간이 오기 전까지는 말이다.

"정말로 나쁜 사람이에요, 아야노코지 군은. 이건 아야노코지 군의 전략이지요?"

"전략? 무슨 뜻이지?"

"후후, 연기할 필요 없어요. 오늘 제가 여기에 온다는 것을 아야노코지 군은 확신에 가깝게…… 아니, 정정하죠. 확신하지 않았나요?"

사카야나기는 굳이 생각할 필요도 없이 덫임을 간파한 모양이었다.

"오늘 체육대회, 인원이 적은 저희 A반은 시작부터 불리했어요. 물론 키토 군과 하시모토 군 등 기대를 걸어볼 만한 학생도 있지만, 평균적으로는 호리키타 씨 반에 못 미치죠. 그렇다면 이기는 데 필요한 건 어떤 경기에 누가 나가느냐. 실제 경기에서 라이벌이 참가하는지 미리 파악해서 초 단위로 스케줄을 관리하는 것이죠."

전기 포트 스위치를 누르자 물이 서서히 끓기 시작했다.

이번에는 찬장에서 커피 가루가 든 병을 꺼내고, 잔과 필터를 준비했다.

"제가 나가면 상황이 어떻게 굴러갈지 알 수 없으니까요."

"여전히 자기 평가가 높군."

"다른 반이 확실하게 A반을 이기려면 제가 체육대회에

서 빠지게 만드는 게 제일이죠."

체육대회는 치밀한 스케줄을 바탕으로 움직여야 한다. 사카야나기라면 머릿속으로 계획을 짜서 인원을 적절한 위치에 배치하고 지시하는 것이 가능하니까.

게다가 다른 학년 학생을 이용한 경기 참가자 조정 등도 특기겠지.

"어젯밤에 아버지로부터 아야노코지 군한테 결석을 부탁했다는 이야기를 들었어요. 기숙사에 경비를 배치하고, 내빈에 섞였을 화이트 룸 인간과의 접촉을 막기 위해서라고."

"내가 사카야나기 이사장의 부탁으로 체육대회에 빠진 건 사실이긴 한데, 설마 그 이야기를 딸한테 말할 줄은 몰랐다."

"농담도 잘하시네요. 이 이야기를 저한테 전하라고 지시한 게 아야노코지 군이잖아요?"

내 수를 당연히 다 읽었나.

아무리 친딸이라지만 사카야나기 이사장은 공과 사를 구별 못 하는 사람이 아니다.

그래서 나는 사카야나기 이사장에게 직접 전하기보다는 지금 사정을 알려 주면 좋겠다고만 부탁했다.

신체 사정으로 체육대회를 쉴 가능성이 있는 사카야나기가 만에 하나라도 나와 화이트 룸 문제에 휘말리면 안 되니까, 미리 사정을 설명해주면 좋겠다고.

사카야나기는 A반 리더로서 체육대회에 참가할 의사가

있었지만, 이사장은 그 사실을 모를 것이다. 만약 안다고 하더라도 체육대회 당일에 갑자기 빠져도 상관없도록 전해두는 편이 안전하다. 자기 딸이라면 관여할 위험이 있다는 걸 잘 알 테니까.

하지만 그런 사카야나기 이사장도 읽지 못한 부분이 있다.

바로 사카야나기가 가진 재능, 호기심은 쉽게 억누를 수 있는 게 아니라는 사실이다.

게다가 내가 결석하면 누구의 방해도 받지 않고 느긋하게 대화를 나눌 좋은 기회라고 생각해도 이상하지 않다.

실제로 이렇게 가장 위험할 내 방에 아무 거리낌도 없이 찾아오지 않았는가.

"점심 전을 선택한 건 나를 불안하게 하고 싶어서였나?"

"장난 좀 쳐봤어요. 혹시 제가 아야노코지 군의 전략을 무시하고 체육대회에 나간 게 아닐까 생각하게 만들고 싶어서."

"그런 거였군."

"참고로 오늘 저와 아야노코지 군 이외에는 전원 출석했답니다."

사카야나기의 정보망 중 누군가가 각 반 참가자를 확인해서 체육대회 전에 스마트폰으로 상세하게 보고한 듯했다. 그 점만 봐도 빈틈이 없어 보인다.

"장난치고 싶은 것도 좀 있긴 했지만, 사실은 좀 더 일찍 찾아올 생각이었어요."

그렇게 말하는 사카야나기. 마침 물이 보글보글 소리를 내며 끓기 시작했다.

"아까 로비까지 내려가 바깥 상황을 확인했답니다."

형식상 병결 처리된 나는 방 밖으로 나가는 것이 엄격히 금지되어 있다.

사카야나기도 기숙사 밖으로 나가지는 못하지만, 병결은 아니다. 만에 하나 밖에 나간 것을 주의받을 수는 있어도 쉰 이유에 반하는 사유는 되지 않는 것이다.

"1층 상황은 어땠어?"

"경호원으로 보이는 분들이 세 명 있었어요. 이 기숙사뿐 아니라 학교 전체에 배치된 듯하니까 딱히 부자연스러워 보이지는 않을 거예요."

나를 지키는 목적을 내포하고 있지만, 어디까지나 경호원들은 정부 관계자들을 경호하기 위해 있다.

"이번 체육대회의 수훈상은 류엔 군의 협력을 이끈 호리키타 씨도, 그것을 받아들인 류엔 군도 아니에요. 저를 확실한 방법으로 결석하게 만든 아야노코지 군의 한마디. 고작 그 한마디에 승패가 결정 나고 말았네요, 역시 대단해요."

"아직 결과가 어떻게 나올지 모르잖아."

"그야 뜻밖의 결과가 나올 수도 있지만, 사실상 기대하기 어려워요. 현재 A반은 정면으로 싸우는 호리키타 씨 반이랑 쓸 수 있는 수단은 다 쓰는 류엔 군의 반에 농락당하고 있잖아요? 아무리 팔다리가 멋져도 머리가 없으면 방법이 없죠. 그게 제가 쌓아 올린 반이니까요."

류엔도 비슷하다고 할 수 있는데, 리더가 지나치게 강한 문제점이겠지. 모든 문제를 리더가 해결한다는 것은 뒤집어 생각하면 리더가 없을 때는 아무것도 해결할 수 없다는 뜻이기도 하다.

"뭐, 괜찮아요. 이번에는 150포인트를 내는 대신 아야노코지 군과의 시간을 즐길 수 있으니까요."

A반이 받는 피해 따위 조금도 신경 쓰지 않는 모습이었다.

"반 포인트가 깎이는 것에 저항감이 없나 보군."

"이 학교의 시스템 따위 저에게는 놀이의 연장이에요. 어느 정도 A반의 지위를 유지하기만 한다면 문제없으니까요."

이왕 먹는 거, 팩에서 몽블랑을 꺼내 접시 두 개에 옮겨 담아 테이블에 올렸다. 그런 다음 커피 가루를 넣은 필터에 뜨거운 물을 부었다.

"한두 번 해본 솜씨가 아니네요."

"별거 아니야. 이 정도쯤은."

"아야노코지 군은 이런 준비 하나하나가 신선하고 즐겁지 않나요?"

화이트 룸에서는 절대 하지 않는 일이라는 걸 사카야나기도 알겠지.

"학교에서 일어나는 모든 것이 그래. 그냥 평범한 걸 해보고 싶었을 뿐이니까."

그나저나 아까 사카야나기가 한 말이 마음에 걸린다.

"일단 A반을 유지하겠다는 목적의식은 있나 보군. 사카야나기의 자존심인가?"

테이블에 우유와 설탕 스틱을 내려놓으며 물어보았다.

"처음에는 A반이라는 것에 별로 구애받지 않았어요. 하지만 아야노코지 군이 이 학교에 있다는 걸 알고 목적으로 바뀌었죠. 언젠가 아야노코지 군이 반을 이끌고 B반까지 올라오면 진짜로 대결할 수 있을지도 모르잖아요."

이해하기 쉽게 말하자면 왕좌에 앉아 기다리겠다, 그 소리인가.

"1학년 1학기 때 반 포인트 전액을 잃은 D반. 하지만 어느 순간을 기점으로 반 포인트를 늘리기 시작해서, 마침내는 B반까지 올라왔죠. 그럴 수 있었던 건 물론 뒤에서 움직이는 아야노코지 군이라는 존재 때문이었고요."

마치 자신의 무용담이라도 펼치듯 유창하게, 기쁘다는 투로 말했다.

테이블 위 접시로 손을 뻗은 사카야나기는 자신의 무릎 위에 몽블랑을 올렸다.

"같이 먹어요, 아야노코지 군."

옆에 앉으라고 해서, 딱히 거절하지 않고 침대에 걸터앉았다.

그러자 무슨 생각을 했는지 포크로 몽블랑을 잘라 내게

내밀었다.

"자."

"……자?"

"보고도 모르시겠어요? 맛보세요."

"아니, 보면 알지만……."

"딱히 상관없지 않나요. 지금은 저와 아야노코지 둘뿐이니 누구도 방해할 수 없어요."

뭔가 다른 의도가 있나 생각하기도 했는데 그건 아닌 듯하다.

포크를 입에 넣으니 달콤한 냄새가 퍼졌다.

생각해보니 몽블랑을 먹은 건 이번이 처음인 것 같다.

"맛있나요?"

솔직히 말하면 썩 좋아하는 맛은 아니다.

개인적으로는 심플한 쇼트케이크 쪽이 더 취향이다.

하지만 선물한 건데 구시렁거리고 싶지는 않았다.

"어어."

맛있다고 짧게 대답하자 사카야나기가 슬쩍 웃었다.

"그럼 저도 먹을게요."

내가 입 댄 포크라도 상관없다는 듯 자신의 몫을 바로 입에 넣었다.

"카페에서 파는 것에는 비교할 바가 못 되지만, 편의점 디저트치고는 합격이네요."

만족스럽다는 듯 고개를 끄덕이더니 다시 내게 포크를

내밀었다.

둘이서 하나를 먹었기에 몽블랑 하나가 순식간에 사라졌다.

"다음에는 다른 케이크를 사 올게요."

"어?"

"아야노코지 군의 입맛에는 별로 안 맞는 듯한 반응이어서요."

"······맛있다고 대답했던 것 같은데."

"이래 봬도 통찰력이 뛰어나다고 자부한답니다. 특히 아야노코지 군에 관해서는."

설마 내가 느낀 것을 다 꿰뚫어 볼 줄이야.

"진지하게 사고 승부를 펼칠 때는 절대 빈틈을 보이지 않으면서, 이런 사적인 부분에서는 의외로 못 감추시네요."

"아무래도 익숙하지 않아서 그런가 봐."

"후후. 그런 부분도 호감이에요."

진심인지 농담인지 알 수 없는 대답을 한 사카야나기가 계속 말을 이었다.

"다음에 다시 도전하게 해주세요. 맛있는 케이크를 찾아내면 가져올 테니."

"이런 식으로 확실하게 남들 눈을 피할 수 있는 때가 또 있다면 말이지."

평일 휴일 불문하고 기숙사에서 사람들이 다 나갈 일이라도 생기지 않는 이상에는 불가능에 가깝다.

이른 아침이나 심야에는 가능할지 모르겠지만 아무래도 그렇게 되면 문제도 덩달아 커진다.

"그나저나 이상한 건 아야노코지 군의 심경 변화예요. 조용히 지켜보기만 하겠다던 학교생활에서 종종 도움을 주질 않나, 아예 본격적으로 A반을 노리기 시작했는데 이유가 뭐죠?"

"너도 모르는 게 다 있나 보네."

"저는 신이 아니랍니다. 게다가 아야노코지 군의 사정을 아는 만큼, 이해되지 않고 사고가 따라가지 않아요. 알려 주시지 않겠어요?"

미지의 탐구심에 이끌린 천재가 대답을 갈구했다.

사카야나기가 A반, D반 같은 계급에 별 흥미가 없는 것은 졸업 후에 그 혜택을 누릴 일이 없다는 게 최대 이유겠지. 이 학교 이사장의 딸이기도 하지만, 공부에 재능이 차고 넘치는 사카야나기니까 뭐든 손만 뻗으면 닿을 수 있다.

굳이 A반이라는 특권을 써서 뭔가를 이룰 필요가 없기에 집착도 없다.

그건 졸업 후 화이트 룸으로 돌아가는 것이 정해져 있는 나에게도 해당하는 이야기.

방향성은 다르지만, A반의 특권이 의미 없음을 잘 알고 있다.

"이상하게 보일지도 모르겠군."

"코엔지 군처럼 대량의 프라이빗 포인트로 흥청망청 즐

기고 싶어서도 아니잖아요?"

"하긴 그 녀석도 우리랑 비슷한 입장이긴 해."

부모의 권력과 자신의 재능만으로 원하는 것을 가지는 타입이다.

그런 코엔지가 이따금 변덕을 부려 반에 공헌하는 이유는 반 포인트 때문.

"내가 반에 공헌하겠다고 결심한 이유를 들을 권리 정도는 네게도 있겠지. 뻔히 보이는 덫에 일부러 걸려서 체육대회에서의 승리를 반쯤 버려줬으니."

150포인트를 잃는 위험을 감수했는데 아무것도 얻는 게 없다면 다음은 없으리라. 하지만 여기서 먹이를 주면 또 같은 전략을 써도 덫에 걸려줄 가능성을 남길 수 있다.

"질문에 대답해준다면 다음에 또 똑같은 일이 있을 때 여기로 올게요."

"방금 내가 생각한 걸 그대로 말하지 마."

"후후후."

"기본적으로는 사카야나기, 네가 하려는 일과 같아. 넌 나를 쓰러트림으로써 천재의 의미에 답을 내려 하고 있지. 난 나대로 화이트 룸의 교육이 절대 완벽하지 않다는 걸 내 나름의 방식으로 증명하려 해."

사카야나기는 놀라움을 전혀 보이지 않았다. 확증은 없어도 그런 쪽으로 이미 예상했다는 증거다.

"아야노코지 군은 자기 손으로 최고의 반을 만들어내려

하고 있다는 건가요?"

그렇다고 대답하자 사카야나기가 검지를 입술에 댔다.

"생각해보지 않은 건 아니지만…… 몇 가지 의문도 남
네요."

"그렇겠지."

"이번 체육대회. 사정은 있어도 아야노코지 군이 무리해
서 참가하는 것도 가능했어요. 직접 현장에서 지시를 내리
는 게 승률이 훨씬 올라가고, 탄탄하게 만들 수 있지 않았
나요? 저의 참가가 걱정되어서 그런 것은 아닐 테고."

"이번 체육대회는 한 가지 테마를 바탕으로 보내고 있어."

"흥미로운 이야기네요. 어떤 테마인가요?"

"『정관』이야. 체육대회에 직접 개입하지 않고, 나 없이
얼마나 싸울 수 있는지 확인할 좋은 기회라고 판단했어.
네가 쉽게 된 건 그 부산물이고."

"정관해서 제가 아야노코지 군을 만나러 온 것뿐, 체육대
회의 내용에 직접적으로 뭔가를 한 건 아니니까요. ……과
연 그렇군요."

말하면서 사카야나기가 먼저 결론에 도달했다.

"요컨대—— 앗."

결론을 말하려던 사카야나기를 들이밀었다.

아니, 들이밀었다는 과장된 표현을 쓸 것까지도 없다.
어깨를 살짝 잡고 밀치기만 했는데 힘없는 사카야나기는
버티지 못하고 뒤로 넘어갔다.

푹 꺼지는 매트리스 소리 그리고 희미하게 들리는 금속 삐걱거리는 소리.

천재라고 자부하는 사카야나기라도 이 행동은 전혀 상상하지 못했으리라.

나는 아직 이 상황을 이해하지 못하는 사카야나기를 덮치듯 위에서 내려다보았다.

"저, 저기……?"

언제나 강하고 여유롭던 사카야나기가 이 상황 변화를 이해하지 못했다.

"난 내 계획을 바탕으로 학교생활을 하고 있어. 네가 오늘 여기 온 것도, 그리고 계획에 흥미를 보이고 정답에 도달할 가능성, 루트가 있었던 것도."

남자가 덮친 적 따위 없을 사카야나기가 불안과 긴장감에 침을 삼켰다.

"네가 이 이야기를 누군가에게 발설하면 내 계획에 차질이 생겨."

"제가…… 소문을 퍼트리기라도 할 것 같나요?"

"그럴 가능성이 현재로서는 0이 아니지. 들키기 싫으면 승부를 겨루자면서 협박한다면 나로서는 받아들이는 것 이외에 선택지가 없으니까."

"아, 하긴…… 그러네요. 하지만 만약 그런 식으로 승부를 강요하려는 의지가 있었다면…… 애당초 화이트 룸이라는 소재를 들먹이지 않았을까요?"

"아니, 그건 효과가 없거든. 그런 시설의 존재를 소문낸다 해도 사람들은 이해 못 할 테니까. 또 나 개인이 짊어질 리스크도 아니고."

아야노코지가 화이트 룸이라는 교육 기관에서 자랐다.

그런 이야기를 들어도 사람들 대부분은 고개를 갸우뚱거리기만 하겠지. 인터넷에 검색해도 나오지 않을 테니.

사카야나기의 주장에 다소 혼란스러워지기는 하겠지만, 나는 당연히 아무것도 하지 않는다.

"하지만 내가 하려는 계획은 아직 주위에 알릴 단계가 아니야. 그걸로 나를 협박하는 건 충분히 가능하지."

사카야나기와의 거리를 조금 좁히자 천장 조명 때문에 깊은 그늘이 생겼다.

"의도치 않게 제가 알아버리고 말았다는 거군요. ……그래서 어쩔 셈이죠?"

"비밀에는 비밀. 협박에는 협박이다. 지금 이 기숙사에 있는 사람은 너와 나뿐. 즉, 여기서 무슨 일이 일어나도 도와줄 사람이 없어. 소리 질러도 기껏해야 복도에 새어나가는 수준이야."

"설마 범죄를 저지르면서까지 그 계획을 지킬 생각인가요?"

"범죄? 너와 나는 합의 하에 비밀을 공유하게 되는 거야."

스마트폰을 꺼내 카메라를 켰다.

"그걸 거부하고 싶으면 네 힘으로 도망치는 수밖에 없어."

다리가 불편한…… 아니, 설령 다리에 문제가 없다 해도 사카야나기는 빠져나갈 길이 없다.

이 절망적인 상황에서 뭐라고 대답할까.

"──저를 이길 수 있다고요?"

"이기다니?"

"여기서 아야노코지 군이 계획하는 대로 된다고 해도, 그게 정말로 우위에 서는 걸까……라는 이야기예요."

"미안한데, 너는 승산이 없어."

"근소한 경험 차이야 학습 방법 하나에 바로 따라잡을 수 있어요. 오히려 공부 방법이 잘못됐다는 걸 알게 될지도 모른답니다?"

궁지에 몰린 상황에서도 최대한 냉정하게 사고하고 있었다.

불안하기는 할 테지만, 그래도 이 정도로 견뎌내다니 과연 훌륭하다.

나는 스마트폰을 침대 아래로 내던지고 사카야나기에게로 천천히 손을 뻗었다.

어깨, 그다음은 목덜미였다.

그래도 사카야나기는 시선만 피하는 정도였다.

"그럼 특별 수업을 시작해 볼까."

사카야나기는 꺼림칙하게 웃더니 저항하지 않고 조용히 눈을 감았다.

1

"아야노코지 군은 정말 짓궂은 사람이에요."

"그럴지도 모르지."

사카야나기가 내 방에 온 지 1시간 정도 지났다.

"이제 저와 아야노코지 군 사이에는 남에게 말할 수 없는 비밀이 생겨 버렸네요."

"오해 사기 쉬운 말이네."

"먼저 오해하게 만든 사람은 바로 아야노코지 군이잖아요?"

"그건 그렇지."

"그나저나 남자 침대에 누워본 거, 이번이 처음이에요."

"10초 만에 일어났으니까 무효나 마찬가지 아닌가."

"여자의 기념을 가볍게 보시네요."

나는 스마트폰 화면을 사카야나기에게 보여주면서 필요한 것만 남기고 나머지는 지워나갔다.

그러다가 지난 사진까지 슬라이드 하는 바람에 케이와의 사진을 보이고 말았다.

둘이 케야키 몰에서 찍은 사진이다.

"카루이자와 케이 씨와는 잘 사귀고 계신 듯하네요."

"뭐, 그렇지."

기쁜 듯이 웃고 있는 케이의 사진을 바라보며 사카야나기가 말을 이었다.

"그녀의 외모, 목소리, 성격, 그중 어떤 부분에 아야노코지 군이 마음을 빼앗겼다고…… 보통은 그렇게 생각하기 마련이지만, 저는 좀 석연치 않은 점이 있어요."

나를 올려다본 사카야나기의 눈빛은 날카로웠는데, 꼭 나와 싸울 때의 표정을 짓고 있었다.

"그녀에 대해서도 하는 데까지 조사해봤어요. 방과 후에는 뭘 하는지에서부터 휴일에 시간을 보내는 방법까지요. 지금의 아야노코지 군은 뒤를 밟기도 쉬운 상황이니까요."

3학년 전체가 감시하고 있는 이상 사소한 것에 일일이 신경 쓰지는 않는다.

사카야나기가 보낸 밀정이 거기에 섞여 있다고 해도 구별하기 힘들다.

예전에 미행하는 것을 들켰던 하시모토 또는 그 이외의 사람이라고 해도 식별할 수 없다.

"왜 아야노코지 군이 그녀와 사귀기로 했는지, 그 진실까지는 도달하지 못했지만, 어느 정도 짐작이 가는 부분도 있어요. 강한 신뢰와 애정을 보내는 그녀의 행동은 맹신이라는 단어로도 표현할 수 있죠. 앞으로 그녀를 이용해 어떤 실험이라도 할 예정이라거나 아니면 구제하려고 하거나. 그런 거라고 추리했답니다."

내 쪽에서 괜한 정보를 준 기억은 없다. 류엔만큼 케이에 관한 정보를 가지고 있을 것 같지도 않다. 그런데도 잘도 여기까지 진실에 가까운 추측을 했다는 것이다.

"저에게 한 특별 수업도 그와 관련된 거죠?"

"역시, 라는 표현은 이제 식상한 것 같은데, 정답이야."

케이와는 다른 부분에서, 사카야나기와는 말을 굳이 주고받지 않아도 의사소통이 된다.

띵동.

긴장감 없이 어딘지 맥없는 초인종 소리가 갑자기 방에 울렸다.

12시 반이어서 학생들도 슬슬 식사를 마쳤을 시간.

아무도 없을 기숙사에 갑자기 등장한 방문자.

나와 사카야나기는 서로를 쳐다본 후, 동시에 현관문을 바라보았다.

로비는 보디가드 세 명이 지키고 있을 텐데, 강행 돌파한 것일까?

아니, 설령 엄청난 실력으로 무력 제압한다고 해도 문제는 거기서 끝나지 않는다.

느긋하게 벨을 누를 필요도 없이 바로 쳐들어오겠지.

다시 한번 초인종이 울렸다.

방에서 쉬고 있다는 전제가 깔린 만큼 계속 무시해도 이상해진다.

"누구시죠?"

나는 침대에서 움직이지 않고 그렇게 물었다.

"그대로 가만히 듣기만 해."

현관에서 거리를 두고 앉아 있다는 것을 목소리를 통해

알았는지 남자가 그렇게 말했다.

앳된 목소리. 어른이 아니라 또래다.

"어디서 들어본 목소리인데."

하지만 누군지 얼굴이 떠오르지 않았다. 학생으로 짐작되는 목소리로 누군지는 모르겠는데 목소리만은 분명 낯이 익었다. 물론 학교생활을 하다 보면 불특정 다수의 목소리를 듣게 되기는 하지.

하지만 나는 곧 그 목소리의 주인이 누구인지 짐작했다.

"나한테 한 번 전화한 적 있지?"

그렇게 묻자 현관 너머의 인물이 잠시 침묵했다.

"역시. 딱 한 번 듣고도 내 목소리를 기억하는 건가."

내 아버지가 이 학교에 찾아온 뒤였다는 것도 인상에 깊다.

"그때는 용건다운 용건을 말하지 않았었지."

"건 것까지는 좋았는데, 그 직후에 일이 좀 있었거든. 그 이후로 연락은 안 했지만……. 너는 궁금하겠지만 내가 누구인지는 중요하지 않아. 왜냐하면 너한테 나는 적도 아군도 아니니까."

"그러면 여기 뭐하러 왔는데?"

"츠키시로를 배제했고, 이제 화이트 룸생만 배제하면 평온한 일상을 되찾을 거다—— 그런 착각을 하는 게 아닌가 싶어서 충고 좀 해주려."

"후후. 꽤 재미있을 것 같은 이야기네요. 저도 끼어도 될까요?"

"사카야나기 아리스인가."

갑작스러운 사카야나기의 대응에도 문 너머의 남자는 놀라지 않는 눈치였다.

오히려 목소리만 듣고 누구인지 바로 알아맞혔다.

오늘 결석한 사람의 범위를 좁혔기 때문일까, 아니면 면식이 있어 목소리를 알아들은 것일까.

"여하튼 졸업 때까지 학교생활을 계속하고 싶으면 경계 늦추지 말라고."

"중립이라면서 조언을 다 해주네."

"네 존재가 악영향을 끼치고 있어. 그 이상은 막고 싶어서일 뿐이야."

그렇게 대답하는 목소리가 점점 멀어져갔다.

아무래도 오래 머물 생각은 없는 듯하니, 이만 돌아가는 거라고 봐도 되겠지.

"저 목소리…… 어디서……."

"짐작 가는 데가 있어?"

"아야노코지 군처럼 명확하게 그렇다고 대답할 수는 없어요. 다만 왠지 문 너머에서 느껴지는 기운이 낯익은 느낌이 들어요."

즉 목소리로 기억하는 나와는 또 다른 뭔가가 있다는 건가.

"최근의 느낌은 아니에요. 5년, 10년…… 여하튼 꽤 오래된 기억이에요."

"그게 확실하다면 화이트 룸생일 가능성은 현저히 낮아지는데."

"네. 만약 제가 어렸을 때 만난 적 있는 사람이라면 그렇게 되죠."

그렇다면 사카야나기의 존재를 알았을 때 보인 반응도 어딘지 수긍이 간다.

놀라지 않은 것도 그렇고, 마치 아는 상대를 대하는 듯한 반응이었다.

하지만 아마사와도 그렇고 저 남자도 그렇고 나에게는 그다지 경계 대상이 아니다.

실질적 피해를 주지 않는 이상 아직은 어떻게 할 생각도 들지 않으니까.

2

내가 빠진 체육대회는 거의 이상적인 형태로 막을 내렸다.

지금까지 지낸 1년 반 동안에는 상상도 하지 못했을 최종 결과에 반도 몹시 흥분했다.

A반과의 차이를 좁히고, 무인도 시험과 만장일치 특별시험 그리고 체육대회까지 반 포인트를 차곡차곡 늘린 것

은 틀림없이 큰 자산이다.

그렇게 며칠이 지나, 10월도 중반으로 접어들었을 무렵.

체육대회 순위는 1위 호리키타의 반, 2위 류엔의 반, 3위 이치노세의 반, 4위 사카야나기의 반. 물론 그 요인은 누구 한 사람 덕분이 아니라 반 전체의 의지와 힘에 있었다. 게다가 개인전에서는 스도와 오노데라 페어가 각각 1위를 획득했다.

코엔지도 열 종목 전부 1위를 달성했지만 전부 개인전이었기 때문에 2위로 끝났다.

본인은 그걸로 충분한지 별로 문제를 일으키지도 않았다.

그리고 반 이동 권리를 받은 스도와 오노데라는 조금의 망설임도 없이 프라이빗 포인트 쪽을 선택했다. 이렇게 반은 불안정함 속에서도 차근차근 A반으로 가는 계단을 올라가고 있었다.

친구와 약속이 있는 듯한 케이가 케야키 몰에 갔다가 오겠다던 이날.

혼자 하교하고 있는데 호리키타가 불렀다.

"좀 하고 싶은 얘기가 있는데 어떠니?"

"돌아가면서 해도 괜찮다면."

"그걸로 충분해."

일부러 하굣길에 부른 이상, 많은 사람이 있는 데서 할 이야기도 아니겠지.

"난 지난 만장일치 특별시험에서 크게 배운 게 있어."

"그게 뭔데."

체육대회는 끝났지만, 문제는 다 해결되지 않아 여전히 불안한 상황 속에서 반은 앞으로 나아가고 있었고, 그 속에서 호리키타는 지금도 고민하며 배우고 있다는 듯하다.

"나는 틀리지 않았어. 쿠시다를 남기는 선택, 그 결정이 옳았음을 다시금 인식할 수 있었어."

결과를 요구하는 상황 속에서, 쿠시다는 체육대회에 임해 점수를 늘리고 반에 공헌했다.

평소 학교생활에서도 다시 성실한 우등생으로 돌아갔고, OAA의 사회 공헌성이야 10월 초에는 다소 떨어졌지만 아마 다시 만회하는 것 역시 시간문제다.

냉정하게 비교하자면 반 아이들에게 아이리보다 훨씬 많이 공헌하고 있다.

물론 메리트만 있는 것은 아니지만.

"알아. 몇 가지 불안 요소는 남아 있다는 거. 특히 하세베 쪽은 솔직히 어떻게 해야 좋을지 아직 모르겠어. 하지만 만약 또 그런 특별시험이 있게 되면 다음번엔 더 잘할 수 있을 것 같아."

"그 근거는?"

"그 시험에서 난 만장일치를 이끌어내기 위해 경솔하게 약속을 해버렸어. 배신자를 퇴학시키겠다고 해놓고 약속을 어겼지. 만장일치를 이루는 쉬운 지름길이었지만, 그 리스크의 크기를 이해하지 못했어. 쿠시다가 배신자였다는 건 나야 이미 알고 있던 일. 그리고 그녀를 퇴학시킬 결심도 제대로 하지 않은 상태에서 그런 판단을 내렸다는 것. 그게 실수였어."

"남길 가능성이 있었다면 과연 부주의한 약속은 목을 조이게 될 뿐이지."

시간에 쫓기는 상황에서 어쩔 수 없는 고육지책이었지만, 만약 그 단계에서 아이리나 그에 가까운 능력의 누군가를 탈락시킬 가능성을 남기면서 만장일치를 이루었다면 지금처럼 후유증이 남지는 않았다는 것도 사실이리라.

무엇을 버리고 무엇을 취할 것인가.

"반 포인트는 얻었어. 하지만 잃은 것도 적지 않아. 그 특별시험은 나에게 많은 것을 가르쳐주었어. 성공과 실패의 양면을 다 볼 수 있었어."

"실패 안 하는 게 제일이지만 말이야."

눈을 감은 호리키타는 숨을 한 번 토한 후 다시 눈을 떴다.

"난 아직 고등학교 2학년이야. 어른이 아니라고. 실패 좀 하면 어때."

"갑자기 태도가 바뀌었네."

"질질 끌면서 고민하는 건 나답지 않아. 나는—— 나답게 할래. 다른 리더처럼 잘하진 못할 수도 있어. 하지만 히라타가 있고, 카루이자와가 있고, 스도와 오노데라가 있고, 쿠시다와 코엔지가 있어. 그들의 도움을 받으면서 앞으로 나아갈 거야. 그 앞에는 A반이 기다리고 있어, 그렇게 생각하기로 했어."

"그래?"

"물론 너도 그중 한 사람이야. 무슨 생각을 하는지 모르겠고 비협조적인 구석도 많지만…… 우리 반에, 나에게 없어서는 안 될 존재야."

나라는 존재는 자전거 보조 바퀴 같은 것.

처음에는 꼭 있어야 하지만, 떼어내고 위태롭게 달리기를 반복하다 보면 언젠가는 아예 없어도 달릴 수 있는 날이 온다.

너의 자전거를, 그 등을 든든하게 받쳐 줄 사람은 한 명이 아니다.

반 아이들이 든든하게 받쳐주고 있다.

머지않은 날 너의 성장을 지켜본 후──.

나는, 너의 반을 떠날 것이다.

지금은 아직 말하지 않겠지만, 언젠가는 그 이유를 호리키타도 알게 되겠지.

그리고──.

분명 이해하리라.

반드시 이긴다고 확신한 반으로도 이기지 못하는 현실을 맞닥뜨릴 때가 온다는 것을.

내가 그것을 알려 줄 것이다.

다른 누구도 아닌 자기 자신을 위하여.

나는, 내가 이기면 그것으로 족하다.

내가 적이 되어 호리키타를 쓰러트리기로 했다면 그것은 확정 사항이다.

하지만 반대로 쓰러지기를 바라기에 멀어지려고 한다.

불확정하기를 바라는 미래가 있다.

답은 이미 나와 있는데도 그게 틀렸기를 바라는 모순이 있다.

○가을이 오다

"많이 기다렸지."

현관 앞에서 기다리고 있던 미야케에게 말을 건 하세베가 살짝 어깨를 두드렸다.

"아니, 별로 안 기다렸어. 어차피 한가했고."

일주일간 학교를 쉰 하세베는 이제 매일 학교에 나오고 있었다.

"궁도부, 그만둔 건 괜찮아?"

"원래도 타성에 젖어 계속하던 거라."

"나 때문인 거지?"

"아니야. 내가 그만두고 싶어서 그만뒀을 뿐이야. 그보다도 괜찮냐, 학교 나오는 거."

체육대회는 최소 다섯 종목에만 참가했다.

결과는 남기지 못했지만, 최소한으로는 반에 공헌했다.

다만 미야케 이외의 사람과는 거의 말하지 않았고, 사쿠라를 퇴학시키는 것에 동의한 유키무라와도 사이가 다소 소원해졌다.

그것도 지금은 어쩔 수 없는 일이라고 여기고 미야케는 아무 말 없이 옆에 계속 있어 주었다.

"처음에는 전부 망가뜨려 버리자 했었어. 키요뽕뿐 아니라 아이리를 버린 아이들 모두에게 복수해주면 그만이라고.

나쁘지, 나도 참."

"아니…… 마음은 잘 알아."

"그때는 누군가가 퇴학당해야만 했었지. 하지만 그건 쿠시다여야 했어. 그렇게 애초부터 약속되어 있었으니까, 그게 옳아. 내 말이 맞지?"

"……그래."

"난 키요뽕을 용서할 수 없어. 애들 모두 용서할 수 없어. 하지만 언제까지고 계속 방해하면서 괴롭히는 건 잘못이라는 생각이 들었어."

모든 생각을 관철한 무언의 답을 미야케에게 고백했다.

"있지, 미얏치. 나의── 단 한 번의 복수를, 도와주지 않을래?"

그녀의 눈에 웃음기가 없어서, 진심이냐고 되물을 용기가 미야케에게는 없었다.

"하루카……."

"막 이러고. 농담이야, 농담."

웃으면서 얼버무린 하루카가 걸음을 뗐다.

"복수는 나 혼자 할 거니까."

"나는──."

내밀었다가 거둔 하세베의 손.

그녀는 뒤돌아 걷기 시작했다.

미야케는 망설이면서도, 아무 말 없이 그녀의 뒤를 따랐다.

작가 후기

오랜만에 인사드립니다, 혹은 처음 뵙겠습니다. 키누가사 쇼고입니다.

이번에는 정말 진지하게 쓰는 작가 후기입니다.

여러분은 이미 눈치채셨을까요?

5년이 넘어 마침내 『실지주 속편 TV 애니메이션』을 제작, 방영하게 되었습니다.

문장으로 쓰니까 어이없을 정도로 짧게 느껴지는데요, 이 사실을 알려드리기까지 정말 많이 고뇌했고 고생했답니다.

글을 쓰다가 멈춘 적도 한두 번이 아니라고요.

이제는 애니화는 영영 없을지도 모른다. 그런 불안감이 엄습하기도 했었지요.

그런데도 오늘날까지 출간 페이스를 어느 정도 꾸준하게 유지하며 써올 수 있었던 것은 2017년에 애니메이션 방영이 종료된 후에도 '많은 독자분이 아낌없는 지지를 보내주셨기' 때문입니다.

이 길고 큰 실적이 없었다면 애니화가 다시 실현되는 일은 절대 없었을 것입니다.

작가로서 이만큼 기쁘고 감사한 속편 결정은 또 없습니다.

정말로, 정말 정말로 감사드립니다.

그리고 이것만은 당당하게 말하게 해주세요.

저는 그 누구보다도 항상, 항상, 실지주의 속편 애니화를 바라왔다고 말이지요.

애니화가 될 것 같다, 애니메이션이 나올지도? 그런 이야기가 솔솔 나오기 시작한 것은 대략 2년 전.

오호! 하고 기대에 부푼 것도 잠깐, 세계를 강타한 바이러스의 영향으로 시간이 걸리고 말았습니다.

여하튼 이렇게 무사히 알려드릴 수 있게 되어서 기쁩니다.

앞으로도 일절 긴장 늦추지 않고 원작은 원작대로 진짜 이야기를 이어나갈 수 있도록 열심히 하겠습니다.

아직 다 하지 못한 이야기도 있지만, 이번 후기는 여기까지.

긴 시간이 지났는데 아야노코지와 그 친구들의 성장을 또 볼 수 있다고 생각하니 앞으로가 기대됩니다. 그냥 완결날 때까지 애니메이션이 계속 나오면 안 됩니까? 네? 네?!

뭐, 그건 그렇다고 치고…… 오예에에에에! 해냈다아아아아아아!

여러분 부디 앞으로도 잘 부탁드립니다!!!!!

YOUKOSO JITSURYOKUSHIJOUSHUGI NO KYOUSHITSU E 2NENSEIHEN Vol.6
©Syogo Kinugasa 2022
First published in Japan in 2022 by KADOKAWA CORPORATION, Tokyo.
Korean translation rights arranged with KADOKAWA CORPORATION, Tokyo.

어서 오세요 실력지상주의 교실에 2학년 편 6

2022년 8월 15일 1판 1쇄 발행
2024년 6월 15일 1판 3쇄 발행

저   자 키누가사 쇼고
일 러 스 트 토모세슌사쿠
옮 긴 이 조민정
발 행 인 유재옥
부 사 장 이왕호
이   사 조병권
출판본부장 박광운
편 집 1 팀 최서영
편 집 2 팀 정영길 박치우 정지원 조찬희
편 집 3 팀 오준영 권진영 이소의
디자인랩팀 김보라 박민솔
디지털사업팀 박상섭 김지연 윤희진
라이츠사업팀 김정미 맹미영 이윤서
영업마케팅팀 최원석 박수진 이다은
물 류 팀 허석용 백철기
경영지원팀 최정연
인쇄제작처 ㈜코리아피엔피
발 행 처 ㈜소미미디어
등   록 제2015-000008호
주   소 서울시 마포구 토정로222, 502호 (신수동, 한국출판콘텐츠센터)
판매 및 마케팅 (070) 8822-2301

ISBN 979-11-384-3357-0 04830
ISBN 979-11-6611-455-7 (세트)